악양루에 오르다 登岳陽樓

가까운 친구들에게서는 편지 한 통 없으되
늙고 병든 내게는 외로운 배 한 척 있을 뿐
관산의 북쪽에는 전쟁이 한창이니
난간에 기대어 눈물 흩뿌린다

親朋無一字，老病有孤舟．
戎馬關山北，憑軒涕泗流．

反逆

반역강호

江湖

반역강호 4

도욱 新무협 판타지 소설

초판 1쇄 찍은 날 § 2006년 9월 20일
초판 1쇄 펴낸 날 § 2006년 9월 30일

지은이 § 도욱
펴낸이 § 서경석

편집장 § 문혜영
편집 § 서지현 · 심재영

펴낸곳 § 도서출판 청어람
등록번호 § 제1081-1-89호
등록일자 § 1999. 5. 31
어람번호 § 제2-1010호

주소 § 경기도 부천시 원미구 심곡1동 350-1 남성B/D 3F (우) 420-011
전화 § 032-656-4452 팩스 § 032-656-4453
http://www.chungeoram.com
E-mail § eoram99@chollian.net

ISBN 89-251-0319-2 04810
ISBN 89-251-0001-0 (세트)

청어람

叛逆江湖

4권

화자영리(畵刺影狸)

叛逆江湖

반역강호

도욱 新무협 판타지 소설
Fantastic Oriental Heroes

목차

第二十八章

허망한 첫사랑

"음… 향이 좋구려."

태감 위지흠은 찻잔을 내려놓으며 입을 열었다.

"동정호 군산(君山)의 은침차(銀針茶) 같은데 맞소?"

"맞습니다."

"다행이구려. 말해놓고 혹시 틀리면 어쩌나 했는데. 허허!"

능진걸이 물었다.

"근데 어인 일로 이곳을 방문하셨는지요?"

"허허, 능 영반께선 생각 밖으로 성격이 급하시구려. 일단 차부터 마십시다."

위지흠은 미소를 지으며 다시 차를 한 잔 따르고는 음미하듯 천천히 마셨다.

느긋함을 보이던 위지흠은 찻잔을 내려놓고 한동안 능진걸을 빤히 응시했다.

"요즘 도감책에서 우리 아문(衙門)을 내사하고 있다던데……."

여전히 미소가 흐르는 얼굴이었으나 음성은 낮고 차가웠다.

'역시, 그거였군.'

능진걸은 충분히 예상하고 있었다는 듯 무덤덤한 모습으로 질문을 받았다.

"궐내 모든 부서를 내사하는 건 도감책 고유의 권한입니다."

"그런데 그 내사가 왜 하필 우리 이십사아문이냐는 거요, 내 말은."

"그만한 이유가 있기 때문이겠죠. 그리고 제가 그것을 태감님께 보고해야 할 의무는 없다고 생각합니다."

"보고할 의무가 없다?"

위지흠의 입꼬리가 묘하게 비틀렸다. 이어 그는 실소를 지으며 가볍게 읊조렸다.

"만중왕으로부터 각별한 신뢰를 받고 있다더니만… 과연 말과 행동에 거침이 없구려."

능진걸은 어처구니가 없었다.

"무슨 말씀을 하시는 겁니까? 황실인에 대한 내사는 제 고유의 권한입니다. 이 부분에서 어째서 그분의 이름이 나오는 것인지 전 도저히 이해할 수가 없군요."

"흐흐, 이해할 수가 없다?"

위지흠은 찻잔을 들며 빈정거리듯 능진걸의 말을 뇌까렸다. 향을 음미하듯 천천히 마시고는 찻잔을 내려놓았다. 그는 곧 시선을 번쩍 쳐들며 능진걸의 얼굴을 차갑게 직시했다.

"화무십일홍(花無十日紅)처럼 권력 역시 영원할 것 같지만 유한한 법이오. 과거 담중산 승상이 그랬듯 만중왕 역시 머지않은 훗날 자신이 쥐고 있는 권력의 끈을 놓고 말 테니까."

"상당한 오해를 하고 계신 것 같은데, 이번 내사는 나의 뜻일 뿐 그분과는 아무런 상관이 없습니다."

"세상을 넓게 봐야지. 전도(前途)가 유망한 젊은 인재가 그렇게 좁은 식견을 가져서야 쓰겠소?"

능진걸의 말은 전혀 듣지도 않은 채 위지흠은 자신의 얘기를 계속해 나갔다.

"그리고 지금까지 내사를 했을 테니 하는 말인데, 알다시피 나를 비롯한 우리 환관들은 부양할 가족이 없는 사람이오. 그런 우리가 무슨 사심이 있다고 예산을 빼돌리겠소?"

"그렇다면 집행된 예산을 명확하게 밝혀주십시오, 어디에 어떻게 사용되었는지 제가 수긍할 수 있도록."

"말했듯이 난 개인적으로 축재할 이유가 없는 사람이오. 그냥 다 쓸 만한 곳에 집행했다고 이해해 주시오."

"백성들의 혈세로 거둬들인 예산의 사용처를 그런 식으로 두루뭉술하게 처리할 수는 없습니다. 명쾌하게 밝혀주십시오. 그렇게 해주신다면 저도 더 이상 문제 삼지 않겠습니다."

"쯧쯧, 정말 답답한 사람이군. 좁은 식견에서 벗어나야 한다고 그렇게 얘기했건만……."

위지흠은 혀를 차며 자리에서 일어났다. 그리고 싸늘한 표정으로 능진걸을 내려다보았다.

"백성들을 위해 사용하였소. 내가 할 수 있는 대답은 그것뿐이오."

말과 함께 위지흠은 찬바람이 일 정도로 차갑게 등을 돌렸다.

＊　　　　＊　　　　＊

교교로운 밤.

근 오백 년의 역사를 자랑하며 항상 향화객들로 줄을 잇는다는 방대한 대찰(大刹)인 대화사 위로 달빛이 은하수처럼 쏟아져 내리고 있었다.

절을 찾은 참배객들은 이미 오래전에 돌아가고, 수행하는 스님들 모두 잠이 든 깊은 밤. 유일하게 불빛이 새어 나오는 곳이 있었다.

"급소는 피했군요. 다행입니다."

누워 있는 냉모에게 백미의 노스님이 미소를 지며 입을 열었다. 그는 냉모의 상처 위에 금창약을 바르고 천으로 묶어주는 등 정성스럽게 치료를 해주었다.

"고맙습니다, 백허 선사(白虛禪師)님."

백허 선사, 대화사의 주지승이었다.

"허허! 별말씀을! 나을 때까지 안정을 취하시다가 떠나시길 바라겠습니다. 그럼 소승은 이만……."

백허 선사는 인자한 미소로 합장을 하고는 이내 자리를 떠났다. 그가 사라지자 냉모는 천천히 고개를 돌렸다.

방 안에는 이미 먼저 잠들어 있는 주화란과 여전히 죽립을 쓴 철우, 그리고 방바닥에 엉덩이를 깔고 앉아서 밤을 까먹고 있는 반반이가 있었다.

냉모는 철우를 향해 희미하게 미소를 지었다.

"생사검 대협께 어떻게 감사의 말을 전할지 모르겠군요. 오늘 대협이 아니었으면 군주님은 물론 만중왕 전하까지 큰 낭패를 당했을 겁니다."

"대체 어떻게 된 일입니까?"

"보셨다시피 혼례를 치르기 위해 북경으로 가고 있는 군주님을 납치하기 위해서 그자들이 기습한 것이죠."

"혼례?"

철우는 문득 주화란을 쳐다보았다. 그녀는 마차 앞에서 수많은 사람들이 자신을 지키려다 피를 토하며 죽는 모습에 상당한 공포를 느꼈고, 결국 마차 안에서 의식을 놓았다. 하여 이곳에 도착하자마자 그녀를 자리에 눕혔던 것이다.

냉모는 철우에게 굳이 더 많은 설명을 하고 싶지 않은 듯 말을 돌렸다.

"참, 아까 나를 만나야 할 일이 있으시다고 한 것 같은데……."

철우는 품속에서 뭔가를 꺼냈다. 그것은 몸체가 부서져 나간 채 덩그러니 남아 있는 검파(劍把 : 검의 손잡이)였다.

"이거… 아시겠습니까?"

검파를 받아 든 냉모의 눈빛이 크게 흔들렸다.

"이, 이건?"

비상하는 용의 모습이 정교하게 양각(陽刻)되어 있었고, 오색 수실이 매달려 있는 검파. 하지만 이미 검을 쥐고 있던 사람의 상태가 어떠한지를 암시하듯 검파에는 검은 핏자국이 묻어 있었다.

냉모는 고개를 들며 빠르게 물었다.

"이, 이것을 당신이 어, 어떻게?"

"우연히 발견했습니다."

철우는 어떤 경로로 그것을 발견했고, 어째서 냉모에게 가져온 것인지 설명해 주었다.

철우의 얘기가 끝났을 때 냉모의 눈에는 이슬이 맺혔다. 그리고 한동안 아무런 말도 하지 못하고 석상처럼 앉아 있던 그녀의 입술이 떨렸다.

"바, 바보 같은 사람⋯⋯."

더듬거리는 음성과 함께 마침내 그녀는 눈물을 떨구고 말았다.

"결국⋯ 이렇듯 허망하게 이 땅을 떠나다니⋯⋯."

"그자와는 어떤 사이였습니까?"

"나에겐⋯ 바람 같은 사람이었죠. 불문의 제자인 나를 속세로 내려오게 만든 바람⋯⋯."

냉모의 시선이 허공을 향했다. 꿈처럼 아득히 젖은 얼굴로 그녀는 지난날을 떠올리고 있었다.

십오 년 전.

동방휘라는 바람을 만나기 전만 해도 그녀는 아미파의 소장문(小掌門)이라 불릴 만큼 깊은 불도(佛道)와 뛰어난 무재로 인정받고 있었다. 그러던 중 무산(巫山)에 새로 건립한 사찰, 조승사(朝乘寺)의 낙성식에 아미파를 대표하여 참석하고 돌아오던 중 동방휘를 만나 첫눈에 마음을 빼앗기고 말았다.

사랑의 번민은 불가의 제자인 냉모보다 오히려 동방휘에게 더욱 컸다. 그는 냉모에 대한 호감을 갖고 있음에도 불구하고 그녀의 마음을 쉽게 받아들이지 못했다. 동방휘는 누군가의 심복으로 자신의 주군이 부르면 곧바로 명에 따라 떠나야 하는 몸이라는 게 이유였다.

사랑에 빠진 냉모에게는 그런 건 문제가 아니었다. 그를 놓치고 싶지 않았고, 무조건 그가 처한 환경까지도 이해할 수 있었다. 결국 그들은 무당산 사라봉 중턱에 신접살림을 차리고 열병처럼 뜨겁게 사랑했다.

하지만 안타깝게도 그 뜨거운 사랑은 그리 길지 못했다.

반년 만에 결국 동방휘는 자신의 주군으로부터 호출을 받았고, 언제 다시 돌아올 지 모르는 기약없는 이별을 고하게 되었다.

예정된 이별 후 냉모는 갈 곳이 없었다. 동방휘와 사랑을 나눈 사라봉의 모옥에서 홀로 무작정 기다린다는 것은 잔인하리 만치 고통스럽고 외로웠다. 그녀는 동방휘의 소식을 가장 빠르게 접할 수 있는 곳으로 갔다. 동방휘의 주군이 사는 곳, 바로 만중왕의 왕부였다.

"그런 이유로 십사 년 전에 그곳으로 갔고, 어린 군주님을 보살피며 그의 소식을 기다렸죠. 그런데 결국……."

침착하게 자신의 과거를 얘기해 나가던 냉모의 음성이 잠기고 말았다. 오랜 세월 동안 사랑하는 정인이 돌아오기만을 기다렸는데, 정작 돌아온 것은 죽음을 알리는 피 묻은 정인의 검파였다. 아무리 냉정한 그녀라 할지라도 평상심을 유지할 수는 없었으리라.

철우는 냉모의 슬픔이 결코 남의 일처럼 느껴지지 않았다. 십여 년 동안 오로지 한 남자만을 기다렸던 그녀나 정인의 부친으로부터 배신을 당한 자신이나 결국 사랑을 잃은 건 다를 바가 없었기 때문이다.

철우는 쓸쓸한 표정으로 그녀를 응시했다.

"아미라는 무림명파의 고수였던 당신이 왜 만중왕부의 사람이 되었는지 이제야 알 것 같군요."

"……."

"앞으로 어떡하실 겁니까? 그토록 기다리던 사람이 다시는 돌아오지 못할 곳으로 떠났는데……."

"글쎄요. 천천히 생각해 봐야겠죠. 그가 이렇듯 허망하게 떠날 수도 있다는 것은 단 한 번도 머리에 두지 않았으니까요."

격해진 감정을 가라앉히며 냉모는 차분한 표정으로 대답했다. 그리고 정인에 대한 그리움을 채우려는 듯 다시 한 번 피 묻은 검파를 어루만졌다.

"으음……."

그때였다. 낮은 신음 소리와 함께 정신없이 잠들어 있던 주화란이 깨어났다.

"여… 여기는?"

그녀는 몸을 일으키며 주변을 두리번거렸다. 철우에 의해 새북적혈련 무리들이 모두 궤멸되는 순간 팽팽했던 공포와 긴장감이 풀리며 의식을 놓았던 그녀로서는 당연한 의문이었다. 냉모는 가늘게 미소를 지으며 대답했다.

"걱정하지 않으셔도 됩니다. 이곳은 대화사이니까요."

"대화사?"

주화란은 잠시 의아한 표정을 지었으나, 철우의 모습이 시야에 들어오자 그제야 고개를 끄덕일 수 있었다. 새북적혈련의 기습으로 잔뜩 공포에 질렸던 그녀는 철우가 그들을 해치우는 것을 보고서야 긴장에서 벗어나며 의식을 잃었기 때문이다.

"그때 동정호와 형주에서 만났던 그분… 맞죠?"

주화란은 철우를 빤히 응시하며 입을 열었다. 철우는 대답 대신 고개를 끄덕였다.

"어떻게 감사의 말을 전해야 할지 모르겠군요. 이번에도 또 큰 빚을 지게 되었으니 말예요."

"빚이랄 게 어딨겠습니까? 서로 모르는 사이도 아닌데……."

철우가 미소를 지며 가볍게 대답했으나 주화란은 표정은 무겁고 심각했다.

"이왕 신세진 거 한 가지만 더 부탁을 드리고 싶어요."

"부탁?"

"예. 지난번 함께 다니셨던 그분을 꼭 한 번만 만날 수 있게 해주세요."

"아가씨!"

순간 냉모는 크게 당황하며 소리를 쳤으나 주화란은 전혀 미동도 하지 않았다.

"부탁드립니다. 그분을 꼭 만나게 해주세요."

"지금 혼례식을 치르기 위해 북경으로 가고 있다고 들었습니다."

철우 역시 당혹스러웠으나 음성은 차분했다.

"아직 결혼한 것은 아녜요."

"하나 양가에서 서로 약속된 혼례를 파기하기엔 너무 늦지 않았을까요? 더욱이 평범한 사람도 아닌 왕부의 군주로선 있을 수 없는 일이라 사료되는군요."

"물론 저도 알아요, 저의 행동이 아빠와 황족의 명예를 떨어뜨리는 일이라는 것을. 하지만 제가 사랑하는 사람은 오로지 그분뿐이에요. 사랑하는 사람을 두고 다른 사람과 결혼하여 어찌 잘살아가겠어요? 아빠께는 불효막심한 딸이 될지언정 한 번뿐인 삶, 후회스러운 일은 만들고 싶지 않아요."

"……."

결연한 표정으로 자신을 바라보고 있는 주화란을 철우는 묵묵히 응시했다. 그녀의 얼굴 위로 또 하나의 얼굴이 떠올랐다. 수정 같은 눈망울에 미려하게 솟아오른 콧날, 그리고 농염한 애욕의 향기를 머금고 있는 붉은 입술의 여인. 바로 부용이었다.

'그때 그녀의 마음도 저러했을까?'

철우는 문득 자신을 두고 부친의 요구에 따라 다른 사내와 결혼을 해야 했던 그녀의 마음을 헤아려 보았다. 상황은 달랐지만 그 당시 그녀의 마음도 분명 지금의 주화란과 같았을 것이라는 생각이 들었다. 아니, 그렇게 생각하고 싶었다.

철우는 미소를 지으며 고개를 끄덕였다. 그리고 나지막하면서도 분명한 어조로 대답했다.

"그를 만나게 해드리겠습니다."

*　　　　*　　　　*

"아니, 갑자기 웬 술상이오?"

능진걸은 눈을 휘둥그렇게 떴다.

"호호, 오늘은 좀 쉬면서 한잔하세요. 당신이 좋아하는 홍주(紅酒)랑 은어 매운탕을 준비했거든요."

부용은 밝게 웃으며 술상을 내려놓았다. 능진걸은 탁자 위에 놓여진 서류 쪽으로 시선을 두며 난처한 표정을 지었다.

"이거 참… 아직 검토해야 할 일이 남았는데……."

"알아요. 물론 급하고 중요한 일이니까 집에까지 갖고 오셨겠죠."

"……."

"일에 대한 당신의 열정과 사명감을 이해하지만 그로 인해 당신 건강이 나빠지는 건 원치 않아요. 그래서 술상을 봐온 거니까 오늘 하루만이라도 편하게 쉬면서 재충전토록 하세요."

부용은 잔에 술을 따라주며 미소를 지었다. 능진걸은 그녀의 얼굴을 빤히 응시했다.

언제나 사랑이 충만한 눈으로 자신을 바라보는 아내. 남편의 그림자로서, 일상에 지친 남편이 집에서 편히 쉴 수 있도록 만들어주는 사랑스런 여자.

능진걸은 더 이상 어쩔 수 없는 듯 서류를 한쪽으로 밀어낸 후 술잔을 받았다.

"미안하오."

능진걸의 입술 사이로 흘러나온 밑도 끝도 없는 한마디. 부용은 의아한 표정으로 그를 바라보았다.

"뭐가요?"

"궐내의 일이 바빠 아직은 여력이 없구려. 철우라는 그자를 꼭 잡겠노라고 당신에게 약속했는데."

"……."

부용의 얼굴이 굳어졌다.

한때 사랑과 그리움의 대상이었지만, 이젠 증오의 이름이 되어버린 사내. 부용은 씁쓸한 음성으로 대답했다.

"그게 당신의 의지만으로 될 수 있는 일은 아니잖아요? 당신은 나라에 매인 몸이니까요."

"섭섭하더라도 조금만 기다려 주시오. 머지않은 훗날 내 손으로 그자를 꼭 체포하고야 말 테니까."

능진걸은 부용의 손을 잡으며 나직하게 말했다. 부용은 고개를 끄덕였다.

"예, 믿어요. 당신이라면……."

대답과 함께 그녀는 능진걸의 가슴에 살포시 얼굴을 묻었다. 능진걸은 비단결 같은 그녀의 머리칼을 쓰다듬으며 다짐했다.

사랑하는 아내의 눈에서 눈물을 흘리게 만든 철우를 체포하여 법의 심판을 받게 만들겠노라고…….

＊　　　＊　　　＊

따사로운 햇살이 뿌려지고 있는 이월의 오후.

만중왕은 왕부 내에 있는 커다란 호숫가에 앉아 있었다. 두 눈과 입술을 굳게 다문 채 깊은 상념에 잠겨 있는 만중왕. 그의 표정은 어딘가 모르게 무겁고 어둡게 느껴졌다.

"새북적혈련……."

문득 닫혀진 그의 입술 사이로 나직한 음성이 흘러나왔다.

새북적혈련.

백 년이 지난 지금도 중원인들에게 공포와 전율로 남아 있는 그 이름.

만중왕은 혼례단을 따라간 전서응(傳書鷹)을 통해 새북적혈련의 기습을 받았던 것은 물론, 자신의 심복이었던 천수신검 동방휘의 죽음까지 알고 있었다.

'동방휘… 이번에 돌아오는 대로 냉모의 곁에서 쉴 수 있도록 하려고 했는데⋯⋯. 그대는 나를 위해 사지(死地)에도 뛰어들었으나 나는 그대를 위해 그 어떤 것도 해주지 못했잖은가. 나를 나쁜 사람으로 만들어놓고 그렇듯 허망하게 떠나면 나는 어쩌란 말인가⋯⋯.'

만중왕은 천천히 고개를 들어 하늘을 응시했다. 구름 사이로 떠오르는 동방휘의 얼굴이 떠올랐다.

'자네의 죽음이 헛되지 않도록 적도들의 야욕을 붕괴시키겠네. 반드시⋯⋯.'

그는 입술을 질끈 깨물며 다짐했다.

*　　　　*　　　　*

해가 바뀐 지 어느덧 두 달이 지날 무렵.

무림 신흥 명가로 등장한 사도세가에서는 호북성, 호남성, 강서성의 곡창 지대를 관장하는 무곡성으로 삼십 명의 제자를 배출시켰다. 생업의 일선으로 보낸 첫 제자들이었다. 무곡성주 전왕탑은 성대한 잔치로 사도세가의 의미 있는 첫 제자 배출을 축하해 주었다.

뿐만 아니라 명성 있는 전장(錢莊)과 표국에서도 제자들을 보내달라는 요청들이 쏟아졌고, 신입 제자들 역시 계속 끊임없이 몰려들었다. 사도세가는 어느덧 신흥에서 무림명문으로 입지를 두텁게 다져 나가고 있었다.

쪼르륵.

옥 잔(玉盞) 안으로 술이 떨어졌다. 술은 옥 잔 안에서 은은한 향을 내며 찰랑거렸다. 옥 잔과 찰랑거리는 술. 웬만한 술꾼들이라면 한 번쯤 음미했을 만한 그림이었으나, 무감각한 사람처럼 그냥 술잔만 비워대는 이가 있었다. 영령이었다.

날이 저물어 어느덧 암천에는 여인의 눈썹 같은 초승달이 떠올라 있었다. 개파 이후 첫 제자를 성황리에 배출하고 계속 새로운 제자들이 몰려들며 모든 것이 순조롭게 풀려가고 있는 신흥 명파의 가주답지 않게 이 순간 그녀의 표정은 너무도 어둡고 쓸쓸했다.

"휴우!"

입술 사이로 가늘고도 긴 한숨 소리가 새어 나왔다. 바쁘고 분주한 일상이 끝나고 홀로 있는 시간이 되면 술을 찾게 되었고, 술잔을 기울이다 보면 한숨과 함께 늘 하나의 얼굴이 떠올랐다.

'오라버니……'

그랬다. 그 얼굴은 바로 철우였다.

그가 떠난 이후 영령은 그리움으로 가슴이 쓰려오는 것을 느끼곤 했다. 그리움은 정말 고통스러웠다. 보고 싶고 미치도록 그리운데도 볼 수 없다는 것은 뼈를 깎는 아픔이었다.

'돌아오세요. 어서요. 정말 보고 싶어 미치겠어요.'

그녀는 눈시울을 붉히며 다짐했다. 그가 돌아온다면 그땐 절대 그를 떠나보내지 않을 것이라고.

그때였다.

"가주님……"

금빛 안대에 키가 작고 기형적으로 머리가 큰 사십대 인물이 들어섰다. 한때 흑골파라는 낙양 삼류건달 패거리의 두목이었던 서문아제였다.

"무슨 일인가, 내당호법."

"오, 오셨습니다!"

서문아제는 흥분된 얼굴로 입을 열었다.

"오시다니? 밑도 끝도 없이 그게 무슨 말인가?"

영령은 의아한 표정으로 쳐다보았다. 하나 서문아제는 여전히 흥분이 가라앉지 않는 듯 입가에 미소가 흠뻑 번지고 있었다.

"태상님 말입니다! 지금 태상님께서 오셨단 말입니다!"

"뭣이라?"

영령은 눈을 크게 뜨며 자신도 모르게 자리에서 벌떡 일어났다.

"오……!"

보고를 받자마자 문을 열고 달려나온 영령은 어찌나 반가웠던지 하마터면 자신이 남장하고 있다는 것을 잊고 '오라버니'라고 부를 뻔했다.

"오랜만이야, 사도가주."

가주전 앞에 서 있는 철우는 죽립을 슬쩍 쳐들며 미소를 지었다.

"그, 그분들은……?"

영령은 철우와 함께 서 있는 두 여인을 보고 의아한 표정으로 물었다. 두 여인은 주화란과 냉모였다.

"저, 기억하시죠?"

주화란은 영령을 응시하며 조심스럽게 입을 열었다. 영령은 고개를 끄덕였다.

"물론이죠. 묘월군주님이잖습니까?"

"호호, 맞아요. 대협께서도 저를 기억하고 계실 것이라고 생각했어요."

주화란은 환하게 미소를 지었다. 영령은 다시 철우를 향해 고개를 돌렸다.

"어… 어떻게 된 거죠?"

"그건 곧 군주님께서 말씀하실 게야."

"……?"

"그나저나 우리 아직 저녁을 먹지 않았거든. 일단 식사부터 마련해 주었으면 좋겠는데."

철우가 자신의 배를 문지르며 허기진 모습을 보였다.

"이런! 알았어요. 이리로 들어오세요, 곧 식사를 대령하도록 하죠."

영령은 당황하며 부하들을 향해 식사를 준비토록 지시했다. 하지만 그녀의 얼굴은 어째서 셋이 함께 나타났는지 여전히 이해할 수 없다는 표정이었다.

모두들 꽤나 배가 고팠던 모양이다. 한 상 가득 차려진 요리가 깨끗하게 비워질 정도였다.

"끅! 오랜만에 식사다운 식사를 한 것 같군."

철우는 흡족한 표정으로 입술을 훔치고는 주화란을 응시했다.

"맛있게 드셨습니까?"

"예."

"그럼 이제 본론으로 들어가시죠. 사도가주께서도 지금 우리의 출현에 대해 무척 궁금해하고 있는 표정인데."

주화란은 고개를 들며 영령을 향해 천천히 시선을 옮겼다. 어느새 그녀의 눈은 촉촉하게 젖어 있었다.

영령은 당혹스러웠다. 이미 주화란이 자신에게 어떠한 마음을 갖고 있다는 것을 알고 있는 영령으로서는 그녀의 눈빛이 너무도 부담스럽기만 했다.

'젠장. 오라버니는 대체 무슨 심보로 저 아가씨를 끌고 온 거람? 속사정을 누구보다도 잘 알고 있는 사람이.'

영령은 철우를 원망하며 속으로 투덜거렸다.

"저……."

주화란은 조심스럽게 말했다.

"말씀하십시오."

"저… 곧 혼례식을 올려요."

"오! 그래요? 그거 귀가 번쩍 뜨일 정도로 경하드릴 일이군요. 하하하!"

영령은 박수를 치며 크게 웃었다. 그러자 주화란은 눈을 치켜뜨며 차갑게 응시했다.

"그 말씀… 진심인가요?"

"암요! 혼례란 인륜대사입니다! 당연히 축하를 드려야지요!"

"그렇다면 대협께선 제가 다른 사내와 혼례를 치러도 괜찮다는 말씀인가요?"

"이해할 수 없는 말씀이군요. 군주님의 결혼에 제가 괜찮고 말고 할게 없잖습니까?"

영령은 내심 흠칫했으나 얼굴만큼은 눈을 휘둥그렇게 뜨며 이해할 수 없다는 표정을 지었다. 영령의 대수롭지 않은 반응에 주화란은 크게 당황하며 아무런 말도 하지 못했다.

"그… 그랬군요……."

한동안 망연자실한 표정으로 영령을 바라보던 주화란의 입술이 열렸다.

"대협의 의중과는 아무런 상관 없는… 저 혼자만의 사랑이었네요,
저 혼자만의……."

주르륵.

주화란의 복사꽃 같은 뺨 위로 눈물이 서럽게 흘러내렸다. 부친의
뜻까지 거역하며 찾아왔건만, 상대는 자신의 마음과 같지 않다는 것을
깨닫게 되었으니 그 참담한 심정이 오죽하겠는가.

"구… 군주님."

영령은 당황했다. 당연히 해야 할 말을 했지만 눈물짓는 주화란의
모습을 보자 마음이 무거웠다.

주화란은 다시 고개를 쳐들었다. 영령의 단 한마디에 물러서고 싶지
않았다.

"대체 제가 뭐가 그렇게 부족한 거죠? 대협의 마음에 들지 않는 게
있다면 고치도록 노력할 테니까 그것을 말씀해 주세요."

주화란은 펑펑 눈물을 흘리며 수많은 날 동안 키워온 자신의 사랑이
무너지지 않도록 애절하게 매달렸다.

'내참, 미치겠네. 이게 울면서 애원한다고 될 일인가?'

영령은 답답했다. 주화란의 마음을 돌릴 수 있는 뾰족한 방법이 떠
오르질 않았다.

"대협… 말씀해 보세요. 부족한 게 있으면 고치겠어요."

'휴… 이렇게 막무가내라니…….'

영령은 길게 한숨을 내쉬었다. 이어 씁쓸한 표정으로 입을 열었다.

"피곤하실 테니 일단 목욕부터 하시죠."

*   *   *

자단목(紫檀木) 탁자를 사이에 두고 두 명의 인물이 마주 앉아 있다. 탁자 위엔 뜨거운 김이 피어오르는 두 개의 찻잔이 놓여 있었다.

먹물처럼 시꺼먼 흑의를 입고 있는 노인이 천천히 찻잔을 들었다.

희다 못해 창백하게 느껴지는 피부, 눈썹은 마치 서리라도 앉은 듯 하얗게 세어 관자놀이까지 힘차게 뻗어 있었고, 한 쌍의 눈은 섬뜩할 정도로 차가웠다. 힘차게 우뚝 솟은 콧날과 꽉 다물린 얄팍한 입술은 언뜻 냉혹하고 비정한 성격의 소유자임을 짐작케 했다.

"뒷조사를 하고 있는 놈이 있다는 얘기요?"

"그렇소이다."

무거운 표정으로 대답하고 있는 인물은 태감 위지흠이었다.

노인은 차를 들이키고는 가슴까지 길게 늘어진 은설 같은 수염을 천천히 쓸었다.

"원한다면 우리 쪽에서 손을 써드리겠소."

"굳이 그럴 필요까지는 없소."

"하면?"

"놈은 만중왕의 천거로 도감책의 영반으로 임명된 인물이오. 죽여서 만중왕으로 하여금 경계심을 갖게 만드는 것보다는 차라리 그놈을 이용하여 만중왕의 발을 묶어버리는 게 우리에겐 더욱 효과적일 겁니다."

"발을 묶어놓는다?"

노인은 눈썹을 힐끗 들어올리며 위지흠을 응시했다.

"좋은 생각인 듯한데… 놈들 쪽에서 이미 우리의 뒤를 캐고 있다면 시간적으로 여유가 없을 것 같소만……."

"만중왕의 발을 묶는 데 성공한다면 예정보다는 훨씬 빠르게 진행될 것이오. 그러니 대종사께서도 그 점을 깊이 인식하시고 일을 준비해 주셨으면 합니다."

시종 물처럼 고요하던 노인의 눈빛이 일순 독수리처럼 번뜩였다.

"걱정 마시오. 무려 백 년을 준비해 온 거사요. 우린 이미 모든 준비가 다 되어 있으니까 되도록 신속히 진행해 주시오."

대종사라 불리는 노인은 단호하게 말을 뱉으며 다시 찻잔을 들었다. 이미 식어버린 차를 마시는 그의 입가엔 흡족한 미소가 흐르고 있었다.

은싸라기 같은 달빛이 소나기처럼 쏟아져 내리는 밤.

어둡고 칙칙한 음모가 무르익고 있는 이곳은 다른 곳도 아닌 바로 황궁 안에 위치한 태감 위지흠의 거처였다.

*   *   *

뽀얗게 피어오르는 수증기가 욕실 내를 가득 메우고 있었다. 욕실의 중앙에는 커다란 대리석 욕조가 있었고, 그 옆으로는 매우 고급스럽게 보이는 긴 나무 탁자가 놓여져 있었다.

지금 탁자 위에는 한 여인이 엎드려 있었다. 여인의 몸에서는 실오라기 하나 찾아볼 수 없었다.

방금 목욕을 끝낸 듯 길고 흰 목덜미를 타고 흘러내린 흑발은 촉촉이 젖었고, 백옥 같은 살결에는 투명한 물방울이 송골송골 맺혀 있었다.

쥐면 으스러질 듯한 잘록한 허리와 그 아래로 놀랍도록 퍼져 내려간 둔부, 군살 한 점 없이 늘씬하게 뻗어 내린 하체의 화려한 곡선은 실로 사내로 하여금 기억할 수 없는 충동과 자극을 유발시키기에 충분한 팔등신 육체의 여인, 그녀는 다름 아닌 주화란이었다.

탁자 주위에는 두 명의 시녀가 누워 있는 주화란을 정성스레 매만지고 있었다. 물기를 닦고 온몸 구석구석 질 좋은 향유를 발라주는 모습이었다.

그때였다.

삐익!

호각 소리가 울리자 시녀들은 동작을 중단했다. 이어 그녀들은 주화란에게 정중히 인사를 했다.

주화란은 고개를 들고 뭔가 말을 하려고 했으나 이미 시녀들은 욕실에서 사라져 버렸다.

'향유를 바르다가 말고 무슨 일이지?'

주화란은 의아한 표정으로 고개를 갸웃거렸다. 하지만 그녀의 얼굴이 별안간 딱딱하게 굳으며 눈이 크게 확대된 것도 바로 그때였다.

전혀 인기척을 느낄 새도 없이 마치 유령처럼 영령이 욕실 안에 들어선 것이었다.

"대… 대협……."

주화란은 크게 당황하며 몸을 움츠렸다. 하지만 단지 두 팔로 벌거벗은 자신의 몸을 가리기에는 한계가 있었다. 그녀는 팔로 가슴을 가리며 돌아앉았다.

"이… 이세 누슨 짓이에요? 이건… 대협답지 않아요."

당황한 주화란은 벌겋게 달아오른 얼굴로 더듬거렸다.

"돌아앉으십시오."

"시, 싫어요."

"말 들어요, 어서!"

영령은 단호한 음성으로 소리쳤다. 주화란은 울상을 지으며 천천히 고개를 돌렸다.

"대협, 대체 왜 이러시는 건가요? 이건 정말 대협답지가 않아요."

"지금부터 날 똑똑히 보세요. 어째서 군주님의 사랑을 받아들일 수 없는지 가르쳐 드릴 테니까요."

차갑게 음성을 토한 후 영령은 두 손을 합장하며 운공을 시작했다.

쓰으으.

영령의 몸 주위로 붉은 운무가 피어올랐다. 운무는 팽이처럼 그녀의 얼굴 주위를 회전하더니 일 다경쯤 지난 후에 사라졌다.

"헉!"

주화란의 입에서 경악과 같은 음성이 터져 나왔다. 운무가 사라진 후 영령의 얼굴은 그녀가 알고 있는 그 얼굴이 아니었다.

이목구비는 영령이 분명했다. 그런데 흘러내린 삼단 같은 머릿결과 짙은 눈썹 대신 초승달 같은 눈썹, 사라진 구레나룻 등 주화란의 앞에 서 있는 영령은 도저히 사내라고 볼 수 없는 얼굴이었다.

주화란은 당황스런 표정으로 물었다.

"어, 어떻게 된 거죠?"

"아직도 모르시겠습니까?"

"이, 이러지 마세요. 이런 말도 안 되는 상황까지 만들면서 꼭 저를 단념시켜야겠어요?"

주화란은 눈물을 글썽거리며 원망스런 눈으로 바라보았다. 눈앞에 펼쳐진 괴변(怪變)은 자신의 마음을 돌리기 위한 영령의 사술(邪術)에 불과하다고 생각했기 때문이다.

"흑흑! 어떻게 제 마음을 이토록 잔인하게 짓밟을 수 있는지… 정말 너무하세요."

"내 얼굴을 보고도 인정하지 않으시겠다면… 좋습니다. 더 확실하게 깨닫게 해드리죠."

말과 함께 영령은 흑의 무복을 벗기 시작했다.

스르륵.

상의가 벗겨지자 상체가 드러났다. 한데 영령의 가슴 부위는 천으로 칭칭 감겨 있는 게 아닌가? 영령은 주저없이 천을 풀어버렸다. 그러자 한껏 팽창된 터질 듯한 가슴과 그 위를 도도히 점하고 있는 분홍빛 두 유실(乳實)이 드러났다.

"……!"

주화란의 시선은 영령의 가슴에 고정되었고, 그녀의 얼굴은 돌처럼 딱딱하게 굳어버렸다. 주화란의 얼굴은 당혹함이 역력했지만 영령은 전혀 개의치 않고 하의와 속곳을 벗어 던졌다.

군살이라곤 단 한 점도 찾아볼 수 없는 아랫배와 대리석처럼 매끄러운 두 다리, 그리고 신비의 수림이 적나라하게 모습을 드러냈다.

"이, 이럴 수가… 이럴 수가……."

주화란은 충격을 감당할 수 없는 듯 입술을 떨며 같은 말만 계속 반복하고 있었다.

"이제는 아시겠죠? 어째서 군주님의 마음을 받아들일 수 없는지를."

"정녕… 사술은 아니겠죠?"

주화란은 영령의 알몸을 보면서도 여전히 믿고 싶지 않은 표정이었다.

영령은 쓸쓸한 미소를 지었다.

"나이에 맞지 않게 보이도록 하거나, 남자를 여자처럼, 여자를 남자처럼 보이게 만드는 역용술은 있지만, 남자를 여자로 성징까지 바꾸는 그런 사술이 어떻게 존재할 수 있겠습니까? 단언컨대 누구든 무림사에 그런 무공이 있다는 소리는 아직까지 들어본 적이 없을 겁니다."

"정말 대협이 여인이란 말입니까?"

"이렇게 알몸까지 드러내며 확인시켜 드렸는데도 못 믿으시겠다면 저로선 더 이상 드릴 말씀이 없군요."

영령은 차갑게 말을 뱉고는 벗어둔 옷을 걸쳐 입었다.

"그럼 이만……."

짤막한 인사를 끝으로 영령은 등을 보이며 천천히 사라져 버렸다.

주화란은 아무 말이 없었다. 맥없이 고개를 떨군 채 넋이 나간 사람처럼 작은 소리로 알 듯 모를 듯한 얘기만 반복하고 있었다.

"어… 어떻게 이런 일이……."

사랑.

스물세 해를 살아오면서 처음으로 가슴에 품었던 주화란의 연보랏빛 사랑에 시커먼 먹물이 퍼져 나가고 있었다.

第二十九章

누명

그날 이후 영령은 더 이상 남장을 하지 않았다.

자신의 정체를 드러내고 당당하게 가주의 직무에 임했다. 사도세가의 제자들을 비롯하여 많은 무림인들은 갑작스런 영령의 변신에 너무나도 황당해했다. 변신도 어느 정도지, 남자에서 여자로 성별이 바뀌어 버렸는데 어찌 경악스럽지 않겠는가?

하지만 남의 얘기는 길어야 사흘이라는 옛말처럼 세인들은 흐르는 시간 속에 혼란스러웠던 영령의 변신을 순순히 인정해 갔다.

반면 누구보다도 가장 큰 충격을 받은 주화란은 그날 이후 식음을 전폐한 채 방에 처박혀 나오질 않았다. 철우는 영령의 실체를 깨달으면 모든 것을 잊고 정해진 남자에게 충실하리라 생각했다. 그래서 영령과 만날 수 있게 해준 것인데 예상과 달리 그녀는 혼례를 치르기 위해 떠날 생각은커녕 삶의 의욕을 잃은 채 누워만 있었으니…….

"굳이 그렇게까지 할 필요가 있었을까?"

평상에 앉아 있는 철우는 씁쓸한 표정으로 영령에게 말했다. 실로 오랜만에 검은 무복 대신 깔끔하고 정결한 백의 경장을 한 모습으로 정원에 서 있는 영령은 눈이 부실 정도로 아름다웠다.

영령은 의아한 표정으로 철우를 바라보았다.

"무슨 말이죠? 그럼 내가 여자라는 것을 밝히지 않고 그 아가씨를 단념시킬 수 있는 방법이 있었나요?"

"충격에도 급수가 있다는데……. 욕실에서 벌거벗은 모습을 적나라 하게 보여준 것은 아무래도 너무 심한 게 아닌가 하는 생각이 드는 군."

"오라버니도 참. 그 아가씨가 말만으로 믿었을 것 같아요? 벌거벗은 알몸을 보여줘도 자기를 속이려는 게 아니냐고 하는 판인데 믿었을 것 같으냐고요?"

"……."

"이놈 저놈이 찝쩍대는 꼴이 보기 싫어 남장을 했더니만 이런 일이 생기다니, 정말 기가 막힌 건 오히려 저라고요!"

철우는 마땅히 할 말이 없었다. 영령의 얘기는 틀린 게 없었기 때문 이다.

"저도 할 만큼 했어요. 근데 식음을 전폐하고 누워 있는 것까지 제 가 책임질 수는 없잖아요. 그러니까 앞으로는 제발 그 문제로 저를 추 궁하지 마세요. 아셨죠?"

영령은 실컷 목청을 높이고는 자리를 떴다.

'쯧… 그래. 너를 남자로 알고 사랑을 느끼게 만든 조물주가 실수를

해도 크게 했지, 네가 무슨 잘못이겠냐?'

철우는 떨떠름한 표정으로 머리를 긁적이고 있을 때 멀리서 깽깽거리는 군견 소리가 들려왔다.

'반반이 녀석이 또 시비를 걸고 있나 보군.'

지난번 예나의 집 근처에서 살쾡이에게 죽을 뻔한 위기를 넘긴 이후 반반은 맹렬히 심신을 단련시켰다. 주먹질 발길질뿐만 아니라 기다란 막대기로 검법 연습도 했다. 나름대로 열심히 연마했다고 생각이 들었는지 이틀 전부터는 사도세가 내에 있는 군견들을 상대로 비무를 하고 돌아다녔다.

처음엔 군견의 새끼들을 상대했는데 승리를 맛보기 시작하자 보통 사람들은 무서워서 쳐다보지도 못할 군견들과 겨뤘고, 그때마다 반반이가 이겼다. 물론 막대기로 눈과 코를 찌르는 추접한 수법이긴 했지만 어쨌든 세가 내에 있는 모든 군견들이 반반이를 두려워하기 시작했던 것이다.

'아무튼 영물은 영물이군. 자기보다 열 배 이상이나 큰 군견들을 꼼짝 못하게 만들고 있으니⋯⋯.'

철우가 쓴웃음을 짓고 있는 그때 냉모가 천천히 다가오고 있었다. 냉모는 조용히 철우의 옆에 앉았다. 그녀의 모습은 기운이 빠진 듯했다.

"선배, 아직도 그 상태이던가요?"

철우가 얼마 전부터 냉모를 그렇게 칭했다. 나이도 그보다 훨씬 많았고, 무림에서의 경륜 또한 훨씬 풍부한 그녀. 그냥 스쳐 지나가는 사이가 아닌 이상 외호를 부르기는 곤란한 일이었다.

냉모가 대답 대신 고개를 끄덕이자 철우는 미안한 표정을 지었다.

"그렇게 초주검이 될 정도로 충격을 받을 줄은 미처 몰랐습니다. 영령이 여자라는 사실을 알면 깨끗이 포기할 것이라 생각했는데……. 내가 너무 간단하게 생각했던 것 같습니다."

"괜찮아요, 아직은 시간적 여유가 있으니까. 그리고 어차피 한 번은 치러야 할 홍역이니까요."

혼례일인 삼월 보름까지는 십육 일이 남았다. 때문에 일주일 이내로만 기운을 차리면 충분하다는 의미였다.

"물론 그렇기야 하지만 계속 저런 식이라면 도저히 혼례식을 치를 수가 없을 것 같은데……."

"지금은 세상이 무너진 것 같은 충격 때문에 식음을 전폐하고 계시지만, 시간이 지나면 정신을 차리실 겁니다."

"……."

"아가씨는 보기와는 달리 강하고 현명한 여자입니다. 이루어지지도 못할 사도가주와의 사랑 때문에 전하의 체면이 손상되는 일은 하지 않으실 겁니다. 혹시 이루어진다면 그땐 자기 감정에 충실할 수도 있겠지만……."

철우는 문득 영령이 여자였다는 사실을 밝혔을 때 그다지 놀라지 않았던 냉모의 모습이 생각났다.

"언제부터 알고 있었습니까?"

"뭐가요?"

"영령이 여자였다는 사실에 대해서……."

"훗!"

냉모는 짧게 실소를 지었다. 그리고 고개를 들어 하늘을 향해 시선을 둔 상태로 말했다.

"사도가주의 역용술은 정말 완벽했어요. 짙은 눈썹에 구레나룻이라니. 모공을 이용하여 그렇게 변신할 수도 있다는 얘긴 오십여 년을 살면서도 못 들어본 일이었죠."

"그런데 어떻게 아셨죠?"

"눈빛!"

"……?"

"눈빛은 아무리 완벽하게 역용을 해도 변하지 못했죠. 특히 사도가주가 당신을 바라볼 때의 눈빛은 남자의 것이 아니었어요. 정인을 향한 그 빛이었죠."

"저, 정인?"

철우는 자신도 모르게 흠칫했다. 그러자 냉모는 철우를 쳐다보며 가볍게 미소를 지었다.

"모르셨나 보군요. 그녀는 당신을 사랑하고 있어요."

"그, 그럴 리가요. 허허, 정인이라뇨? 비록 피를 나눈 남매는 아니지만 그녀와 나는 친남매와 다를 바 없는 사이입니다."

"어쨌든 피를 나눈 남매가 아닌 것은 사실이잖습니까?"

"그야… 그렇기는 하지만……."

"남자는 여자의 마음을 알지 못하지만 여자는 다른 여자의 눈만 봐도 그녀의 심리를 짐작할 수 있죠. 두 사람… 잘됐으면 좋겠어요. 정말 잘 어울리는 한 쌍인 것 같아요. 그리고 철 대협을 가장 잘 이해해 줄 수 있는 여인인 것도 같고……."

철우의 얼굴이 붉어졌다. 뭐라고 얘기를 하긴 해야 할 것 같은데 마땅한 말이 떠오르지 않았다. 차라리 이럴 땐 다른 얘기로 화제를 돌리는 게 최선일 것 같았다.

"참! 아직도 궁금한 게 있는데 얘기해 주시겠습니까?"

"뭐죠?"

"새북적혈련에서 묘월군주를 납치하려 한 이유가 뭡니까?"

철우는 그게 늘 궁금했다. 그때 대화사에서 묻고 싶었지만 주화란이 깨어나는 바람에 미처 묻지 못했기 때문이다.

"이유는 한 가지밖에 없겠죠."

냉모는 차갑게 식은 표정으로 입을 열었다. 철우의 당황하는 모습을 보며 미소 지을 때와는 확연히 다른 분위기였다.

"한 가지라면……?"

"중원 침공!"

순간, 철우의 얼굴이 딱딱하게 굳어버렸다.

외세의 중원 침공.

이 어찌 가공할 소식이 아닐 수 있겠는가? 전쟁이 일어나면 아름다운 강호의 산하는 피와 시체로 뒤덮일 것이며, 전쟁에 징용된 병사들은 물론 무고한 양민들까지 엄청난 희생을 치르게 될 테니 말이다.

"하지만 새북적혈련은 이미 백 년 전에 이미 완벽하게 궤멸되었다고 알려졌는데 그들이 무슨 능력으로 그런 망상을 할 수 있겠습니까?"

"철 대협의 말대로 궤멸했다고 해도 이미 흘러간 세월이 백 년입니다. 재정비를 하여 다시 침공하기에는 충분한 시간입니다."

"……"

철우는 무거운 표정을 지었다. 그녀의 말처럼 패전 후 백 년이다. 그동안 준비를 했다면 얼마든지 가능할 수 있을 것이다.

"한데 묘월군주를 납치하는 일이 새북적혈련의 중원 침공과 무슨 연관이 있다는 건지요?"

"중원 침공이라는 야망을 이루기 위해선 무엇보다도 만중왕 전하를 무너뜨리는 게 그들의 최우선 과제이니까요."

냉모의 얘기는 다음과 같았다.

만중왕은 천자가 되고 싶어했다.

어리고 병약한 조카보다는 자신이 보위에 오르는 것이 국가와 백성을 위해 바람직하다고 생각했고, 나름대로 지지 세력을 넓혔다.

하지만 그는 뜻을 이루지 못했다. 담중산 같은 위인들이 그의 등극을 원치 않았다. 그가 황제가 되면 자신들의 위치가 하루아침에 무너질 수 있기 때문이었다. 하여 당시 궐내에서 가장 큰 세력을 갖고 있는 담중산 일당의 견제로 그는 뜻을 이루지 못하고, 천자가 아닌 천자의 숙부로 만족할 수밖에 없었다.

권좌에 눈이 먼 인간이라면 그 자리에 앉기 위해 역모를 획책했겠지만 그는 운명이라 생각하고 순순히 받아들였고, 천자가 아닌 천자의 친척으로서, 그리고 조국과 백성을 위해 그가 할 수 있는 역할에 충실하고자 했다.

그는 늘 병력에 불안감을 느꼈다. 목숨을 걸고 국가를 지키는 관군들에겐 그에 합당한 대우를 해주어야 마땅함에도 불구하고 그들은 일반 포쾌들보다도 훨씬 못한 대우를 받고 있었다. 그러다 보니 우수한 인재를 모을 수가 없었고, 변방 국가들이 마음만 먹는다면 언제라도 침공이 가능할 만큼 국경 수비는 허술할 수밖에 없었다.

국가의 예산이 국방에 보다 많은 부분이 할당되어야 함에도 불구하고 그렇지 못한 것을 안타깝게 여긴 그는 변방의 동태를 파악하기 위해 측근들을 보냈다. 그 결과 그의 예상대로 중원을 노리는 변방 세력이 있었다. 이번에도 또 새북적혈련이었다.

"이쪽에서 세작으로 보낸 동방휘를 통해 그곳의 정황을 알아낼 수 있듯이, 그들 역시 중원 침공에 가장 큰 장애물이 만중왕 전하라는 것을 너무나 잘 알고 있을 거예요."

"……."

"때문에 그들은 전하께 압력을 가하기 위해 군주님을 납치하려 했던 것이죠."

철우는 만중왕이 어째서 세인들의 욕을 먹으면서도 요직에 그의 사람들을 앉힐 수밖에 없었는지 이제야 이해할 수 있을 것 같았다. 만중왕이 존재했기에 변방 이민족들의 침입에 대비를 할 수 있어 다행이라고 생각하면서도 일면으론 불안했다.

'이미 한 번의 실패를 겪었던 그들이 다시 침공을 계획하고 있다는 것은 그만한 준비가 되어 있기 때문일 것이다. 대체 이번엔 얼마나 많은 사람들이 희생을 당하게 될 것인가? 그리고 과연 이번에도 그들을 막아낼 수 있을 것인가?

생각이 깊어질수록 철우의 낯빛도 돌처럼 굳어지고 있었다.

*   *   *

금감석은 기분이 최악이었다.

지난날 자신보다 하위 직이었던 능진걸이 직속상관이 되어 있는 것만 해도 언짢은 일이다. 한데 그런 그에게 나름대로 열심히 충성을 하는데도 일 못한다고 뻑 하면 핀잔을 들으니 어찌 살맛이 나겠는가?

"망할 놈. 자존심 굽히고 영반님 하면서 열심히 아부를 하는데도 왜 자꾸 트집을 잡는 거야?"

그는 술잔을 들이키며 투덜거렸다.

"태감의 친척은 물론 측근들의 재산까지 조사를 해봤지만 축재를 한 흔적이 안 나오는 것을 대체 나더러 어쩌라는 거야?"

그랬다.

금감석은 지난날 능진걸에게 자신이 했던 실수를 만회하기 위해서라도 나름대로 태감 위지흠의 뒤를 조사했으나 내세울 만한 성과가 없었다. 그러니 능진걸에게 어찌 좋은 소리를 듣겠는가? 금감석으로선 기분이 더러웠고 불만이 쌓일 수밖에 없었다.

"젠장! 세상 참 더럽군. 몇 년 전까지만 해도 내 눈치를 보던 놈에게 잔소리나 듣는 신세가 되다니……."

비록 아부는 하고 있지만, 여전히 그의 뇌리 속에는 자신이 능진걸에게 직무 정지를 시켰을 때 생각이 더 깊이 각인되어 있었다.

"담중산 대인이 너무 허망하게 돌아가셨어. 그분만 살아 계셨으면 내가 그놈의 밑에서 일하는 이런 개 같은 경우는 없었을 텐데……."

금감석은 이미 죽은 담중산에 대한 추억까지 떠올리며 눈시울을 적셨다.

그때였다.

"저… 대인님, 손님이 찾아오셨는데요?"

밖으로부터 하인의 음성이 들려왔다.

"손님이라니? 이 야심한 시각에 무슨 얼어죽을 손님이란 말이냐?"

금감석은 울적한 기분을 하인에게 분풀이하듯 버럭 소리를 질렀다.

"황궁에서 나오신 분이라는데요?"

"이 정신 나간 놈아, 황궁에서 찾아올 사람이 없는데 대체 누가 왔다고 귀찮게 하는 거냐?"

쾅!

금감석은 험악하게 인상을 구기며 신경질적으로 문을 열어젖혔다.

왜소한 체형의 삼십대 하인의 옆에 죽립을 깊숙이 눌러쓴 사내가 있었다.

"……?"

금감석은 의아한 표정으로 죽립인을 응시했다. 죽립인은 건장한 풍채에 평범한 마의를 입고 있었다.

"불쾌한 얼굴을 보니 혼자서 자작(自酌)을 하고 계셨던 모양이구려."

"뉘쇼?"

"허허… 아무리 내가 죽립을 쓰고 있기로서니 그동안 열심히 뒷조사를 해놓고도 날 모르시겠단 말이오?"

죽립인은 껄껄 웃으며 천천히 죽립을 벗었다.

"헉!"

금감석은 입을 쩍 벌리며 경악성을 토했다. 동시에 그의 두 눈이 튀어나올 것처럼 크게 불거졌다. 금감석은 재빨리 방에서 뛰쳐나오며 무릎을 꿇었다.

"태, 태감님, 모, 몰라 뵈어서 죄송합니다."

"허허, 일어나시오. 하인도 있는데……."

"아, 아닙니다. 괜찮습니다. 소인은 오히려 이러고 있는 게 편합니다."

"허허, 편하다고 모처럼 찾아온 손님을 이렇게 계속 세워둘 셈이오?"

"예?"

"함께 술 한잔하고 싶어서 왔소. 함께 술이나 합시다."

"아… 예, 알겠습니다."

금감석은 그제야 벌떡 몸을 일으켰다. 그리고는 하인을 향해 소리쳤다.

"아주 높고 귀한 분이 오셨다! 각별히 신경을 써서 다시 술상을 봐오도록 하라!"

쪼르륵.

금감석은 두 손으로 공손하게 술을 따라주었다.

"태감님, 이건 백로주(白露酒)라고 저희 고향에서 유명한 술인데 어떤지 한번 드셔보십쇼."

위지흠은 천천히 술잔을 들이키고는 흡족한 듯 미소를 지었다.

"허허, 은은한 향이 정말 좋구려."

"그럼요. 제가 그동안 수많은 술을 마셔봤지만 이만한 술이 없었다니까요."

위지흠의 미소에 금감석은 기분이 좋았다. 하지만 계속 즐거운 표정만을 지을 수는 없었다. 그동안 그는 위지흠의 뒷조사를 했던 인물이었기 때문이다.

문득 위지흠이 무거운 표정을 짓자 금감석은 초조해지기 시작했다. 그가 자신을 찾아왔다는 것은 분명 좋은 일보다는 안 좋은 일일 가능성이 많을 것이라는 생각이 들었다.

"그, 근데 이 야심한 시간에 어쩐 일로……?"

금감석은 초조한 표정으로 입술을 떼었다. 위지흠은 의미심장한 미소를 지었다.

"그래, 그동안 나의 뒤를 조사한 결과가 어떠했소?"

"그, 그건……."

예상하고 있었던 얘기였지만 막상 위지흠의 입을 통해 흘러나오자 금감석은 움찔하며 더듬거렸다.

"그, 그러니까 그건… 죄송한 말씀입니다만 저의 의지가 아니라 영반의 지시였습니다. 저는 당연히 태감님의 고매하신 인격을 믿고, 수사할 필요가 없다고 강력하게 주장을 했지만 서열에서 밀리니 어쩌겠습니까? 그냥 시키는 대로 하는 수밖에 없었죠."

"하기 싫은데 위에서 강제로 시키니까 할 수 없이 그랬다는 얘기요?"

"그럼요. 이 땅에서 살아가는 사람들 중 대쪽 같으신 태감님의 인품을 모르는 자가 어딨겠습니까?"

삶을 살아가는 것이 아닌, 살아내는 사람들에겐 변명이 익숙했다. 늘 삶의 주체가 되지 못하고 형세에 따라 순응했던 금감석으로선 상황에 따른 변명이 습관처럼 자연스러웠다.

"아무리 엎치고 뒤쳐 봐도 티끌 하나 나오지 않을 만큼 너무도 청렴하신 태감님을 내사하다니… 정말 시간 낭비였다니까요."

"허허, 답답한 영반 밑에서 정말 많이 고생했겠소이다."

"그걸 말해 뭐 하겠습니까? 두말하면 입만 아프죠."

위지흠은 술을 마시면서, 그리고 말을 던지면서 금감석의 변화를 주시했다. 그럴 때마다 금감석은 늘 불만의 턱 끝까지 차 있는 모습이었다.

"이제 보니 그런 사정이 있었구려."

위지흠은 가볍게 웃고는 다시 말을 던졌다.

"부영반."

"마, 말씀하십쇼."

"만중왕의 득세가 얼마나 남은 것 같소?"

"예?"

금감석은 눈을 휘둥그렇게 떴다.

"무, 무슨 말씀이신지?"

"화무십일홍(花無十日紅)이라 했소. 열흘 붉은 꽃이 없는 것처럼 권력 또한 마찬가지요. 지난날 담중산 대인이 그랬던 것처럼 만중왕 역시 이미 권력의 한계치에 달했소."

"전… 아직도……."

금감석은 여전히 무슨 말인지 이해가 안 된다는 표정이었다. 위지흠은 술잔을 들이켰다. 그리고 천천히 잔을 내려놓으며 금감석의 눈을 뚫어지게 바라보았다.

"이제 곧 세상이 바뀔 것이오."

"……?"

"현재 득세하고 있는 만중왕은 물론 그의 잔당들까지 모두 몰살당할 것이오."

그 말이 너무도 충격이었을까?

금감석은 아무런 말도 하지 못한 채 몸을 떨었고 얼굴은 새하얗게 탈색되었다.

"그렇게 되면 당신은 삼족까지 참수에 처해질 게요. 당신 역시 민중왕을 추종하는 일당이니까."

"일당이라뇨? 아… 아닙니다. 전 만중왕과 아무런 상관이 없습니다."

금감석은 황급하게 양손을 저었다.

"제가 만중왕의 일당이라면 어찌 저보다 젊고 하위 직이었던 놈의 밑에서 일을 하겠습니까? 일당은 능진걸 그놈이지 전 절대 아닙니다. 그리고 말씀드렸듯이 태감님에 대한 뒷조사도 영반이 강제로 시키는 바람에 그랬던 것이지 결코 제 뜻이 아니었다니까요. 정말입니다."

그는 억울하다는 표정으로 강력하게 부인했다. 위지흠은 씨익 미소를 지었다.

"흠… 능 영반과 동지인 줄 알았더니 그게 아니었던 모양이구먼."

차츰 위지흠의 말투는 바뀌어갔다, 너무도 자연스럽게.

"동지라뇨? 오히려 그놈과 저는 악연입니다. 그놈 때문에 제가 만중왕에게 술 주전자로 얻어터졌던 적도 있었다니까요. 그렇게 별의별 꼴을 다 당한 제가 어찌 만중왕과 한패가 될 수 있겠습니까?"

"그렇다면 그들에게 복수하고 싶겠군."

"쯧. 저도 감정이 있는 사람인데 그런 마음이 어찌 없겠습니까? 그러나 복수라는 게 어디 하고 싶다고 해서 아무나 할 수 있는 건 아닌 만큼 그러려니 할 수밖에요."

"내가 부영반에게 기회를 주겠네."

"기회라뇨?"

"만중왕과 능 영반에게 당한 설움을 날려 버릴 수 있는 기회, 그리고 육부상서 중 한자리를 차지할 수 있는 기회."

"……!"

"어떤가? 기회를 한번 잡아보겠나?"

금감석은 등판이 축축하게 젖었다. 이제까지 위지흠이 했던 말을 조합하면 그가 하고자 하는 말의 의미가 무엇인지 능히 알 수 있었기 때문이다.

"혹시 그 기회라는 게 태감님께서 말씀하신, 세상이 바뀐다는 것과 같은 의미이신지……?"

위지흠은 고개를 끄덕였다.

"그러하네. 곧 세상은 바뀔 것이야. 필연적으로 그렇게 될 수밖에 없네. 그것은 이미 백 년 전부터 준비해 온 대역사니까."

'배, 백 년 동안을 준비했다고?'

"새로운 세상에선 새로운 인물들이 대륙의 주역이 될 것이네. 어떤 가, 평생 남의 밑에서 구박을 받으며 살다가 만중왕 일당과 함께 허망하게 참수를 당하겠나, 아니면 새로운 주역으로 대륙을 호령하며 당당하게 살아보겠는가?"

금감석은 자신도 모르게 마른침을 삼켰다. 그 역시 누구보다도 출세에 대한 욕망이 큰 인물이다. 늘 자신을 끌어줄 인물을 찾았고, 정성껏 그들의 비위를 맞췄던 것도 바로 출세 때문이었다.

하지만 그럼에도 그는 쉽게 대답하지 못했다.

'아무리 백 년을 준비했다고는 하지만 만약 잘못되면 그땐 끝장인데……. 그러나 이자의 말대로 정말 세상이 뒤집히면 그땐 또 그때대로 만중왕의 일당이라 해서 목을 잃게 될 테고…….'

금감석의 머리는 뒤엉킨 실타래처럼 한없이 복잡했다. 그는 불안한 표정으로 조심스럽게 물었다.

"그냥 이대로 살 수는 없을까요?"

"이미 자네가 우리의 비밀을 알게 되었는데 그게 가능할 것 같은가?"

위지흠은 섬뜩한 눈빛으로 쏘아보았다. 금감석은 심장이 오그라드는 것 같은 공포를 느꼈다.

'젠장! 하긴… 자신들의 동지가 되지 않는다면 보안 유지를 위해서

라도 곧바로 나를 제거하겠지.'

금감석은 열심히 머리를 굴렸지만 자신이 내릴 수 있는 결론은 한 가지뿐이라는 것을 깨달았다. 어차피 한 가지 선택뿐이라면 보장에 대한 것을 확실히 다짐받아야겠다고 그는 생각했다.

"세상이 뒤집히면…… 제가 정말 육부상서 중의 한자리를 차지할 수 있을까요?"

"물론!"

"조, 좋습니다. 그렇다면 제가 그 기회를 잡기 위해선 앞으로 어떡해야 하는지 말씀해 주십쇼. 저도 제대로 된 감투를 쓰고 큰소리치며 폼나게 한번 살고 싶습니다."

금감석은 비장한 표정으로 대답했다. 어차피 한쪽을 선택한 이상 기필코 성공하고 싶었다. 위지흠은 득의만면한 미소를 지었다. 귀찮은 혹들을 제거하기 위해선 금감석의 역할이 꼭 필요한 입장이었는데, 그가 이렇게 적극적으로 덤벼들고 있으니 어찌 흐뭇하지 않을 텐가?

위지흠은 술잔을 천천히 입으로 가져가며 말했다.

"이제부터 자네가 할 일은……."

                    *   *   *

"그게 무슨 소린가? 오늘도 부영반이 입궐하지 않았단 말인가?"

능진걸은 의아한 표정으로 앞에 서 있는 사내를 쳐다보았다.

동방고성(東方孤星). 나이 서른하나, 메주처럼 각진 얼굴형이 인상적인 그는 두 개 조로 나누어 있는 도감책 요원들 중 제일조의 조장이었다.

"예, 영반님. 하여 무슨 일이 있는지 사람을 보냈는데 어제 아침에 입궐하기 위해 나선 후 여태껏 소식이 없다고 합니다."

"하면 사고라도 당했단 말인가?"

"그렇지 않고서야 이틀씩 무단결근할 이유가 없지 않겠습니까?"

"으음……."

"어떻게 할까요? 병력을 풀어 공개적으로 찾아봐야 할 것 같은데……."

"됐네. 좀 생각해 볼 테니 자네는 그만 나가서 일을 보도록 하게."

"예. 그럼 전 이만……."

동방고성은 포권으로 예를 갖춰 인사를 올린 후 자리를 떴다. 능진 걸은 문득 불안한 느낌이 들었다.

'설마?'

금감석은 태감의 뒷조사를 하고 있는 담당자였다. 비록 아직까지 뚜 렷한 위법 사실을 밝혀내진 못했지만 당하고 있는 위지흠의 입장에선 분명 불쾌한 일일 것이다.

'하나 그렇다고 부영반을 강제로 납치한다는 것 또한 이해가 되질 않는다. 정말 태감이 그렇게 경솔한 짓을 했을까?'

능진걸은 무거운 표정으로 상념에 상념을 거듭하다가 하루만 더 기 다려 보기로 했다.

그때였다.

"아, 아니? 당신들 뭐야?"

우당탕! 쿵쾅!

밖으로부터 요원들의 당황하는 목소리와 요란한 음향이 뒤엉켜 나 왔다. 그리고 뒤미처 능진걸이 있는 영반실의 문이 부서지듯 거칠게 열렸다.

화려한 청의에 둘둘 말린 금빛 호승줄이 어깨에 걸려 있는 인물들이었다. 나타난 청의인들 중 말처럼 긴 두상에 숯덩이 같은 송충이 눈썹을 한 사십대 초반의 인물이 입을 열었다.

"능 영반, 우리가 누군지 아시겠소?"

"그대들은 금의위가 아니오?"

금의위(錦衣衛).

황실 내의 범법자들을 체포, 연행할 수 있는 수사 기관이다. 그런 금의위의 인물들이 느닷없이 찾아들었으니 능진걸로서도 당황할 수밖에 없었다.

"그렇소. 난 금의위의 총위사인 위담(魏曇)이오."

위담. 태감 위지흠의 먼 친척이기도 한 인물.

위지흠을 내사할 때 능진걸은 이미 그에 대한 부분도 조사한 적이 있었으나, 굳이 별다른 혐의점이 발견되지는 않았다.

"알고 있소. 한데 무슨 일인지?"

"능 영반은 모반죄로 연행하고자 하오. 불미스런 충돌이 없도록 순순히 포박에 응해주시오."

쿵!

능진걸은 머리에서 십만 근의 화약이 폭발하는 것만 같은 충격을 받았다.

모반이라니?

황당해하는 능진걸과는 달리 위담의 표정은 차갑고 단호하기만 했다.

"이미 금감석 부영반을 통해 모든 정황을 확보해 두었소. 어설픈 변명 따위는 하지 않았으면 하오."

"……!"

능진걸은 크게 당황했다. 위담의 말을 도무지 이해할 수가 없었다.

"부영반을 통해서라니? 그게 무슨 얘기요?"

위담은 얼굴을 험악하게 일그러뜨렸다.

"당신이 금감석을 통해 금릉의 만중왕에게 보내려던 밀서를 우리가 입수했소. 아시겠소?"

"미, 밀서라니?"

"황실 전복을 위한 상세한 계획들이 적혀 있는 밀서! 그렇듯 확실한 모반을 획책해 놓고 계속 뻔뻔스럽게 오리발을 내밀겠다는 것이오?"

"……!"

능진걸의 얼굴은 돌처럼 딱딱하게 굳었다. 위담은 부하들을 향해 소리쳤다.

"어서 포박해라!"

"예."

금의위의 위원들이 금빛 포승줄로 능진걸을 포박하려는 순간, 동방고성을 비롯한 도감책의 요원들이 막아섰다.

"됐네. 모두들 물러나게."

능진걸은 손을 들어 부하들을 제지시켰다.

"여, 영반님."

"무슨 오해가 있는 모양이네. 곧 돌아올 수 있을 게야. 그러니 너무 걱정 말게."

그는 씁쓸한 미소를 지으며 금의위 위원들의 포박을 받았다.

비록 말은 그렇게 했으나 능진걸은 알고 있었다. 자신은 지금 너무도 치졸하고 비열한 덫에 걸렸다는 사실을…….

　　　　　*　　　　　*　　　　　*

　눈같이 희고 솜털처럼 부드러운 모피가 바닥에 깔려 있고, 그것과 같은 모피로 뒤덮인 거대한 태사의. 그리고 그 태사의에는 화려한 곤룡포를 입은 사내가 앉아 있었다.

　매우 준수한 외모였으나 안색이 지나치게 창백하고 어쩐지 병약해 보이는 게 흠인 이십대 중반의 사내. 그는 다름 아닌 만백성의 아버이이자 이 땅의 천자인 영극제(英克帝)였다.

　영극제는 지금 태사의에 앉아 서찰을 펼쳐 보고 있었다. 서찰을 잡고 있는 손은 크게 떨렸고, 그의 눈은 경악으로 붉거져 있었다.

　황도의 민심은 무능하고 나약한 황제로부터 떠나 있습니다. 백성들은 보다 힘이 있고 유능한 천자를 애타게 그리워하고 있습니다.

　…중략(中略)…….

　이제 때가 된 것 같습니다. 백성들도 원하고 궐내의 많은 문무백관들이 전하께서 보위에 오르시길 바라고 있습니다. 그리고 장애 요소인 태감과 그 일당은 꼼짝 못하도록 이미 소신이 조치를 취해뒀습니다.

　…중략(中略)…….

　주변 여건들이 모두 전하를 위해 조성되고 있는 만큼 이제는 뜻을 펼칠 단계라고 사료됩니다. 그럼 소신은 연락을 기다리고 있도록 하겠습니다.

　"이… 이럴 수가……."

　영극제의 음성은 극심한 분노로 부들부들 떨렸다.

　"정녕 도감책의 영반이 이 밀서를 금릉의 숙부에게 전하려 했단 말이오?"

"그렇사옵니다. 만약 도감책의 부영반을 체포하지 못했다면 그 밀서
는 지금쯤 금릉으로 가고 있었을 겁니다."

위지흠은 침통한 모습으로 대답했다. 영극제는 잠시 심각한 표정으
로 상념에 잠겼다. 그리고는 무겁게 입을 열었다.

"하면 이 서찰을 능 영반이 직접 썼다는 얘긴데⋯ 필적을 확인해 보
셨소?"

"무, 무슨 말씀이신지?"

위지흠은 의아한 눈으로 영극제를 바라보았다.

"능진걸 영반은 불의와 타협하지 않는 강직한 인물이라고 들었소.
지난날 담중산 전승상과 마찰이 있었을 때도 원리 원칙에 따라 성주
직을 수행했던 인물이라 했거늘, 그런 그가 이런 추악한 음모의 주동자
라는 게 왠지 쉽게 믿어지지가 않는구려."

영극제의 말뜻을 이제야 비로소 이해한 듯 위지흠은 어두운 표정으
로 고개를 끄덕였다.

"능 영반의 강직했던 전력 때문에 소신 역시 무슨 오해가 있는 게 아
닌가 생각했습니다. 그래서 조사에 신중을 기할 수밖에 없었는데, 금
의위의 정밀 조사 결과 능 영반의 필적과 동일하다는 게 명백하게 드
러났습니다."

"⋯⋯."

"뿐만 아니라 그 외에도 그에겐 여러 가지의 문제점이 있었습니다.
그가 도감책의 영반으로 임명된 데에는 민중왕의 전폭적인 지원 덕분
이었고, 특별한 이유도 없이 소신을 계속 내사하며 없는 비리를 만들어
내려고 했었습니다. 돌이켜 보니 그 모든 것들이 바로 역모를 꾸미기

위한 사전 작업이었다는 게 밝혀졌습니다."

"으음……."

영극제는 무거운 신음을 흘렸다.

항주 성주 시절 능진걸에 대한 백성들의 평판은 황궁에까지 전해질 정도로 대단했다. 때문에 영극제는 그에 대한 깊은 관심과 애정을 갖고 있었다. 그런데 음모라니? 영극제는 마치 믿는 도끼에 발등을 찍힌 듯한 참담한 기분이었다.

"앞으로 이 일을 어찌해야 좋겠소?"

"이들의 역모가 발칙하기 짝이 없는 것이오나, 만중왕의 힘은 지금 황실 곳곳에 뻗쳐 있기 때문에 결코 쉽게 건드릴 수가 없습니다. 남군과 북군 교위에서부터 병력을 움직일 수 있는 대장군들이 그의 사람들이니까요."

"하면 이대로 당할 수밖에 없다는 얘기요?"

영극제가 근심스런 얼굴로 말을 하자 위지흠은 빙긋 미소를 지었다.

"그럴 수야 없지요. 소신은 만중왕이 언제고 야욕을 드러낼 것이라고 생각해 왔습니다. 하여 그가 야망의 발톱을 드러낼 때를 대비하여 초절정 무공을 보유하고 있는 무림고수들을 포섭해 뒀으니까요."

"오! 그게 정말이오?"

영극제는 눈을 번쩍 뜨며 반색했다.

"예, 폐하. 그러니까 일단 만중왕의 역모를 밝혀 만천하에 공개한 후, 병력을 움직일 수 있는 무장들만 자리에서 끌어내리면 나머지 사람들은 대세에 따라 자연스럽게 만중왕으로부터 등을 돌리게 될 것입니다. 비록 지금은 만중왕의 사람이라 할지라도 어차피 문무백관들은 권력의 단맛을 본 사람들입니다. 지난날 담중산 대인을 추종하다가 그가 죽자 이내 만중왕에게 몸을 옮긴 것처럼, 만중왕의 손발이 잘리면 누구보다도 빠르게 등을 돌리며 그를 욕하게 될 겁니다. 그것이 양지를 좇는 자들의 습성이니까요."

"태감……."

영극제는 자리에서 일어나 위지흠의 앞으로 다가갔다. 그는 감격스런 표정으로 말했다.

"그동안 그렇게 대비를 해두고 있었다니… 정녕 짐이 이제 믿을 사람은 그대뿐이구려."

"송구스럽습니다."

"태감이 아니고서 누가 그렇게까지 준비를 할 수 있겠소. 그대야말로 진정한 짐의 충복이오."

"폐하!"

"말씀해 보시오."

"흔들리고 있는 종묘사직이 안정되기 위해선 일단 폐하께서 긴급 어전회의를 개최하셔야만 합니다."

"어전회의는 왜 갑자기?"

"그 이유는 말씀드렸던 것처럼……."

위지흠은 어째서 급히 어전회의를 열어야만 하는지 그 이유를 상세하게 설명했다. 영극제는 그의 말을 들으며 수없이 고개를 끄덕이며 감탄했다. 그리고 그의 얘기가 모두 끝났을 때, 영극제는 위지흠의 손을 굳게 잡았다.

"태감, 짐에겐 오직 그대뿐이오. 이제부터 짐은 그대만 믿겠소."

"역도들을 응징하여 이 땅의 종묘사직을 바로 세우도록 하고야 말겠습니다, 기필코!"

위지흠은 고개를 조아리며 단호히 대답했다.

이 순간 그의 입가엔 의미심장한 미소가 번졌으나 영극제는 미처 그것을 보지 못했다.

*　　　*　　　*

야반삼경.

신흥 무림세가로 영역을 넓혀가고 있는 무창의 사도세가도 깊은 어둠에 잠겨 있었건만 아직까지 잠을 이루지 못하고 있는 사람이 있는 듯 빛이 흘러나오는 곳이 있었다.

냉모였다.

냉모는 유등 빛 아래에서 동방휘가 남긴 피 묻은 검파를 만지작거리고 있었다.

지난 삼십 년간 목숨처럼 사랑했던 정인의 흔적을 느끼려는 듯, 검파를 어루만지는 그녀의 손길은 정성스럽기 그지없었다.

바람 같은 이 사내를 만나지만 않았다면 그녀는 아마도 지금쯤 무림 구대문파 중 하나인 아미파의 장문인이 되어 있을 것이다. 아미의 장문인이 되는 것 외에는 생각해 본 적이 없었고, 그렇게 되기 위해 자신의 모든 열정을 다 바쳤다.

하지만 이 바람 같은 사내를 만나는 바람에 그녀의 삶은 궤도 이탈하게 되었다. 그 부분에 대한 후회는 없다. 그가 아니었다면 그녀는 죽는 날까지 사랑이 무엇인지 몰랐을 테니까.

다만, 그토록 사랑했던 사내와 사랑의 결실을 맺지도 못한 채 이렇게 먼저 보내고 말았다는 것이 너무도 아쉽고 그저 하늘이 원망스러울

뿐이었다.

"휘랑(輝郎)… 뭐가 그렇게 급했던가요? 난 아직도 당신을 보낼 준비가 전혀 되어 있질 않은데… 당신은 뭐가 그리도 급하시기에 저를 두고 먼저 떠나신 건가요?"

주르륵.

눈물.

피도 눈물도 없이 냉정하기만 하다는 그녀의 눈에서 뜨거운 눈물이 흘러내리고 있었다.

사랑 앞에서, 그리고 떠나간 정인 앞에선 그녀도 어쩔 수 없는 한 사람의 여인이었나 보다.

"……!"

순간 촉촉이 젖어 있던 그녀의 눈이 갑자기 크게 확대가 되었다. 어루만지고 있는 검의 손잡이 끝에 미세한 틈이 있는 게 느껴진 것이다.

냉모는 의아한 표정을 지으며 틈 사이에 손톱 끝을 밀어 넣으며 힘을 가했다.

딸각.

손잡이가 떨어져 나갔다.

"아니?"

냉모는 당혹성을 토했다. 뜻밖에도 분리되어 떨어져 나간 손잡이 안에 작게 돌돌 말려져 있는 종이가 있었던 것이다.

냉모는 말려진 종이를 펼쳐 보았다.

냉모의 얼굴이 딱딱해지기 시작하더니 돌처럼 굳어지고 말았다.

돌처럼 굳어 있는 그녀의 입술이 덜덜 떨리며 흘러나온 것은 바로 이 소리였다.

"마, 말도 안 돼. 어, 어떻게 이런 일이……."

              *   *   *

창문 하나 없는 어두운 지하 밀실.

천장 구석에 달려 있는 작은 유등 하나만이 실내를 밝히고 있었는데, 밀실 중앙에는 목조 의자에 묶여 있는 사내가 고개를 떨구고 있었다.

한동안 시체처럼 늘어져 있던 사내가 미세하게 몸을 꿈틀거렸다.

"으음……."

사내는 고통스런 신음을 토하며 눈을 떴다. 상당한 물리적 폭력을 당한 듯, 입술을 터지고 깨진 머리에서 흘러내린 피가 말라붙은 사내. 그는 바로 능진걸이었다.

의식이 돌아온 능진걸은 흐릿한 시선으로 주변을 둘러보았다.

얼마나 시간이 흘렀을까?

능진걸은 아무것도 알 수가 없었다. 금의위 대원들에게 끌려온 이후 그가 한 것이라고는 역모를 인정하라는 고함 소리와 함께 온갖 고초를 당하면서 수없이 의식을 놓았던 것뿐이었다.

고문을 당하면서 그는 잔인한 폭력 앞에 인간은 한없이 나약하고 무기력한 존재라는 것을 느꼈다. 고문의 강도가 점차 악랄하고 잔혹스러워졌다. 능진걸은 그냥 그들이 원하는 대로 인정해 버리고 싶을 만큼 치가 떨렸다.

그럴 때마다 그는 가족을 떠올렸다. 사랑하는 아내와 아들 앞에 비겁한 아비는 될 수 없다는 생각으로 이를 악물며 고통을 견뎠다.

'크큭… 견디는 것도 한계가 있겠지. 그리고 결국 난 고통 속에서

죽음을 맞이하게 될 테고…….'

쓸쓸한 미소가 그의 얼굴에 번져 나갈 때, 굳게 닫혀 있던 문이 열리며 금의위 총위사인 위담과 태감 위지흠이 나타났다.

위지흠은 엉망이 된 능진걸의 모습을 보며 혀를 찼다.

"쯧쯧… 금의위 친구들이 너무 심하게 다뤘구먼."

"죄, 죄송합니다. 워낙 끝까지 발뺌하는 바람에……."

위담은 고개를 숙이며 대답했다. 위지흠은 손을 저었다.

"아닐세. 자네들이 무슨 잘못이 있겠나? 이미 모든 사실이 다 드러났는데도 죄를 인정하지 않고 오리발이나 내밀려고 하는 인간이 잘못이지."

"드러났다고?"

능진걸은 고개를 쳐들며 발끈했다.

"나와 전혀 상관없는 편지를 당신들 멋대로 나의 것이라고 단정해 버려놓고 대체 뭐가 드러났다는 거요?"

위담이 얼굴을 험악하게 일그러뜨렸다.

"아니, 이 친구가 아직도 정신을 못 차렸나? 감히 여기가 어디라고 큰소리야? 정말 뒈지고 싶어?"

"됐네. 자넨 진정하고 가만있게."

위지흠은 손을 들어 위담을 진정시켰다. 능진걸은 위지흠을 응시하며 하소연하듯 소리쳤다.

"나의 밀시를 갖고 있었다는 부영반과 삼자대면이라도 할 수 있게 해주시오. 그러면 누구의 말이 진실인지 확인할 수 있지 않겠소?"

위지흠은 피식 냉소를 쳤다.

"능 영반, 그러기에 애당초 쓸데없는 짓은 하지 말았어야지. 이미 늦었네. 아니, 모든 게 끝났네."

"……?'

"역모의 수괴인 만중왕과 당신을 참수형에 처하기로 결정했네."

쿵!

능진걸은 심장에 폭약이 터지는 것과 같은 충격을 받았다.

"만중왕이 이곳으로 끌려오는 대로 국법에 따라 역적은 물론 그 혈족들까지 참수형을 당하게 될 걸세. 그러니 외롭진 않을 게야. 당신 가족과 함께 저승에 갈 테니까. 흐흐흐!'

위지흠은 음산한 미소를 흘리고는 위담을 향해 소리쳤다.

"뇌옥으로 끌고 가라."

"알겠습니다."

위담은 짧게 대답하고는 부하들을 향해 눈짓을 했다. 두 명의 인물이 의자에 묶여 있는 오랏줄을 풀고 능진걸을 일으켜 세웠다. 금의위 인물들에 의해 끌려가던 능진걸이 고개를 돌려 위지흠을 쳐다보았다.

"이제야 알겠소. 어째서 내게 이런 지독한 누명이 씌워졌는지……."

"흐흐, 지금이라도 깨달았다니 다행이군."

"하지만 명심하시오. 아무리 가리고 감출지라도 진실은 언제고 주머니 속의 송곳처럼 빠져나오게 될 것이라는 것을."

"좋은 얘기군. 나중에 시간 날 때 한 번쯤 생각해 보도록 하지. 흐하하하!'

위지흠은 앙천광소를 토했다.

크게 웃을 수 있다는 것 또한 승자의 몫이라 생각하고 있는 그는 맘껏 그 권리를 누렸다.

第三十章

위지흠의 꿈

緊급 어전회의가 열렸다.

사공헌필(司空憲弼) 승상을 비롯하여 조정의 실력자들이 모두 모여들었다.

"대체 무슨 일이오?"

정위 맹허(孟虛)는 의아한 표정으로 입을 열었다. 연락을 받고 어전회의에 참석했으나 도무지 영문을 몰랐기 때문이다. 그러나 그것은 다른 사람들도 마찬가지였다.

"글쎄요, 갑작스럽게 관료들을 소집시킨 것을 보면 분명 무슨 큰일이 생기긴 생긴 모양인데……."

"혹시 오랑캐들이 도발이라도 한 건가? 그것 말고는 갑자기 우리들을 소집할 이유가 없으실 텐데……."

문무백관들은 궁금증을 참지 못하고 모두 한마디씩 내뱉고 있었다.

그때였다.

"다들 모이셨소?"

묵직한 저음과 함께 한 인물이 장내로 들어섰다. 건장한 체구에 화려한 청의 관복을 입고 있는 오십대 중년인, 그는 바로 태감 위지흠이었다.

"모두 앉아주십시오."

그는 장내를 한번 훑어보고는 이내 자리에 착석했다. 대신들은 황당했다.

"이보시오, 위 태감. 그 무슨 불경스런 짓이오?"

다짜고짜 상석을 차지하고 앉은 위지흠의 행동을 용납할 수 없다는 표정이었다.

"허허, 황실의 법도를 누구보다도 잘 알고 있는 이 위 모가 설마 불경스런 짓이야 하겠소이까? 폐하께서 오늘 어전회의에 대한 전권을 제게 일임하셨으니 그렇게 아시고 모두들 그만 자리에 착석해 주십시오."

"……."

흔치 않은 일이지만, 가장 가까운 거리에서 영극제를 보필하고 있는 위지흠의 얘기인 만큼 중신들은 더 이상 의구심을 갖지 않고 자리에 앉았다.

"여러 대신들께선 갑작스런 비상소집에 대해서 매우 의아해하실 줄 압니다."

위지흠은 중신들을 둘러보며 천천히 얘기를 시작했다.

"폐하께서 즉위한 이후 변방 오랑캐들의 도발도 잠잠해지고 내부로는 그 어떤 민란도 없는, 정말이지 유례없는 태평성대(太平聖代)의 시기였습니다."

"암요. 이만한 때가 없었지요."

"그럼요. 이 모든 게 영민하신 폐하와 충심으로 뭉쳐진 여러분들의 덕이지요."

태평성대라는 말이 나오자 중신들은 모두 밝은 얼굴로 서로가 서로를 칭찬했다.

가뭄과 홍수가 연중행사처럼 일어나고 부패한 관리들의 부정 축재로 조정에 대한 백성들의 원성은 하늘을 찌르고 있었건만, 이들의 자화자찬에는 조금의 낯가림도 없었다. 정말 세상 실정을 몰라서 그러는 것인지, 아니면 한결같이 두꺼운 얼굴 가죽을 갖고 있어서 그런 것인지… 어쨌든 이 순간 이들의 표정은 더할 나위 없이 흐뭇하기만 했다.

"그런데 자신의 야망을 위해 이와 같은 성대를 무시하는 역도들이 있었소."

위지흠은 다시 말을 이었다.

"그들은 오랜 세월 동안 황실을 전복하기 위한 술책을 부렸고, 마침내 모반을 일으키기 위한 행동으로 들어갔소."

"모, 모반이라니?"

"대체 그게 어떤 놈이오?"

중신들은 당황하며 일제히 위지흠을 쳐다보았다. 위지흠은 차갑게 말했다.

"바로 만중왕이오."

쿵!

모든 이들의 얼굴은 백지장처럼 하얗게 탈색되었다.

"그… 그건 말도 안 됩니다!"

팔십일만 금군의 총교두인 담중후(潭衆侯)가 벌떡 일어나며 소리쳤다.

"만중왕 전하는 나라의 안정과 번영을 위해 헌신하고 계신 분입니다."

"그렇습니다. 많은 중신들이 만중왕 전하를 존경하는 건 그분에겐 사리사욕이 없기 때문입니다. 그런 분이 황실 전복을 꿈꾼다는 건 도저히 있을 수 없는 일입니다."

남군교위인 예춘서(芮春壻)와 병부상서인 여불학(呂佛學)을 비롯한 여러 중신들이 담중후의 말에 동조했다. 위지흠은 품속에서 서찰을 꺼냈다.

"소신도 그런 줄 알고 있었소이다. 하지만 너무도 명확한 그의 야심이 드러났습니다. 바로 이것입니다."

"대체 그게 뭔지 어디 봅시다!"

담중후 총교두가 낚아채듯 서찰을 잡고는 펼쳐 보기 시작했다.

"헉!"

서찰을 읽어 내려가던 그의 입에서 경악성이 터졌다. 동시에 담중후의 얼굴은 창백하게 질려 버렸고 서찰을 쥐고 있는 그의 양손은 심하게 떨렸다.

"이, 이건 말도 안 되는 억지요! 만중왕 전하가 역모라니?"

담중후는 격앙된 표정으로 소리쳤다.

"그분은 이 세상 어느 누구보다도 종묘사직이 안정되길 원하시는 황족이오! 또한 내가 아는 능 영반은 무엇보다도 상식과 원칙을 중시하는 정직한 사람이오! 그런 자가 역모라니… 이건 절대 있을 수 없는 일이오!"

"하나 내사 결과 능 영반의 필적임을 확인했소. 이렇듯 명백한 증거가 있는데도 계속 그들을 옹호하는 사람이 있다면 그들 또한 역모의 동조자로 치부하겠소."

"뭣이라? 역모의 동조자?"

"그렇소. 이건 폐하의 엄명이오."

위지흠은 단호하게 말을 뱉었다.

천자의 뜻이라는 말이 나오자 수군거리던 중신들은 긴장하기 시작했다. 심적으로는 만중왕과 능진걸의 역모를 부정하지만, 그렇다고 그들을 옹호할 수도 없는 입장이 되었기 때문이다.

"하면 앞으로 그들은 어찌 되는 게요?"

담중후가 무거운 표정으로 물었다.

"국법에 따라 만중왕과 능 영반은 물론 그 혈족들 모두 참수형에 처해질 것이오."

쿵!

중신들의 얼굴이 모두 딱딱하게 굳었다. 모반을 시도하려 했으니 중형을 받으리라 예상은 했으나, 당사자는 물론 그 일족들까지 모두 참수형을 당할 것이라고는 미처 생각지 못한 듯했다.

"참수라니? 난 절대 동의할 수 없소!"

쾅!

담중후는 탁자를 내려치며 발끈했다.

"동의할 수 없다니? 하면 감히 폐하의 엄명을 거역하겠다는 얘기요?"

위지흠은 눈꺼풀을 치켜뜨며 노성을 질렀다.

"만중왕 전하가 역모를 획책했다면, 이건 누가 봐도 어마어마한 사건이오! 이렇듯 엄청난 일을 자세한 조사도 없이 급하게 처리하고 참수형까지 결정해 버리다니, 이건 누가 봐도 이해할 수 없는 처사요!"

"명백한 물증이 있는데 그 이상 뭐가 더 필요하단 말이오?"

"마음만 먹으면 그깟 필적쯤은 얼마든지 흉내 낼 수 있소! 그러니 좀 더 자세한 조사를 거친 이후에 참수를 하든 말든 하라는 거요, 내 말은!"

담중후가 완강하게 소리치며 반대를 표하자 남군교위인 예춘서도 입을 열기 시작했다.

"나도 담 총교두의 생각과 같소. 이건 너무 성급하오. 차분하게 시간을 갖고 역모에 대한 좀 더 확실한 물증을 확보한 이후에 그들에 대한 처형을 논의하는 게 올바른 순서일 것이라 생각하오."

"가당치 않은 소리! 시간을 지체해 봐야 그들에게 반격할 수 있는 기회나 줄 뿐이오!"

위지흠은 무섭게 쏘아보며 소리쳤다.

"그리고 무엇보다도 중요한 것은 폐하께서 그들의 빠른 처벌을 원하신다는 것이오! 그러니 더 이상 그 문제에 대해서 왈가왈부하지 말고 모두 적극 협조하시오! 만약 지금부터 그 문제에 더 이상 반론하는 자는 황명에 따라 엄벌에 처할 것이오! 아시겠소?"

담중후는 자리에서 벌떡 일어섰다.

"아무리 황명이라도 난 절대 승복할 수 없소!"

"나도 동감이오! 엄밀한 조사가 선행되지 않는다면 남군을 출동시켜서라도 만중왕 전하가 참수되는 것을 막을 것이오!"

예춘서 역시 자리에서 일어났다. 일어선 두 사람은 어전회의장을 박차고 나서려 했다.

"멈추시오! 감히 폐하의 명을 거역하겠다는 게요?"

위지흠은 그들에게 소리쳤다. 하나 그들은 막무가내였다.

"잘못된 것을 알면서 무조건 따를 수는 없소! 우리가 직접 폐하를 알현하고, 폐하로 하여금 명을 거두시도록 만들겠소!"

"분명 폐하의 명이라 했거늘 그런데도 제멋대로 하겠다면 어쩔 수 없군. 그대들을 황명 불복죄로 모두 체포하겠소."

"뭣이라?"

담중후와 예춘서는 어이없다는 표정을 지었다.

물론 위지흠의 말대로 황명에 복종할 수 없다고 한 만큼 자신들의 행위는 황명 불복죄에 해당할 수 있을 것이다. 그러나 팔십일만금군의 총교두인 담중후와 황실의 병권을 움켜쥐고 있는 남군의 수장인 예춘서에게 감히 어떤 병사가 오랏줄을 채울 수 있겠는가?

"태감이 우릴 체포할 수 있겠소?"

"물론이오. 두 사람 모두 체포할 것이오."

"어디 능력있으면 한번 해보시구려."

담중후가 실소를 지며 비아냥거렸다. 그러자 위지흠은 의미심장한 미소를 지었다.

"금군과 황실 병력을 움직일 수 있다는 이유로 황명을 거역하고도 당당하신 모양들인데…… 어디 계속 그럴 수 있나 두고 봅시다."

딱!

말과 함께 그는 허공으로 손가락을 튕겼다.

스슥! 슥!

그러자 세 명의 인물이 유령처럼 장내에 나타났다.

눈처럼 흰 백의를 입고 머리엔 백색의 영웅건을 쓰고 있었으며 병기 또한 은색의 장창까지 똑같이 쥔 사십대 초반의 사내들이었다. 게다가 그들의 얼굴은 중원인보다는 좀 더 희게 보였다.

"뭐, 뭐 하는 놈들이냐?"

담중후는 눈알을 부라리며 그들을 쏘아보았다.

"그것을 몰라서 물을 만큼 어리석진 않을 텐데?"

음성을 발한 것은 그들이 아닌 위지흠이었다. 그의 얼굴엔 비릿한 조소가 흐르고 있었다.

"그러니까 이자들을 통해 우릴 체포하시겠다는 얘긴가?"

"흐흐, 이미 정해진 대세에 순응하지 않고 제멋대로 나가겠다는 인간들에게 쓸 수 있는 처방은 한 가지뿐 아니겠나?"

"푸하하하!"

담중후는 가소롭다는 듯 광소를 토했다.

"보아하니 만중왕 전하에게 역모죄를 뒤집어씌운 후 우리의 반발에 대비해서 무술 좀 하는 인간들을 구해온 모양인데, 과연 그게 가능할 것 같은가!"

"흐흐, 길고 짧은 것은 두고 보면 알겠지."

조소로 대답한 후 위지흠은 세 명의 백의인을 향해 소리쳤다.

"어서 시작들 하시게나!"

그의 말이 떨어지기가 무섭게 세 명의 백의인 중 애꾸눈의 사내가 천천히 장창을 움직이기 시작했다.

파츠츠츠츳!

고막을 찢을 것 같은 파공성과 함께 엄청난 광휘가 담중후를 압박해 갔다.

"······!"

담중후는 자신도 모르게 움찔거렸다.

예상 밖으로 애꾸눈의 공격은 섬광 같았다. 창을 슬쩍 움직이는가 싶었는데 어느새 그의 창끝이 담중후의 심장 앞까지 파고들고 있었던 것이다.

"타아앗!"

우렁찬 기합과 함께 담중후의 신형이 허공으로 도약했다. 동시에 그의 애검인 벽력검(霹靂劍)이 가공할 엄청난 검강을 쏟아냈다. 황궁 내 다섯 손가락 안에 꼽히는 절정고수답게 날렵하고 멋진 역공이었다.

카카카캉!

검과 창에서 형성된 막이 부딪치며 섬뜩한 금속성이 터져 나왔다. 담중후는 신형을 팽이처럼 회전하더니 십육방위로 가공스러운 검기를 폭사시켰다.

쐐쐐쐐쐐.

푸른 불꽃에 싸인 무시무시한 검풍이 귀청을 찢을 듯한 파공성을 뿌리며 돌진해 나갔다. 애꾸눈도 결코 물러섬없이 맞받아 쳤다.

파파파파팍!

실로 짧은 순간에 벽력검과 장창이 무려 삼십여 차례나 부딪치며 불꽃을 튀겼다.

회의장 안에 있는 중신들의 시야에는 번쩍이는 불꽃만 보일 뿐 그들이 어떤 식으로 싸우고 있는지 전혀 알 수가 없었다.

챙! 차차창!

섬뜩하고 날카로운 광휘가 허공에서 무수히 번뜩이자 중신들은 눈앞이 어지러워 더 이상 쳐다볼 수가 없을 정도였다.

그때였다.

번쩍―!

"크아악!"

새하얀 백광이 좀 더 짙고도 강렬하게 번뜩이는가 싶더니 처절한 단말마의 비명 소리가 터져 나왔다. 그와 동시에 노도처럼 휘몰아치던 수많은 광채들이 일순간에 사라지며 두 사람의 모습이 시야에 들어왔다.

담중후는 가슴을 잡고 비틀거렸다. 움켜잡고 있는 담중후의 손가락 사이로 시뻘건 선혈이 꾸륵꾸륵 새어 나오고 있었다.

담중후는 불신에 찬 눈으로 애꾸눈을 응시했다.

"이… 이럴 수가……!"

흔들리는 음성과 함께 그의 입에선 선혈이 울컥 쏟아져 나왔다. 그와 동시에 그의 몸도 앞으로 꼬꾸라지고 말았다.

쿵!

죽는 순간까지 자신의 패배를 이해하지 못하겠다는 듯 담중후는 미처 눈조차 감지 못했다.

"이, 이놈, 용서하지 않겠다!"

예춘서는 노성을 지르며 검은 묵룡이 승천하는 것과 같은 문양이 새겨져 있는 도집을 허공으로 쳐들었다. 이어 도집에서 시꺼먼 칼을 뽑아 들었다.

스르릉!

웅혼한 음향과 함께 빠져나온 칼은 그의 우수에서 검은 묵광을 뿌렸다. 이날까지 수많은 전쟁터에서 적장들의 목을 베었던 승천묵도(昇天

墨刀)였다.

"하아앗!"

날카로운 기합 소리와 함께 그의 승천묵도가 애꾸눈을 향해 짓쳐들기 시작했다. 그러자 애꾸눈은 뒤로 물러나고, 뒤에 있던 두 명의 백의인이 튀어나왔다.

"그대는 우리가 맡겠다."

파곽!

두 명의 백의인 중 들창코의 사내가 애꾸눈을 향해 파고들던 승천묵도의 시꺼먼 도기를 쳐내며 오히려 예춘서의 목구멍을 향해 파고들었다. 실로 눈부시다고밖에 할 수 없는 가공할 창법이었다.

'헉!'

예춘서는 설마 그들의 역공이 이리도 빠를 줄은 몰랐는지 안색이 딱딱하게 굳었다.

그는 미처 피하지 못하고 왼손을 앞으로 불쑥 내밀었다.

카캉!

시퍼런 불똥이 튀기며 들창코의 창날과 예춘서의 도집이 그의 목덜미 한 치 앞에서 부딪쳤다.

승기를 잡았다는 방심 때문이었을까?

예춘서의 도집은 멀쩡했던 반면 들창코의 창은 허공으로 팅겨 나갔다. 그 순간을 놓치지 않고 예춘서는 들창코의 앞으로 빠르게 파고들었다.

쐐애액!

승천묵도에 의해 들창코의 목이 날아갈 것 같은 그 순간, 허공으로 솟아올랐던 그의 장창이 기이하게 선회하며 예춘서의 정수리를 향해 내리 꽂히는 것이 아닌가!

"허억!"

예춘서의 눈은 튀어나올 것처럼 크게 확대되었다. 들창코의 목을 날리는 것보다도 자신의 정수리에 꽂히게 될 장창을 피하는 게 우선이었다. 그는 급히 몸을 뒤로 빼며 왼손에 쥐고 있는 도집을 허공에 그었다.

카캉!

예춘서의 정수리를 향해 내리 꽂히던 장창이 아슬아슬하게 콧등을 스치고 지나갔다. 실로 위험천만한 순간이었다.

하나 그것은 시작에 불과했다.

그때까지 아무런 움직임도 없이 지켜보고만 있던 또 하나의 백의인이 빛살 같은 속도로 예춘서를 향해 짓쳐들었던 것이다. 메주처럼 사각의 얼굴형을 갖고 있는, 세 명의 인물 가운데 가장 젊어 보이는 사내였다.

슈파앗!

공기가 압축되는 듯한 음향과 함께 장창이 가공할 속도로 예춘서의 등판을 노리고 짓쳐들었다. 위기의 순간을 피하는 데 급급했던 예춘서의 등판은 무방비로 훤하게 열려 있었다.

예춘서의 얼굴이 새하얗게 탈색되었다.

시간적으로 도저히 피할 수 없는 상황. 예춘서는 안광을 시퍼렇게 번뜩이며 도집을 버렸다.

푸욱!

예춘서의 신형이 팽이처럼 돌아가는 순간 섬뜩한 파육음과 함께 시뻘건 피가 허공에 튀었다. 장창은 예춘서의 옆구리를 관통했다. 예춘서는 고통으로 정신이 혼미해졌으나 입술을 질끈 깨물며 왼손을 뻗었다. 창대가 그의 손에 붙잡혔다.

전혀 예상치 못한 행동에 메주는 움찔했다.

그때를 놓치지 않고 예춘서의 승천묵도가 허공을 갈랐다.

메주는 헛바람을 토하며 창대를 놓고 황급히 뒤로 물러섰다. 그러나 그보다 승천묵도가 빨랐다.

"으아악!"

처절한 단말마의 비명과 함께 메주의 머리가 허공으로 떠올랐다. 그리고 비명과 동시에 또 하나의 쇄골음이 터졌다.

쾌콱!

예춘서의 왼쪽 어깨가 열려지며 시뻘건 선혈이 분수처럼 쏟아졌다. 메주가 위기에 처하자 뒤에 있던 애꾸눈이 벼락처럼 예춘서를 공격했던 것이다. 그러나 애석하게도 메주는 이미 머리와 육신이 분리가 된 이후였다.

쿵!

예춘서는 통나무처럼 앞으로 쓰러졌다. 그는 비록 죽었지만, 세 명의 적 가운데 한 명을 저승행 동지로 삼을 수 있었다.

애꾸눈과 들창코는 침통한 표정으로 메주의 시신을 내려보았다.

'빌어먹을… 방심하다가 당했다.'

'관외삼괴가 이제 관외이괴로 이름을 바꾸게 생겼군.'

관외삼괴!

그랬다. 이들은 바로 냉모의 정인인 천수신검 동방휘에게 실수를 가한 관외삼괴였던 것이다.

이어 죽음과 같은 정적이 찾아들었다. 위지흠은 득의만면한 미소를 지으면 천천히 중신들을 쳐다보았다.

"말했듯이 이것은 폐하의 엄명이오."

"……."

"누구든 명을 거역하면 이들과 같은 꼴을 당하게 될 것이오."

"……."

중신들은 어느 누구도 입을 열지 못했다. 막강한 무공의 소유자들인 담중후와 예춘서가 눈앞에서 참혹한 죽음을 맞이하는 순간을 목격한 그들은 공포에 질린 표정으로 떨고 있을 뿐이었다.

"내, 내사가 좀 미진할지라도… 폐하의 엄명이시라니 어쩔 수 없겠지요."

처음으로 입을 연 것은 맹허 중위였다. 비록 만중왕의 도움으로 정위에까지 올랐지만 그는 현재 일어나고 있는 상황 순응하기로 맘을 굳힌 듯했다.

'팔십일만의 금군과 황실 병권을 움켜쥐고 있는 총교두와 남군교위가 제거된 이상 힘의 축은 위 태감에게 넘어갔다고 봐야 할 것이다. 어쩔 수 없어. 과거의 은혜보다 중요한 것은 오늘의 현실이니까.'

맹허는 만중왕으로부터 등을 져야만 하는 자신의 처지를 스스로에게 열심히 합리화시켰다. 그리고 동조를 구하듯 곁에 있는 사공헌필에게 입을 열었다.

"승상께서도 한 말씀 하시죠."

사공헌필은 잠시 망설였다. 그 또한 이번 사건은 좀 더 냉철한 수사가 필요하다고 생각했다. 하지만 상황은 그런 얘기를 꺼낼 수조차 없게 전개되고 있었다. 일인지하만인지상(一人之下萬人之上)의 위치인 승상이었지만, 그도 역시 말 한마디 잘못했다가는 목숨이 온전치 못할 판이었다.

"폐하의 엄명이시라니 어쩌겠소? 국법에 따라 죄를 물어야겠지요."

"아무리 폐하의 숙부라 할지라도 죄를 지었으면 벌을 받는 건 당연한 일입니다."

"그럼요. 저도 동감입니다."

사공헌필의 말이 떨어지기가 무섭게 중신들의 입이 열렸다. 위지흠은 급변하는 중신들의 모습에 흐뭇한 미소를 지었다.

"하하! 알겠소이다. 폐하께 여러분의 충정을 잘 말씀드리겠습니다."

마침내 길고 길었던 만중왕에 대한 처벌 논란은 그 종지부를 찍으며 황실의 막후 실력자도 자연스럽게 바뀌어갔다.

*   *   *

전하… 새북적혈련은 백 년 전 그때와는 전혀 다른 식으로 중원 침략을 계획하고 있다는 것을 알아냈습니다. 그때는 대규모 병력을 이끌고 변방에서부터 계속 전투를 치르며 황도 가까이 쳐들어왔지만, 이번에는 그와 같은 대규모 전투를 치르지 않고 곧바로 황실을 전복하는 계획을 세워놓고 있었습니다. 그와 같은 상식 밖의 계획이 가능한 것은 황실 내부에 그들의 조력자가 있기 때문입니다.

태감 위지흠.

바로 그자입니다. 위지흠은 몇 년 전부터 경제적으로 궁핍한 새북적혈련을 위해 막대한 자금을 보내줄 정도로 깊은 유대를 맺고 있었고, 함께 행동하는 것으로 밝혀졌습니다. 기름진 대륙을 차지하기 위해 호시탐탐 기회를 노리는 새북적혈련의 대종사와 중원의 주인이 되고자 하는 위지흠

사이의 계산이 맞아떨어진 것이죠. 하여 그들은 지난날과는 달리 황실 전복에 장애가 되는 인물들을 먼저 제거한 후, 확실하게 황권을 차지한 다음에 넓은 대륙을 반으로 나눠 서로의 권리를 인정하기로 했다고 합니다. 예를 들면 장강 이북은 위지흠이 통치하고 그 이남은 대종사가 통치한다는 식으로 말입니다.

……중략(中略)…….

전하, 이미 대종사는 그 심복들을 이끌고 황도인 북경 안에 잠입해 있습니다. 시간이 없습니다. 무슨 수를 쓰더라도 위지흠의 야욕을 한시 빨리 붕괴시켜야 합니다. 더 이상 그들의 야망이 무르익기 전에…….

……하략(下略)…….

부르르.

만중왕부의 회의장인 태화전에 모인 군호(群豪)들은 만중왕이 내민 편지를 돌려보며 자신도 모르게 치를 떨었다.

"전하! 이, 이게 사실입니까?"

장군복에 털투성이인 사십대 구 척 거한이 격앙된 음성으로 물었다.

금릉지휘사(金陵指揮使) 군벽황(君擘晃).

수하에 오천육백 명의 군사를 거느리고 금릉과 그 일대의 치안을 담당하고 있는 인물이었다.

만중왕은 무거운 표정으로 천천히 고개를 끄덕였다.

"그렇다네. 그 서찰을 쓴 사람은 지난 십여 년간 새북적혈련 내에 잠입해 있던 나의 최측근이었으니까."

서찰은 냉모가 동방휘의 검 손잡이에서 발견한 그것이었다. 사안이 사안인 만큼 그녀는 그것을 읽자마자 급히 전서응을 통해 만중왕에게 보냈던 것이다.

"세작으로 파견된 천수신검 동방휘를 통해 그동안 그들의 내정에 관해선 이미 어느 정도 파악해 두고 있었네."

"……."

"춥고 배고픈 동토에 삶의 터전을 마련하고 있는 그들로서는 언제나 기름진 중원 땅이 부러울 수밖에 없었지. 하여 과거에 그와 같은 대규모 침공을 했던 것이었을 테고……."

만중왕은 목이 타는 듯 천천히 차를 한 모금 들이켰다. 잔을 내려놓은 후 생각을 정리하듯 잠시 뜸 들이고는 다시 말을 이어나갔다.

"하나 그동안 보내온 조사 결과에 의하면 그들은 지난날 좌절된 야망을 성취하기 위해 보다 강한 무공을 연마하고 병장기와 많은 말들을 구입하는 등 침략을 위해 차근차근 준비를 했으나… 삼 년 연속으로 이어진 엄청난 가뭄과 혹한에 마실 물과 식량조차 구하기 힘든 어려운 처지로 추락했다고 하였네."

"……."

"싸워야 할 병사들이 기아(飢餓)에 나가떨어지고 있는 판이니 침략 계획은 물거품으로 전락했다고 생각했는데, 몇 년 전부터 막대한 돈을 보내주는 동조 세력이 생겨났다더군."

"……."

"그 돈으로 이웃 국가에서 식량을 구입하고 양털도 구입하는 등, 거우 기아에서 벗어날 수 있었다고 했네. 그 동조 세력이 누군가 늘 궁금했는데… 그게 다른 사람도 아닌 가장 가까이에서 폐하를 모시는 위태감일 줄이야……."

만중왕은 넋두리를 하듯 씁쓸히 뇌까렸다. 군후들은 너무도 엄청난 사실에 말문이 막힌 듯, 황당한 표정으로 만중왕을 응시하고 있을 따름이었다.

만중왕은 그동안 위지흠의 주변에 가려졌던 모든 것들을 벗겨내는 기분이었다.

"어째서 능진걸 영반이 위지흠이 관리하고 있는 이십사아문의 예산 집행에 대해 조사를 했는지 이제야 알 수 있을 것 같네. 지난 몇 년 동안 위지흠은 책정된 예산의 반 이상을 새북적혈련에 보내주었던 거야, 놈들이 기아에 쓰러지면 자신의 야욕도 무너진다는 동지 의식으로."

막대한 예산을 횡령했음에도 찾을 수 없었던 위지흠의 사용처는 바로 새북적혈련이라는 게 밝혀지는 순간이었다.

"미, 미친놈! 환관 주제에 감히 정권 찬탈을 노려?"

"게다가 뭐? 오랑캐와 자신이 대륙을 반으로 나눈 후 서로 그 주인이 되겠다고? 그 자식이 미쳐도 정말 더럽게 미쳤군!"

통판(通判) 주명(周冥)과 추관(推官) 사마운(司馬雲)이 어처구니없다는 듯이 말을 내뱉었다.

"정권에 눈이 멀면 보이는 게 없는 법이지."

만중왕은 씁쓸한 표정을 지었다.

"전하! 황실에 있는 담중후 총교두나 예춘서 남군 교위, 아니면 여불학 병부상서에게 연락하여 그 정신 나간 고자 놈을 체포해야만 할 것 같습니다!"

"그렇습니다! 무슨 짓을 할지 모르는 위험한 놈입니다. 더 이상 헛수작을 부리지 못하도록 일단 묶어둬야 합니다."

흥분한 주명과 사마운은 동시에 입을 열었다.

"내 생각도 같네."

만중왕은 고개를 끄덕이고는 좌중을 보았다.

"북경까지 누가 밀사로 가겠나?"

"제가 가겠습니다."

군벽황의 바로 곁에 있던 깡마른 체구의 삼십대 후반 사내가 자리에서 벌떡 일어났다.

지휘첨사(指揮僉使) 설하유(雪河有).

무림의 명가인 백검문(白劍門) 출신으로 만중왕에게 발탁된 후 정사품인 지휘첨사에까지 오른 인물. 군벽황의 직속 수하이며 만중왕에 대한 충성심으로 똘똘 뭉친 사내였다.

"좋아! 지금 곧 출발토록 해라!"

"존명!"

금릉에서 북경까지는 명마인 흑오마를 타고 달려도 사흘이 걸리는 머나먼 길. 때문에 이때까지만 해도 이들은 알 수가 없었다, 황실의 병권을 장악하고 있는 담중후와 예춘서가 이미 사흘 전에 저승으로 떠났다는 사실을.

설하유가 만중왕을 향해 밀사로서의 예를 갖추는 그 순간,

덜컹!

회색 장삼에 곰처럼 어깨가 떡 벌어진 오십대 후반의 인물이 급하게 문을 젖히고 뛰어들었다.

第三十一章

끌려가는 군웅들

뇌정패도(雷霆覇刀) 염적(廉狄).

도법의 명가인 공공문(空空門)의 장로 출신으로, 왕부의 총호법이자 만중왕의 그림자와도 같은 심복이다. 그런 그가 이토록 급하게 달려왔다는 건 그만큼 중요한 일이 생겼기 때문일 것이다.

"무, 무슨 일이오?"

그의 입술이 열리기도 전에 이미 중인들의 얼굴엔 긴장감이 서렸다.

"전하! 크, 큰일났습니다. 어서 피하십시오!"

"피하라니? 난데없이 그게 무슨 뚱딴지같은 소린가?"

만중왕이 미처 되묻기도 전에 처절한 비명 소리가 꼬리에 꼬리를 물고 들려오기 시작했다.

"크악!"

"으아악!"

생의 종말을 고하는 단말마의 절규, 그것은 마치 눈 뭉치가 불어나듯 삽시간에 사방으로 확산되고 있었다.

"뭔가? 대체 무슨 일인가?"

만중왕이 다시 한 번 재촉하듯 묻자, 염적은 비통한 표정을 지었다.

"금군 제삼교두(第三敎頭)인 와룡창(臥龍彰)이 황명에 따라 전하를 체포하겠다며 무려 일만 오천 명의 금군을 이끌고 쳐들어왔습니다!"

"체포라니? 폐하가 무슨 일로 나를 체포하시려 한단 말이냐?"

"전하께서 능진걸 영반과 함께 황실 전복을 획책하였다고……."

염적은 차마 더 이상은 얘기를 못하겠다는 듯 뒷말을 흐렸지만 만중왕을 비롯한 중인들의 얼굴은 이미 돌처럼 굳어버렸다.

"가당치 않은 소리! 누구보다도 황권을 존중하시는 전하께서 뭣 때문에 모반을 꾸미신단 말인가!"

군벽황이 버럭 노성을 질렀다. 염적은 침통한 표정으로 입을 열었다.

"그것을 의심할 사람이 천하에 어딨겠습니까? 그런데도 이미 그와 같은 억지가 벌어졌습니다!"

"한데 담중후 금군 총교두가 있는데 어떻게 그 밑에 있는 제삼교두가 병력을 이끌고 올 수 있단 말인가?"

"맞아! 아무리 황명이라도 그가 버텨 버리면 금군 출동은 불가능한 일이 아닌가?"

"그리고 와룡창의 제삼대(第三隊)라면 장강 비적단을 토벌하기 위해 곡지현(曲址縣)에 군영(軍營)을 두고 있던 금군들이 아닌가? 비적들을 잡아야 할 놈들이 여긴 왜 몰려왔단 말인가?"

군후들은 도저히 이해할 수 없다는 표정으로 웅성거렸다.

"담중후 총교두와 예춘서 남군 교위는 이미 유고(有故) 상태이며 제 삼대가 출동한 것은 왕부와 가장 가까운 곳에 위치하고 있었기 때문이라고 합니다!"

"뭣이라?"

염적의 대답에 군벽황을 비롯한 군후들의 얼굴이 하얗게 탈색되었다. 만중왕의 측근으로 금군과 황실의 병권을 장악하고 있는 그들이 이미 죽었다는 것은 매우 상황이 불리하게 돌아가고 있다는 의미였기 때문이다.

"역모죄가 씌워진 이상 체포되면 곧 참수형입니다!"

염적은 다시 다급하게 재촉하기 시작했다.

"외원과 내원의 사병들에게 몸을 던져서라도 막으라고 지시했으나 상대는 무려 만 오천 명의 금군입니다! 시간이 흐를수록 더 힘들어집니다! 전하, 어서 몸을 움직이십시오!"

그 순간,

"와아아!"

"우와아아!"

우렁찬 함성이 장내를 파고들었다.

"빌어먹을……!"

염적의 얼굴이 휴지처럼 구겨졌다. 상황은 자신이 예상한 것보다도 훨씬 빠르게 악화되고 있었다.

"놈들이 벌써 내원 안으로 들이닥쳤습니다! 시간이 없습니다! 저와 호원 무사들이 놈들을 막고 활로를 뚫어볼 테니 어서 몸을 움직이십시오! 어서요!"

상황이 너무도 급박하게 돌아가자 염적은 마치 명령하듯 소리쳤다.

이날까지 단 한 번도 불경을 저질러 본 적이 없었던 그는 주군인 만중왕을 살리기 위해 성난 사람처럼 외친 것이다.

만중왕은 염적의 충심에 가슴이 메어졌다. 자신의 목숨을 던져서라도 자신이 도망칠 수 있는 공간을 만들어보려는 그의 마음에 뭉클한 감동을 느꼈다. 하지만 지금은 감상에 젖기보다는 결단을 내려야 할 때다.

의연하게 황명을 받고 참수형에 처해지느냐, 아니면 도주하여 후사를 도모하느냐.

'이 모든 게 위지흠의 머리에서 나온 게 분명할 것이다. 그것을 알면서 절대 순순히 황명을 받아들일 수는 없다.'

그는 입술을 질끈 깨물며 생각을 정리했다. 그리고 뜨겁게 충혈된 눈으로 염적을 바라보았다.

"알았다. 미안하다는 말은 훗날 저승에서 하도록 하마."

"잘 생각하셨습니다."

염적은 희미하게 미소를 지며 대답했다. 그리고는 급히 몸을 돌려 밖으로 나갔다.

그사이 비명 소리는 점점 더 태화전을 향하여 조여들고 있었다. 이미 내원의 방어선도 붕괴된 듯싶었다.

"아무리 폐하의 명이라도 이건 도저히 받아들일 수 없는 황명이다. 후대에 참수당한 역적으로 기록될 수 없다. 일단 도주를 해서라도 후사를 도모토록 하자."

"지당하신 말씀입니다!"

만중왕이 먼저 밖을 향해 걸음을 옮기자 군호들 또한 분연히 자리를 박차고 일어나 그의 뒤를 따르기 시작했다.

군호들이 태화전을 벗어났을 때, 내원을 사수하던 최후의 방어선이 와르르 무너져 내리고 있었다.

"커억!"

"크아악!"

단말의 절규가 홍수를 이룬다 싶더니 후원 병사들의 일각이 허물어져 내리고 그 사이로 금군들이 물밀 듯 밀려들어 왔다.

황색 무복을 입고 있는 금군들, 그들은 선혈이 뚝뚝 떨어지는 병기들을 휘두르며 만중왕 일행을 압박해 들었다.

"역적 만중왕은 부하들을 그만 희생시키고 어서 포박을 받도록 하라!"

그야말로 터진 봇물과 같은 기세였다. 그러나 만중왕 일행에게 도달하기도 전에 그들은 전진을 멈춰야만 했다.

총호법 염관과 호원 무사들, 대기하고 있던 그들이 일거에 내달리며 금군 선발대의 예봉을 꺾어버린 것이다.

"으아악!"

"크악!"

삽시간에 비명의 홍수는 강물이 범람하는 듯이 배가되었다.

만중왕부의 호원 무사들.

그들의 조직력과 개개인의 무공은 사뭇 눈부신 것이었다. 이미 그들은 호원 무사로 발탁될 때부터 일류급의 무공 수위를 지니고 있었고, 끊임없는 수련으로 물샐틈없는 조직력까지 보유하게 된 것이다.

불과 삼십여 명의 소수로 수백의 선봉대를 일방적으로 몰아붙이며 만중왕 일행에게 활로까지 만들어주는 그들의 모습은 절로 감탄이 나올 정도였다.

그러나 몰려온 금군의 무리들 중에는 이들이 있었다.

금궁위사단(禁宮衛士團).

팔십일만 금군의 최정에 살인 부대이자 신기에 가까운 살인 기술을 갖고 있다는 바로 그들이었다.

새하얀 백색 무복에 검과 도를 비롯하여 심지어는 삭과 낫과 같은 각기 다른 병기를 들고 활로를 뚫고 있는 호원 무사들을 향해 짓쳐드는 팔십팔 인의 금군의 최고 살인 기술자들.

파파파팟!

"으아아악!"

가공할 예공이었다. 물샐틈없을 것만 같았던 조직력이 흔들리며 비명이 터지기 시작했다. 역시 전문가가 펼치는 살인적 무술 기예는 사뭇 독보적인 것이었다.

"이, 이런 육시랄 놈들!"

눈앞에서 호원 무사들이 추풍낙엽처럼 쓰러져 나가자 지휘사 군벽황은 노성을 토하며 느닷없이 어디론가 날아갔다.

우지끈!

만중왕과 군호들이 빠져나온 태화전으로 날아간 그는 전각의 지붕을 받치고 있는 기둥을 두 손으로 잡아 뜯었다. 그러자 엄청나게 큰 기둥이 거짓말처럼 뽑혀져 나왔다.

콰르릉!

그로 인해 태화전 건물의 일부가 굉음을 토하며 그대로 무너져 내렸다.

"……!"

금군들은 경악 속에 두 눈을 부릅떴다. 그러나 놀라움은 이제부터였다. 구 척 거구의 지휘사 군벽황이 들고 있는 엄청난 기둥을 휘두르는 괴력을 연출하기 시작한 것이다.

퍼퍼퍼퍽!

둔탁한 파육음이 연속적으로 터져 나왔다. 동시에 시뻘건 핏물과 허연 뇌수들이 허공을 자욱이 메우며 금궁위사단의 진중에 커다란 공백이 생겨났다. 군벽황이 휘두르는 기둥에 머리나 몸통을 가격당한 그들이 짚단처럼 우수수 쓰러져 버린 것이다.

그러나 괴력만으로 금궁위사단을 상대하기는 무리였다. 너무도 엄청난 괴력에 멍하니 서 있다가 몇몇 무사들의 머리통이 박살났지만, 그들은 더 이상의 희생자를 내지 않았다.

위이이잉!

군벽황이 휘두르는 기둥은 상대의 목 높이였다. 지면으로 자세를 움츠리면 반격할 수 있는 틈이 생길 수밖에 없었다. 물론 상대가 자세를 낮춘다면 군벽황 또한 기둥을 낮춰 휘두르겠지만 그 무거운 기둥을 일반 병기처럼 자유자재로 움직인다는 건 아무리 괴력의 사나이라 할지라도 곤란한 일이었다.

금궁위사단 중 세 명의 위사가 몸을 낮추더니 제비처럼 동시에 솟아올랐다. 그와 동시에 각기 다른 세 가지의 병기가 군벽황의 목구멍과 심장, 그리고 단전을 정확하게 관통시켰다.

"커헉!"

생의 마지막을 고하는 처참한 신음 소리가 터지며 군벽황은 자신이 들고 있는 기둥과 함께 바닥에 쓰러졌다.

쿵!

육중한 음향과 함께 땅이 흔들렸다.

총호법 염적이 입술을 질끈 깨물었다.

'승부다. 전하께서 안전하게 피신할 수 있도록 활로를 만들기 위해선 무엇보다도 금궁위사단의 전열을 붕괴시키지 않으면 승산이 없다.'

군벽황을 쓰러뜨린 위사들을 향해 염적이 신형을 날렸다.

"총호법! 나도 한 팔 거들겠소!"

지휘첨사 설하유도 동시에 백검을 뽑아 들고 염적과 행동을 함께했다.

쐐쐐쐐쐐!

"으아아악!"

가공할 두 줄기의 검기가 서로 엇갈리며 세 명의 위사를 너무도 간단하게 해치워 버렸다. 상승의 무공을 보유하고 있는 세 명의 위사가 너무도 맥없이 쓰러지는 모습에 금군들을 당황을 금치 못했다.

그만큼 염적과 설하유의 무공은 패도적이었고, 무림 일파의 문주 못지않은 절정의 수위였다.

파츠츠츠츳!

"으아악!"

카카카칵!

"캐액!"

염적과 설하유가 몸을 날릴 때마다 위사들은 살인 기예를 제대로 펼쳐 보지도 못하고 너무도 맥없이 쓰러져 나갔다. 그러는 사이 만중왕 일행은 빠르게 몸을 움직이고 있었다.

그 순간,

슉! 슈슈슉!

느닷없이 독수리처럼 날아오르며 태양을 가리는 적색 무리들이 나타났다. 적색 무리들은 도주하는 만중왕 일행을 향해 일체의 경고나 예고도 없이 창과 도끼를 비롯한 각종 병기를 휘두르며 막무가내로 돌진해 왔다.

"……!"

문득 만중왕은 그들의 가슴에 씌어진 글자를 보았다.

적(赤).

만중왕의 얼굴이 새하얗게 탈색되었다.

'새북적혈련!'

그랬다.

독수리처럼 솟았다가 흡사 성난 이리 떼처럼 달려드는 붉은 기습자는 바로 새북적혈련의 주구였던 것이다.

챙! 차차창!

만중왕을 경호하고 있는 호원 무사들은 왕부의 최정예답게 붉은 기습자들을 정면으로 맞받아 쳤다. 그러나 붉은 기습자들은 만중왕 일행이 도주는커녕 꼼짝도 할 수 없을 만큼 너무도 강했다.

"저, 저놈들이?"

만중왕과 호원 무사들이 곤경에 처하자 염적과 설히유는 급히 그곳으로 몸을 날리려 했다.

"클클, 네놈들은 노부가 맡겠다."

심혼을 얼어붙도록 만드는 사이한 음성이 고막을 때렸다. 그와 동시에 넝마처럼 다 떨어진 회색 장삼을 펄럭이며 한 인물이 마치 새의 깃

털처럼 천천히 허공에서 떨어졌다.

햇빛에 번쩍이는 대머리에 외눈박이의 노인. 안대도 하지 않고 휑하니 뚫린 한쪽 눈을 그대로 드러내고 선 모습은 너무도 흉물스러웠다.

"도, 독목백정!"

설하유의 두 눈이 믿을 수 없다는 듯 크게 확대되었다.

독목백정(獨目白丁).

이십 년 전 단신으로 무림십대검문 중 하나인 태양문(太陽門)을 멸문시키고, 문도들을 몽땅 도륙해 중원을 경악시켰던 인물. 그 인간 백정이라 불리는 독목백정이 바로 이들의 앞에 나타난 것이다.

"이, 이럴 수가! 당신이 새북적혈련의 주구가 되었다니!"

설하유는 당혹스런 표정으로 독목백정을 쳐다보았다.

"클클, 왜 내가 그러면 안 되는 법이라도 있는가?"

그는 음산한 웃음을 흘리며 말을 이었다.

"힘센 놈이 세상을 지배하는 세상이거늘… 정파 놈들은 내가 태양문을 몰살시켰다고 나를 인간 백정이니 뭐니 지껄이면서 무림공적으로 만들더라고."

"……."

"젠장! 막상 무림공적이 되고 보니 갈 곳이 없으니 어쩌겠나? 일단 세외로 몸을 피하는 수밖에. 그랬더니 그곳엔 나처럼 세상을 뒤집고 싶어서 환장하는 부류들이 있더라고. 해서 그들과 행동을 같이하기로 했지. 클클!"

독목백정은 하나뿐인 외눈을 번들거리며 키득대는가 싶더니 돌연 앞으로 허리를 비틀며 손목을 튕겼다. 그의 우수에 쥐어진 푸른 녹이

긴 겸자(鉗子:낫)가 섬뜩한 빛을 폭사하며 상대를 향해 짓쳐들었다. 먼저 선제공격을 가한 것이다.

카카카캉!

설하유와 염적은 한 발씩 뒤로 물러나며 그의 공세를 쳐냈다. 그와 동시에 각자 자신들의 절기를 펼치며 맞공세를 가했다.

동공을 파열시킬 것 같은 설하유의 검광과 하늘이라도 베어낼 듯한 염적의 검기가 독목백정의 요혈을 향해 파고들었다. 도저히 피할 공간이 보이지 않는 가공할 합공이었다.

"어쭈? 이놈들 정말 제법인데?"

입에서 흘러나오는 음성과 달리 독목백정의 안색은 급변했다. 그는 상황이 만만치 않다는 것을 느낀 듯 전력을 다해 반격하고 있었다.

피류류류륫!

낫을 들고 있는 우수로는 자신의 절예인 마반제겸삭(魔攀祭鉗索)을 전개하며, 좌수로는 새북적혈련 대종사에게 배운 혈탕천뢰인(血蕩天雷印)을 펼쳤다.

순간,

빠지지직! 쾅!

허공에 푸른 섬광이 이는가 싶더니 벼락 치는 듯한 굉음과 폭발음이 연속적으로 터져 나왔다.

"끄으으!"

설하유는 목에 구멍이 뚫린 상태로 쓰러져 있었고, 염적은 가슴을 부여잡고 비틀거렸다.

울컥!

검붉은 핏덩이를 토하며 염적은 어디론가 고개를 돌렸다. 그의 동공에 만중왕의 모습이 흐릿하게 맺혔다.

"죄… 죄송합니다. 끝까지… 전하를 보필하지 못한 이 못난 놈을…… 용서… 하소… 서…….'

쿵!

한없이 비틀거리던 그는 먼저 죽어간 설하유의 바로 곁에 통나무처럼 쓰러지고 말았다. 총호법으로서 본분을 다하지 못한 것이 너무나 원통했는지 차마 눈을 감지도 못한 채…….

"우와아아!"

"와아아!"

절정의 절학으로 가장 강하게 저항하던 염적과 설하유가 제거되자 금군과 새북적혈련의 무리들은 지축이 흔들릴 것 같은 엄청난 함성을 내질렀다.

만중왕을 경호하는 호원 무사들이 아직도 삼십여 명이 남았으나 승부는 이미 끝난 것이나 마찬가지였다.

금군의 제삼교두 와룡창이 천천히 모습을 드러냈다. 그는 도주에 대한 의욕을 잃은 채 망연자실한 모습으로 서 있는 만중왕과 그 일행을 향해 차갑게 소리쳤다.

"만중왕은 들어라! 황실 전복을 꾀한 반역의 수괴인 그대를 황명에 따라 체포하겠다!"

*　　　*　　　*

"벌써 닷새째예요, 닷새."

부용은 안절부절못하고 있었다.

입궐한 능진걸이 아무런 연락도 없이 닷새째 돌아오지 않고 있으니 그녀의 속은 새까맣게 타 들어갔다. 그녀가 들은 것이라고는 도감책에서 근무하는 사람으로부터 능진걸이 금의위에 끌려갔다는 얘기뿐이었다.

"금의위라면 황실 내의 범법자들을 체포하는 수사 기관이라고 알고 있는데… 그런 곳에서 무엇 때문에 그이를 데려간 거죠? 그럴 만한 일이 없잖아요?"

부용은 불안한 표정으로 백당춘을 바라보며 물었다. 백당춘보다 먼저 입을 연 것은 의천이었다.

"엄마, 너무 걱정 마세요. 무슨 오해나 착오일 거예요. 아빠는 이 세상 어느 누구보다도 정직하고 떳떳하신 분이에요. 그건 엄마가 더 잘 아시잖아요?"

아홉 살 어린 소년답지 않게 의연한 모습이었다.

"나도 처음엔 당연히 오해일 거라고 생각했는데 벌써 사흘이나 지났다. 그런데 아직까지 안 돌아오시잖니? 불안해. 시간이 지나갈수록 점점 더……."

부용은 탁자에 팔을 괴며 눈물을 글썽거렸다.

그녀에게 있어 기다림은 너무도 고통스러웠다. 사랑하는 남편이 어떤 고초를 받고 있는지도 모르는 상태에서 무작정 기다려야만 한다는 것은 뼈를 깎는 아픔이었다.

"영반님은 공직자의 부정과 편법을 누구보다도 증오하셨던 분입니다. 의천의 말처럼 금의위에서 무슨 오해가 있었던 것 같으니 안타깝더라도 좀 더 기다려 보십시오. 만약 오늘도 돌아오시지 않는다면 제가 내일 궐로 가서 한번 알아보겠습니다."

백당춘은 초조해하고 있는 부용을 위로했으나 답답하고 불안한 것은 그 역시 마찬가지였다.

그 순간,

콰쾅—!

느닷없이 대문이 거칠게 부서져 나가는 소리가 들렸다.

"……!"

부용과 의천은 크게 흠칫했다. 부용이 불안한 표정으로 백당춘을 향해 무슨 말을 하려는데 마당에서 벌어지고 있는 소란스런 음성들이 들려왔다.

"다, 당신들, 이게 무슨 짓이오? 감히 여기가 어딘 줄 알고……."

하인들 가운데 가장 나이가 많은 황 노인의 음성이었다.

"비켜라! 역적 능진걸의 부인과 자식은 어디에 있느냐? 썩 나오너라!"

"여, 역적?"

마당에서 주고받는 얘기를 조용히 듣고 있던 부용과 의천, 그리고 백당춘의 얼굴이 딱딱하게 굳었다. 그들의 충격에는 아랑곳없이 마당에서의 음성은 계속 이어지고 있었다.

"역적 능진걸의 가족은 어서 어명을 받으라! 만중왕과 결탁하여 황실 전복을 꾀하려 했던 죄로 역적 능진걸은 물론 그의 가족까지 참수형에 처하라는 폐하의 추상같은 어명이시다!"

"마, 말도 안 돼. 역모라니?"

부용은 발끈하며 뛰쳐나가려 했다. 그러자 백당춘이 그녀의 소매를 잡으며 제지시켰다.

"안 됩니다."

"저 사람들이 하는 얘기, 백 사범님도 들으셨잖아요? 아무리 오해라도 그렇지, 어떻게 그이가 황실 전복과 같은 엄청난 일을 획책하겠어요?"

그녀는 너무도 억울하다는 듯 눈물을 흘렸다.

"저들에게 그런 얘기를 해서 무슨 소용이 있겠습니까? 저들은 위에서 내린 명령에 따라 행동할 뿐입니다! 마님의 말에 따라 그냥 돌아갈 수 있는 입장이 아니란 말입니다!"

처음으로 본 백당춘의 소름 끼치도록 차가운 표정 때문이었을까? 부용은 더 이상 고집을 피우지 않았다. 대신 모든 상황을 인정한 듯 체념한 모습으로 길게 한숨을 내쉬었다.

그때였다.

"비켜라!"

"어억!"

우당탕!

하인들이 쓰러지는 요란한 소리와 함께 황실에서 나온 병사들이 기세등등한 모습으로 거칠게 방문을 열고 들어왔다.

그중 눈 밑에 커다란 점이 있는 사내가 부용과 의천을 향해 소리쳤다.

금궁팔기단(禁宮八旗團)의 단주인 장춘풍(張春風)이었다.

"너희들이 역적 능진걸의 처와 자식인가."

부용은 무섭게 쏘아보았다.

"함부로 말하지 마라! 국가와 백성을 위해 헌신한 사람이 어떻게 역적이란 말이냐!"

"그 밥에 그 나물이라더니 계집까지도 정신 상태가 온전치가 않군."

장춘풍은 빈정거리더니 이내 부하들을 향해 소리쳤다.

"계집과 아이를 포박해라!"

"예!"

부하들은 짧게 대답을 하고는 포승줄을 들고 다가왔다.

그 순간,

퍼퍽!

"커헉!"

부용과 의천을 향해 다가들던 두 명의 금군은 고통스런 신음을 토하며 뒤로 곤두박질쳤다. 그와 동시에 백당춘의 몸이 쏜살처럼 움직였다. 그는 의천을 옆구리에 끼고 부용의 손목을 낚아챘다.

"이, 이런 정신 나간 놈!"

"감히 황명을 거역하겠다는 게냐?"

금군들이 검을 뽑아 달려들었다. 백당춘의 우수에서 붉은 장력이 연속적으로 뻗어 나왔다. 장력은 살기등등하게 달려들던 병사들의 가슴을 가격했다.

파팡!

"크아악!"

금군들이 정신없이 나가떨어지면서 생긴 공간 사이로 백당춘의 신형이 움직였다.

"아, 아니?"

장춘풍이 눈을 크게 뜨며 당혹성을 토했다. 아이를 옆구리에 끼고, 동시에 여인까지 끌고 이렇게 간단히 빠져나갈 수 있다는 게 믿어지지 않았다. 그는 마당에 있는 병사들을 향해 소리쳤다.

"역적의 가족들이 도주하지 못하도록 막아라! 경우에 따라선 살수를 가해도 좋다."

금군들은 수는 오십여 명. 누가 봐도 일개 아녀자와 어린 소년을 체포하기에는 과할 정도로 많은 인원이다. 그러나 혹시 모를 변수에 의해 역적의 가족을 놓치는 일이 없도록 그들은 확실하게 대비해서 나타난 것이었다.

금군들은 일제히 백당춘을 향해 달려들었다. 백당춘은 거침없이 그들 사이를 헤집고 들어갔다.

슈아악!

"으악!"

파파파팟!

"으아악!"

아이를 끼고 아녀자를 부축하고 있는 상대였건만 뜻밖에도 비명을 지르고 나가떨어지는 건 병사들이었다. 더욱이 그들 모두 일류 수준의 무공을 보유하고 있는 금군에서도 팔기단이었다. 그런데도 행동이 자유롭지 못한 백당춘에게 전혀 상대가 되질 못했던 것이다.

백당춘은 금군이 끌고 온 한 필의 말 위에 의천과 부용을 올렸다. 그 순간, 허공에서 두 명의 인물이 떨어져 내렸다.

휘익! 휙!

한쪽 눈엔 검은 안대를 한 애꾸와 하늘을 향해 코가 들려 있는 들창코의 사십대 사내. 그들은 눈처럼 휜 백의를 입고 머리엔 배색의 영웅건을 쓰고 있었으며 병기 또한 은색의 장창까지 똑같이 쥐고 있었다.

막내를 잃어 관외삼괴에서 관외이괴가 된 바로 그들이었다.

"보통 실력이 아니군."

애꾸는 백당춘을 응시하며 냉막하게 말했다.

"오십 명의 금군이 과하다고 생각했는데… 우리가 함께 오지 않았으면 큰일날 뻔했다."

"훗! 꽤나 건방진 친구들이군. 나를 막을 수 있다고 생각하는가?"

백당춘은 가볍게 냉소를 쳤다.

"흐흐! 물론이지. 우린 아직까지 중원 놈들에겐 단 한 번도 패한 적이 없으니까."

비릿한 미소가 애꾸의 입가에 번지는가 싶더니 좌수를 벼락같이 움직였다.

화르르르르!

마치 폭발하는 화산처럼 애꾸의 손바닥에서 시뻘건 불길이 쭈욱 솟구쳐 나왔다. 백당춘은 피하지 않고 주먹을 내뻗으며 맞받아 쳤다.

쾅!

벽력같은 폭음과 함께 그토록 무시무시하게 덮쳐 오던 불길이 씻은 듯이 사라졌다. 동시에 애꾸의 몸이 크게 휘청거리며 뒷걸음질을 쳤다.

애꾸는 믿을 수 없다는 듯 하나뿐인 외눈을 부릅떴다.

"이, 이럴 수가……! 나의 마린공(魔燐功)을 정면으로 받고도 멀쩡한 인간이 있다니……!"

그는 넋이 나간 표정으로 앞을 멍하니 바라보았다. 백당춘은 아무 일도 없었다는 듯 처음 위치에 우뚝 서 있었다.

철우가 유일하게 꺾지 못했던 백당춘. 그는 주위를 질식시킬 것 같은 엄청난 기도를 발산하며 애꾸를 응시하고 있었다.

애꾸의 눈꺼풀이 가늘게 떨렸다. 그러나 그는 곧 외눈을 사악하게 번들거렸다.

"제법이군. 하지만 이번에는 기필코 네놈의 목을 날려 버리고 말겠다!"

그는 버럭 노성을 지르며 쏜살같이 달려들었다. 그와 동시에 들창코도 몸을 날렸다

쐐애애액!

두 줄기 은빛 광망이 무섭게 회전하며 백당춘의 목과 심장을 향해 짓쳐들었다.

백당춘은 양손을 커다랗게 휘둘렀다.

쿠오오오!

마치 멀리서 우레가 울리는 듯한 음향이 터져 나왔다. 동시에 그의 쌍 장에서 이제껏 상상하지 못했던 엄청난 압력이 애꾸와 들창코를 휘몰아쳐 갔다.

애꾸와 들창코의 안색이 급변했다.

콰콰쾅!

고막이 터질 것 같은 엄청난 폭발음과 함께 애꾸와 들창코의 신형이 한없이 뒤로 곤두박질쳐졌다.

"……!"

장춘풍을 비롯한 금군들은 백당춘의 가공할 무공에 입을 쩍 벌리고 말았다.

울컥!

간신히 바닥에 내려선 애꾸는 시커먼 선혈을 토하며 비틀거렸다. 반면 들창코는 지면에 코를 박고 엎어진 채 일어날 줄을 몰랐다.

"두… 둘째야……!"

애꾸는 엎어진 들창코를 향해 허겁지겁 달려갔다. 그의 몸을 뒤집던 애꾸의 손끝이 싸늘하게 굳었다. 그는 백당춘의 가공할 장력이 쏟아지자 자신의 장창을 급히 회수하며 방어로 돌아선 반면, 들창코는 계속 공세를 펼치다가 그만 가슴 뼈가 산산이 박살나며 즉사했던 것이다.

"둘째야… 너마저 죽다니……."

애꾸는 눈앞의 사실을 믿을 수 없다는 듯 망연자실한 모습으로 주저앉았다.

지난번 어전회의 때 막내 메주가 죽고 이번엔 둘째인 들창코가 죽었다. 이로써 동방휘를 비롯하여 무림과 황궁의 절정고수들을 척살했던 관외삼괴는 애꾸만 유일한 생존자로 남게 되었다.

한동안 주저앉은 상태로 멍하니 들창코의 시신을 내려보던 애꾸가 천천히 몸을 일으켰다. 애꾸의 얼굴은 돌처럼 굳어져 있었다. 그는 외눈으로 살기를 폭사하며 백당춘을 응시했다.

"이놈… 절대로 용서치 않겠다!"

분노로 가늘게 떨리는 음성과 함께 백당춘을 향해 미친 듯이 돌진했다.

콰아아아!

은빛 창날 끝 주위로 공기가 상상할 수 없는 압력으로 압축되며 대지 위의 모든 사물들이 그 안으로 빨려드는 것 같았다. 백당춘의 우수가 허공으로 솟아올랐다.

번쩍!

한줄기 눈부신 섬광이 공간을 갈랐다. 그와 함께 죽음 같은 정적이 찾아왔다. 금군들은 긴장된 표정으로 장내의 상황을 지켜보고 있었다.

허공에 솟아올랐던 백당춘의 우수는 밑으로 내려져 있었고 애꾸는 그의 일 장 앞에서 우뚝 멈춰 서 있었다. 대치하고 선 그들의 얼굴에는 아무런 표정도 떠올라 있지 않았다.

문득 애꾸의 입술이 힘겹게 열렸다.

"중원에… 그대와 같은 고수가 존재할 줄이야……."

"세상은 넓은 법이지."

"그래도 동귀어진이라도 할 수 있으리라 생각했는데…… 그것조차 용납되지 않다니……."

압축되는 압력을 통해 백당춘을 흔들어놓으며 자신에게도 기회가 생길 것이라 판단했지만, 그의 예상과 달리 백당춘은 미동도 하지 않은 상태로 자신의 절기를 출수했던 것이다. 그만큼 백당춘은 애꾸가 상상할 수 없을 정도로 강했던 것이다.

중얼거리던 애꾸의 눈빛이 갑자기 흐려졌다.

주르르.

그의 이마에서 가느다란 핏줄기가 보이며 한 방울의 선혈이 콧등을 타고 아래로 흘러내렸다.

쿵!

애꾸의 신형은 마치 거목이 쓰러지듯 요란한 소리를 내며 차디찬 바닥으로 꼬꾸라졌다.

"……!"

금군들은 믿을 수 없다는 듯한 표정으로 멍하니 바라보고 있었다. 그러나 백당춘이 아무리 강할지라도 구경만 하고 있을 수는 없는 일이었다.

장춘풍은 멍하니 서 있는 부하들을 향해 노성을 질렀다.

"뭣들하고 있느냐? 어서 저것들을 잡아라!"

물론 백당춘이 버티고 있는 한 능진걸의 가족을 체포한다는 게 결코 만만한 일이 아니라는 것을 그는 알고 있다. 하나 그럼에도 불구하고 끝까지 덤벼들어야 하는 게 그들의 임무였다.

단지 인원수가 압도적으로 우세하다는 것을 믿고 그들은 다시 백당춘을 향해 천천히 다가오기 시작했다.

백당춘은 고개를 돌리자 의천과 부용이 마상에 앉아 있는 것을 볼 수 있었다.

백당춘은 의천에게 어서 움직이라고 눈짓을 보냈다. 의천은 고개를 끄덕인 후 자신의 뒤에 앉은 부용에게 소리쳤다.

"엄마! 저를 꼭 잡으세요!"

비록 아홉 살 소년이었지만 의천은 백당춘을 통해 기본적인 무술은 물론 기마술까지 익힌 상태였다. 부용이 어린 아들의 허리를 끌어안자 의천은 거침없이 말을 몰기 시작했다.

콰두두두!

말은 뿌연 흙먼지를 일으키며 질주했다.

"헉! 역적의 계집과 자식이 도주한다!"

"놓치면 안 된다! 어서 쫓아라!"

금군들이 마상에 오르며 급히 의천과 부용을 쫓으려는 순간, 백당춘이 양손을 커다랗게 휘둘렀다.

쿠르르릉!

마치 뇌성이 울리는 듯한 음향이 터져 나왔다. 동시에 어마어마한 장력이 다른 동료들보다 민첩하게 마상에 오른 세 명의 금군을 향해 휘몰아쳐 갔다.

이히히힝!

"으아악!"

거대한 세 마리의 말이 엄청난 태풍에 휘말리며 허공에 뜬 상태로 뒤로 나가떨어졌다.

쿵! 꽈당탕!

"헉!"

점백이를 비롯한 금군들은 입을 쩍 벌린 채 다물 줄을 몰랐다. 이제껏 상상조차 하지 못했던 무공이었기 때문이다.

백당춘은 주인 없는 흑마 위로 올랐다. 그리고 그는 지체없이 의천이 달려간 쪽으로 말을 몰아갔다.

콰두두두!

"잡아라! 놓치면 안 돼! 어서 쫓으라고, 이 자식들아! 어서!"

장춘풍은 미친 듯이 부하들을 향해 소리쳤다.

콰두두두!

금군들은 뿌연 흙먼지를 일으키며 백당춘의 뒤를 쫓기 시작했다.

장춘풍 역시 말을 몰고 뒤쫓고 있었지만 결코 자신들에게 잡힐 만한 인물이 아니라고 생각했다. 그리고 좀 더 많은 병력을 이끌고 오지 못한 것을 후회하면서 그는 나름대로 최선을 다해 뒤쫓고 있었다.

第三十二章
동지

강호는 경악했다.

그리고 뜨거운 화롯불 위에서 끓고 있는 주전자처럼 술렁이기 시작했다.

만중왕의 역모!

황제의 숙부이자 담중산 사후 중원에서 가장 영향력이 높은 막후 실력자인 만중왕. 그랬던 그가 조카의 황위를 빼앗기 위해 역모를 획책하다가 그의 하수인들과 함께 체포됐다는 소식에 모든 사람들은 입을 다물지 못할 정도로 경악과 큰 충격에 휩싸였다.

그리고 그의 하수인들 중에 능진걸이 포함되어 있다는 소식을 접한 항주인들의 충격은 가히 형언할 수 없을 정도였다.

항주인들에게 능진걸은 하늘이었다.

담중산이라는 절대 권력에 맞서 싸웠고 모든 공직자들의 부정과 편법을 용납지 않았던 강골이었으면서도, 이재민이나 병든 노약자처럼 힘들고 약한 사람들에겐 더없이 자상한 벗이기도 했던 인물이 아니던가.

항주인들에게 그는 진정한 공직자의 표상, 정의의 이름이었던 그가 역모의 하수인이었다니, 그것은 마치 하늘이 무너지는 것 같은 느낌이었다.

그리고 역적의 가족 중 아직 체포하지 못한 세 명에게 현상금이 걸렸다.

만중왕의 막내딸인 묘월군주 주화란과 능진걸의 아내와 아들.

이들에게 걸린 현상금은 각각 황금 오백 냥.

충격과 배신감으로 술렁이는 가운데, 돈에 눈이 먼 사람들이 현상금을 손에 쥐기 위해 몸을 움직이고 있었다.

*   *   *

식음을 전폐하고 누워 있던 주화란이 방에서 나온 것은 그 소식을 들은 직후였다.

그간의 마음고생이 얼마나 심했는지 그녀의 모습은 피골이 상접할 정도로 앙상했다.

"우, 우리 아버지가 황위 찬탈을 꾀하다가 체포되셨다니…… 그게 정말인가요?"

그녀는 좌중을 보며 메마른 입술을 힘들게 열었다.

"……."

철우와 냉모, 그리고 영령 모두 아무런 말도 하지 못했다.

"말도 안 돼요. 아버지는 폐하를 사랑하세요. 폐하가 잘되시길 누구보다도 바라셨고, 폐하께서 간신들에게 휘둘리는 일 없이 국정을 잘 운영해 나가길 바라셨던 분이에요. 그런 아버지가 무엇 때문에 폐하를 내쫓고 그 자리에 앉으려고 하시겠어요?"

"그걸 어찌 모르겠습니까."

냉모가 안타까운 표정으로 말했다.

"하지만 이미 있을 수 없는 일이 벌어지고 말았습니다."

"흑흑! 말도 안 돼. 어, 어떻게……!"

주화란의 눈에선 뜨거운 눈물이 흘러내렸다. 한동안 눈물을 흘리던 그녀가 다시 입술을 열었다.

"하면 앞으로 어떻게 되는 건가요? 역모죄를 저지르면 참수형을 당한다던데…… 설마?"

냉모는 참담한 표정으로 고개를 끄덕였다.

"전하뿐만 아니라 소명군왕(疎明郡王)님, 소양군왕(疎陽郡王)님, 묘설군주(妙雪郡主)님 등 체포된 왕부의 가족 형제 모두 참수형에 처해질 것 같습니다."

"아!"

주화란의 몸이 크게 휘청거렸다. 몇 날 며칠 동안 식음을 전폐하고 누워 있던 그녀의 몸 상태로는 받아들이기 힘든 고통스런 소식일 수밖에 없었다.

"아가씨!"

냉모는 쓰러지는 주화란을 급히 부축했다. 받아들이기엔 너무도 잔인한 소식에 의식을 잃은 주화란의 모습이 영령으로서도 안타깝기만 했다. 영령은 밖을 향해 소리쳤다.

"찬물을 갖고 오너라!"

차가운 물을 여러 잔 마신 후에야 주화란은 정신을 차렸다. 의식이 돌아온 이후 그녀는 말이 없었다. 뭔가 한참 동안을 생각한 후 그녀는 고개를 들었다.

"황궁으로 가겠어요."

"……?"

"폐하를 만나서 아버지에 대한 오해를 풀겠어요."

"아가씨!"

"언젠가 폐하가 금릉의 우리 왕부에 왔을 때 나를 각별하게 예뻐해 주셨다는 거, 냉모도 잘 알잖아? 그리고 그때 폐하가 이런 말도 하셨어. 언제고 황궁에 놀러 오면 보고(寶庫)에서 진귀한 보석을 선물해 주겠다고 말이야. 그러니까 내 얘기라면 폐하께서 들어주실지도 모른다고."

"아가씨, 그때와 지금은 상황이 달라요. 그때는 귀엽고 예쁜 사촌 여동생이었지만, 지금은 자신의 황권을 노렸던 역적의 딸이 아가씨예요. 만나주시기는커녕 즉시 체포할 겁니다. 아니, 황궁에 도착하기도 전에 현상금 사냥꾼에 의해 잡히고 말 거예요."

"그럼 나더러 어떡하라고! 아버지와 오빠, 언니들이 모두 잡혀서 참수당하게 됐는데 그냥 가만히 있을 수는 없잖아!"

주화란은 두 손으로 얼굴을 감싸며 울면서 소리쳤다.

"……."

철우는 씁쓸한 표정으로 흐느끼는 주화란을 쳐다보았다.

아무리 철이 없다 해도 그녀 역시 스물이 넘은 성인이다. 황제가 만나주지도 않을뿐더러 만난다 한들 그녀의 얘기를 들어줄 리가 만무하다는 것을 어찌 본인이 모르겠는가?

그녀의 말처럼 부친을 비롯한 사랑하는 모든 형제들이 죽음의 위기에 처해 있으니 지푸라기라도 잡는 심정으로 한 번 매달려 보려는 그녀의 마음을 그는 충분히 이해할 수 있을 것 같았다.

냉모는 주화란을 가볍게 끌어안았다. 그리고 그녀의 머리칼을 쓰다듬으며 말했다.

"그나마 아가씨께서 일찍 북경에 있는 시댁에 도착하지 않은 게 천만다행입니다. 그렇게 됐다면 아가씨께서도 체포되셨을 테니까요."

"차라리… 차라리 체포되어 가족과 함께 있는 게 좋을 뻔했어. 그랬더라면 이렇게 고통스럽진 않았을 텐데……."

"힘들더라도 조금만 참으세요. 제가 한번 나서볼 테니까요."

"나서보다니? 그게 무슨 소리지?"

주화란은 눈물을 그치며 냉모를 올려다보았다. 철우와 영령도 의아한 눈으로 그녀를 바라보았다.

"아미파에 가서 도움을 청해보겠어요. 모반이 아니라 태감과 새북적혈련이 꾸민 음모라는 것을 설명하면 그들도 가만있지는 않을 거예요."

"그게 가능하겠소? 선배는 이미 오래전에 스스로 아미파를 뛰쳐나왔는데……."

철우가 불안한 표정으로 물었다. 냉모는 철우가 무엇을 불안하게 생각하는지 이해할 수 있었다.

"물론 쉽지는 않겠죠. 아미의 입장에서는 나에 대한 배신감이 깊을 테니까……."

"……."

"문전박대를 받을지, 아니면 남자 때문에 아미를 배신한 대가를 받게 될지 모르지만, 전하의 생명과 중원의 안위가 걸렸는데 못할 게 어딨겠습니까?"

냉모는 이미 생각을 굳힌 듯 비장한 표정을 지었다. 자칫 자신이 곤경에 처할 수 있는데도 아미파에 가서 도움을 요청하겠다는 냉모의 얘기에 주화란은 눈물을 글썽거렸다.

"냉모……!"

주화란은 냉모의 손을 잡았다. 손등 위로 눈물이 떨어졌다. 냉모는 그녀의 눈물을 훔쳐 주며 희미하게 미소 지었다.

"아가씨, 너무 걱정 마세요. 잘될 거예요."

"고마워……. 그리고… 미안해, 정말……."

냉모와 주화란의 모습을 바라보는 철우의 표정은 무거웠다. 그의 뇌리엔 주화란처럼 눈물짓고 있을 한 여인의 얼굴이 떠오르고 있었다.

'부용…….'

*   *   *

"하하! 정말 수고하셨소이다!"

위지흠은 껄껄거리며 술잔을 들었다.

"새북적혈련이 아니었으면 팔십이만 금군의 총교두인 담중후와 황실 병권을 움켜쥐고 있는 남군교위 예춘서를 꼬꾸라뜨리고, 무림고수들이 즐비한 만중왕부에서 만중왕과 그 일당을 체포할 수는 없었을 거요. 새북적혈련의 무사들은 개개인 모두가 상상을 초월하는 고수들이었소이다. 하하하!"

"황제는 언제 처리할 생각이오?"

위지흠과 탁자를 사이에 두고 마주 앉아 있는 흑의노인이 무감정한 음성으로 물었다.

밀랍처럼 창백한 얼굴에 마치 서리라도 앉은 듯한 흰 눈썹이 관자놀이까지 힘차게 뻗어 있는 노인이었다.

"하하! 뜻밖으로 성격이 급하시구려. 이제 황실의 주축 인물들이 내 밑으로 몰려들고 병권까지 장악한 마당에 이름뿐인 황제가 무슨 의미가 있겠소이까? 민심을 생각하여 당분간은 내버려 두는 것이니 대종사께선 너무 조급하게 생각하지 않으셨으면 하오."

대종사!

그랬다.

밀실에서 위지흠과 술잔을 나누고 있는 흑의노인은 바로 새북적혈련을 이끌고 있는 대종사 낭리하중(浪里夏衆)이었다.

"지금 조급이라고 하셨소?"

낭리하중은 얼음처럼 차가운 눈으로 위지흠을 직시했다.

"우리 새북적혈련에게 있어 기름진 대지 위에 삶의 터전을 만드는 것은 백 년을, 아니, 천 년을 기다려 온 대업이오! 하루라도 빨리 장강 이남 일곱 개 성(省)의 패주(覇主)가 되고 싶소!"

"한시라도 빨리 패주가 되고 싶은 욕심은 본인도 마찬가지요. 고래(古來)로 우리 환관들은 권력의 실세가 된 적은 여러 번 있었지만 실제 권좌를 차지하진 못했소. 게다가 정변이 일어날 때마다 가장 먼저 제거되었던 것이 바로 우리들이었소."

"……"

"새북적혈련의 대업이 천 년을 기다려 온 것처럼, 나 역시 우리 선조들의 한을 풀어야만 하오. 언제나 국가와 민족을 위해 자신의 성정을 거세하면서까지 헌신하고도 제대로 된 대접을 받지 못한 천 년의 한을 풀어야 한다는 게 나의 소명이오."

한이 컸기 때문인가?

위지흠의 음성은 평소와 달리 격앙되어 있었다. 그는 격해지는 자신의 감정을 추스르기라도 하듯 술잔을 들었다. 그는 입술을 훔치며 천천히 말을 이어나갔다.

"장강 이북은 내가, 그리고 장강 이남의 패주는 대종사가 된다는 우리의 약속은 곧 이뤄질 것이오. 무리한 수순은 역풍을 가져올 수 있는 만큼, 만중왕 일당을 참수하고 권좌에서 황제를 끌어내릴 때까지 잠시만 기다리시구려. 늦어도 한 달 안에 모든 일이 끝날 테니까."

이번엔 낭리하중이 술잔을 들었다. 그는 벌컥 잔을 들이킨 후 위지흠의 눈을 응시하며 미소를 지었다.

"이번 거사는 당신의 머리와 우리의 힘이 결합하지 못했다면 애당초 불가능했던 일이오. 천 년을 기다렸는데 어찌 그깟 한 달을 못 기다리겠소? 좋소. 당신의 말을 믿고 기다리겠소."

"한 달 후, 우린 장강 이남과 이북의 패주가 되어 웃으며 술잔을 부딪치게 될 것이오. 음하하하!"

위지흠은 득의만면한 얼굴로 웃음을 토했다.

"패주와 패주의 만남이라? 정말 귀가 번쩍 뜨일 만큼 반가운 얘기요. 크하하하!"

낭리하중도 처음으로 웃음을 터뜨렸다. 밀실이 쩌렁하게 울리는 앙천광소였다.

음모!

만중왕을 비롯한 눈엣가시 같은 무리들을 내몰고 중원을 반으로 나눠 갖겠다는 위지흠과 낭리하중의 어처구니없을 정도로 거대한 음모는 커다란 웃음과 함께 점차 눈앞의 현실로 다가오고 있었다.

*　　　　*　　　　*

소오대산(小五臺山).

황도 북경 교외에 있는 거대한 산이다.

장장 오백 리에 천이백 개의 봉우리 속에 하나의 감옥이 있었으니, 이곳이 바로 죽음의 땅이라는 대륙 제일의 감옥인 자금뇌옥(紫禁牢獄)이었다.

사방 수백 리에 인가조차 없고 있는 것은 하늘을 가릴 정도로 솟아 있는 빽빽한 원시림과 끝 모를 봉우리들뿐, 다시는 바깥 세상을 볼 수 없는 사형수들만이 수용된다는 죽음의 오지였다.

크워워웡!

밤이 되자 피에 굶주린 이리 떼들의 울부짖음이 더욱 섬뜩하게 느껴지는 자금뇌옥.

"으… 으……."

"끄으… 다리가 썩어가고 있다. 약 좀 줘, 이 새끼들아……."

만중왕 체포 당시 저항하다가 부상당한 이들의 악에 찬 신음 소리가 뇌옥 곳곳에서 들리고 있었다. 그 소리는 밤이 되자 더욱 크게 느껴졌다.

능진걸은 이곳저곳에서 들리는 신음 소리를 들으며 조용히 앉아 있었다.

기다란 형틀이 목에 걸리고, 역천(逆天)이란 글이 선명하게 찍혀져 있는 흰 천이 이마에 묶여져 있는 능진걸. 그간의 고초를 말해주듯 그의 얼굴은 매우 수척했고 눈가의 혈색은 검게 죽어 있었다.

"무엇을 생각하고 있는가?"

문득 그의 고막으로 파고드는 음성이 있었다. 능진걸은 음성을 발한 사내를 바라보았다.

산발의 머리에 화려한 곤룡포 대신 때 묻고 더러운 죄수복을 입고 있는 만중왕이었다. 그 역시 능진걸처럼 역천이란 글이 적혀 있는 머리띠와 목에 무거운 형틀을 메고 있었다.

"자네도 나를 원망하고 있겠지?"

만중왕은 쓸쓸한 표정으로 물었다.

"왜 그렇게 생각하십니까?"

"자네가 이렇게 된 건 결국 나 때문이 아닌가? 그냥 항주 성주로 재임하고 있었다면 이런 봉변은 없었을 텐데……."

"물론 그랬겠죠. 그냥 항주 성주로 있었다면 ……."

능진걸은 착잡한 표정으로 고개를 끄덕이고는 이내 만중왕의 얼굴을 응시했다.

"하지만 그랬다면 전하의 진면목도 몰랐을 테고, 이 나라가 지금 어떤 상황에 처했는지도 전혀 모르고 있었을 겁니다."

"나의 진면목이라……?"

"죄송스런 말씀이오나 저는 전하 역시 담중산 대인과 다를 바 없는 분이라 생각했었습니다. 때문에 도감책의 영반으로 영전했어도 반갑기보다는 오히려 부담스러웠죠."

"……."

"그런데 이제는 알 것 같더군요. 어째서 절 그 자리에 추천하셨는지를 말입니다."

능진걸은 그 이유를 뇌옥에 끌려온 이후에 알게 되었다. 만중왕은 원칙과 소신을 중시하는 그가 비리를 철저하게 내사하고 탈법과 비리를 일삼는 자들을 모두 징계함으로써 황실이 투명해지길 원했던 것이다.

"하나 결국 나 때문에 이와 같은 꼴을 당하지 않았는가?"

만중왕은 침통한 얼굴로 허공을 응시했다.

"내가 조금만 더 치밀하게 준비했다면, 그리고 태감 그놈이 새북적혈련과 손잡은 사실을 조금만 일찍 알았다면 자네가 이와같이 봉변당하는 일은 없었을 텐데……. 어쨌든 자네를 비롯하여 많은 사람들에게 난 입이 열 개라도 할 말이 없는 죄인일 뿐일세."

만중왕은 새북적혈련의 침공을 막기 위해 많은 준비를 했음에도 불구하고 백성과 황실을 지키지 못하고 역적으로 전락해 버린 신세가 되었다. 그것이 못내 아쉬웠고, 그를 따랐던 많은 사람들이 곧 참수형에 처해진다는 사실이 너무도 괴로웠다.

"자책하시지 마십시오. 비록 내부의 동조자로 인해 일이 이렇게 되었지만 전하는 최선을 다하셨습니다. 어느 누구도 전하를 원망하는 사람은 없을 겁니다."

"글쎄… 나 때문에 역적이 되고 사랑하는 가족까지 모두 목숨을 잃게 됐는데 나를 원망하는 사람이 과연 없을까?"

넋두리처럼 쓸쓸하게 흘러나오는 만중왕의 음성이 능진걸의 심장에 꽂혔다.

가족!

원칙과 소신을 지키기 위해 목숨을 던질 수 있는 능진걸이겠지만 아무리 그리고 한들 어찌 가족이란 이름 앞에서 초연할 수 있겠는가?

불현듯 부용과 의천의 얼굴이 떠올랐다.

백당춘에 의해 도망쳤다는 소문은 그도 이미 들었다. 그러나 언제까지 도망칠 수 있을까? 언제까지 숨어 지낼 수 있을까?

가슴이 찢어질 듯이 아팠다.

미치도록 아내와 아들이 보고 싶었다.

죽음은 두렵지 않았지만 사랑하는 가족을 지켜주지 못하고 떠나야만 한다는 사실이 능진걸에겐 너무도 참기 힘든 고통이었다.

"……."

만중왕은 입술을 깨물며 고통을 참아내고 있는 능진걸의 모습을 조용히 바라보았다. 능진걸의 심정을 너무도 잘 알고 있기에 그는 더 이상 아무런 말도 꺼내지 않았다.

죽음을 기다리고 있는 뇌옥 안 사람들의 참담한 마음을 헤아리기라도 하듯 교교로운 빛을 뿌리며 소오대산 위로 떠 있던 달조차 구름 사이로 모습을 감추고 있었다.

　　　　*　　　　　*　　　　　*

무도(武都) 무창성의 밤.

여전히 싸늘한 한기가 느껴지는 춘삼월의 밤이었건만 사도세가의 뒤뜰 정자에서는 일남일녀가 술잔을 기울이고 있었다.

철우와 영령이었다.

"오, 오라버니, 지금 뭐라고 했나요?"

영령은 술잔을 들다 말고 놀란 표정으로 철우를 쳐다보았다.

"북경으로 가시겠다고요?"

"그래."

철우는 잔을 들며 차분하게 대답했다. 영령은 계속 따지듯 물었다.

"왜요? 뭣 때문에 또 떠나시겠다는 거죠? 그것도 하필이면 북경으로?"

"만중왕을 구해야겠다. 중원을 위해서 그는 꼭 살아야만 하는 사람이니까."

"흥! 만중왕 때문이라고요?"

영령은 싸늘하게 콧방귀를 뀌었다. 철우는 고개를 들며 의아한 눈빛으로 그녀를 쳐다보았다.

"오라버니, 좀 더 솔직해지시죠."

"솔직이라니?"

"제가 모르는 줄 아세요? 오라버니가 북경에 가는 진짜 이유는 능진걸, 바로 그 사람 때문이잖아요!"

"……!"

철우의 얼굴이 딱딱하게 굳었다.

"네가 그자를 어떻게……?"

평소의 철우답지 않게 당황하는 음성이었다.

영령은 잠시 철우의 얼굴을 똑바로 응시했다. 한동안 아무런 말 없이 그의 얼굴을 바라보던 그녀는 갑자기 술잔을 벌컥 들이켰다.

"오라버니가 떠난 이후… 정말 너무 많이 그리웠어요."

그녀는 입술을 훔치며 말을 시작했다.

"돌아온다고는 하셨지만 안 돌아오시면 어쩌나, 혹시 이런 식으로 영원히 헤어지는 것은 아닌가 하는 상념이 늘 떠나지 않았죠."

"……."

"그래서 오라버니가 돌아오지 않으면 내가 찾으러 나서야겠다는 생각을 했는데 이 땅 위에 일가친척 하나 없다는 오라버니를 어떻게 찾아야 할지 막막하지 뭐예요? 그러던 중 언젠가 오라버니가 반세골이라는 말대가리의 재물을 압수한 후 그것을 몽땅 그 당시 항주 성주에게 보냈던 게 생각났어요."

영령은 또다시 술잔을 들이켰다. 마음에 담아두었던 말들을 꺼내다 보니 속이 타는 모양이었다.

"근데 생각해 보니 뭐가 좀 이상하더군요. 오라버니는 항주에서 사고를 치고 현상수배자가 되었고, 항주 성주라면 가장 앞장서서 오라버니를 잡으려 하는 사람인데 뭣 때문에 하필 그런 사람에게 좋은 일에 써달라고 재물을 보냈는지 말예요."

"……."

"하여 사람을 시켜 좀 알아보았죠. 그랬더니 노부용이라는 성주의 부인이 낙양 금룡표국 노적산 국주의 딸이더군요. 한때 오라버니가 표사로 일했고, 오라버니로 인해 초토화가 된 낙양표국 국주의 딸……."

"……."

"비로소 모든 그림이 그려지더군요. 어째서 국주가 말대가리를 시켜 오라버니를 죽이려 했는지… 어째서 오라버니가 국주를 용서할 수 없었는지… 어째서 오라버니가 성주에게 재물을 보냈는지……."

"……."

"계속할까요? 그 외에도 더 많은 사실을 알아냈는데……."

영령은 말끝을 흐리며 철우를 바라보았다. 철우는 납덩이처럼 굳은 얼굴로 말없이 술잔만 기울이고 있었다.

"정말 한심하군요."

영령은 너무나 속이 상했다.

"자신을 버리고 다른 남자의 품으로 날아간 여자를 아직도 잊지 못하고, 그녀의 남자를 구하러 가려 하다니……."

"언어 선택 똑바로 해. 날 배신한 것은 그녀의 아버지였지 그녀가 아니야."

조용히 듣기만 하던 철우가 고개를 쳐들며 영령을 차갑게 응시했다. 섬뜩할 정도로 차가운 눈빛이었으나 영령은 조금도 주저함없이 계속 말을 이었다.

"어쨌든 결국 그녀는 사내에게 갔고, 아이도 있어요. 그렇다면 이제 완전한 타인인데 무슨 미련이 남았다고 그녀의 남편을 구하겠다는 건지 난 도무지 오라버니를 이해할 수가 없어요."

"미련?"

철우의 눈빛이 흔들렸다.

아직도 부용에 대한 미련이 남은 것인가?

철우는 스스로에게 자문해 보았다.

그녀에 대한 갈증 때문에 무려 육 년이란 세월 동안 술에 의지해서 살았다. 눈을 떠도 눈을 감아도 그녀 얼굴만 떠올랐고, 너무나 그리워서 미쳐 버릴 것만 같았던 그런 시절도 있었다.

문득 언젠가 예나가 철우에게 해주었던 말이 뇌리에 떠올랐다.

"물론 나는 알아요, 철우님의 머리엔 아직도 잊지 못하고 있는 여자가 있다는 것을. 하지만 잘 생각해 보세요. 언제까지 예전 여자에 대한 추억으로 허기를 채울 수 있는지를……."

"세월이 흐르면 사랑에 대한 기억도 퇴색하는 법이죠. 아무리 자신만은 특별한 사람이라고 생각해도 결국은 잊고 새로운 사랑을 만나고, 그로 인해 새로운 행복을 느끼는 게 우리네 삶이죠. 나라고 뭐 첫사랑이 없는 줄 아세요? 나도 첫사랑이 있고, 내 머릿속에는 아직도 그 사람과 행복했던 기억이 생생히 남아 있지만 그 사람과 다시 재회해서 살을 맞대며 살고 싶진 않아요. 좋았던 추억만 깨질 거니까요."

그렇게 얘기하며 예나는 철우에게 군영과의 결혼을 생각해 보라고 했다.

확실히 세월이 약이었다.

예나의 말처럼 부용에 대한 많은 부분들이 철우의 뇌리에서 지워져 갔다. 간혹 그녀와의 추억들이 떠오를 때가 있어도 예전처럼 아프거나 고통스럽지 않았다.

철우는 다시 술잔을 들이킨 후 입술을 훔치며 천천히 말했다.

"그녀에 대한 미련이나 집착 따위는 이제 내게 남아 있지 않다."

"그런데 뭣 때문에 북경으로 가겠다는 거죠?"

"하지만 한때 목숨처럼 사랑했던 여인이다. 그녀가 힘들어하거나 고통받는 것은 원치 않는다. 그저 그것뿐이다."

"미련이나 집착은 없지만 그녀가 고통받는 것을 원치 않기 때문에 그녀의 남편을 구하겠다는 얘긴가요?"

영령은 눈을 동그랗게 뜨고 계속 따지듯이 물었다. 철우는 씁쓸한 표정으로 고개를 끄덕였다.

"그래, 그리고 내 감정에 충실하기 위해 나를 기만하고 배신한 노적산 국주에게 복수했지만, 그녀에게 그는 소중한 부친이었다. 그녀에게 빚을 갚고 싶다."

그녀에게 빚을 갚고 싶다!

"……."

영령은 더 이상 따지지 못했다. 그 한마디가 가슴에 꽂혔기 때문이다.

선천적으로 정이 많고 빚을 지면 어떡하든 꼭 갚으려 하는 사람이 철우라는 것을 그녀는 누구보다도 잘 알고 있었다.

군영이란 어린 기녀의 가족에게 갖고 있는 돈을 몽땅 털어주고, 자신으로 인해 기루의 주인과 점가가 죽었다고 본인의 목숨은 포기하고 담중산과 함께 죽고자 했던 그였다. 게다가 무창에 사도세가를 건설할 수 있었던 것 역시 그녀의 부친에게 진 빚 때문이 아니던가.

"알겠어요. 빚 때문이라니 더 이상 오라버니를 잡지 않겠어요. 그 대신……."

영령은 천천히 술잔을 입으로 가져가며 말을 이었다.

"저도 함께 가겠어요."

철우의 눈이 화등잔처럼 커졌다.

"그게 무슨 뚱딴지같은 말이야? 함께 가겠다니?"

"지난 넉 달 동안 제가 얼마나 답답하고 힘들었는지 아세요? 오라버니가 없으니까 술벗도 없고 속내를 털어놓을 사람도 없고……."

"단지 그런 이유 때문에 일파의 종주가 자신의 문파를 비워놓고 날 따라나서겠다는 얘기냐?"

철우는 어이없다는 표정이었다. 영령은 빙긋 미소를 지었다.

"제가 한두 달 비워둔다고 해도 감히 이곳을 넘볼 만큼 배짱이 있는 놈들은 없을 거예요. 비록 신흥 세가이긴 하지만 당금 부림 최고의 무적고수인 생사검이 뒤를 봐주고 있는데 감히 어떤 정신 나간 놈들이제 무덤 파는 짓을 하겠어요? 안 그래요?"

"……."

"게다가 오라버니가 과연 마음의 빚 때문에 그러는 것인지, 아니면 그 여자를 잊지 못해 그러는 것인지 확인해야 할 필요가 있고……. 아무튼 함께 가요. 그렇지 않으면 오라버니를 절대 안 보낼 거예요."

영령은 '확인'이란 단어에 특히 힘을 주며 말했다.

"쯧쯧. 쓸데없는 생각 하지 말고 세가나 잘 경영하고……."

혀를 차며 핀잔을 주던 철우의 얼굴이 갑자기 굳어졌다. 불현듯 냉모와 나눴던 대화가 떠올랐기 때문이다.

"눈빛. 눈빛은 아무리 완벽하게 역용을 해도 변하지 못하죠. 특히 사도가 주가 당신을 바라볼 때의 눈빛은 남자의 것이 아니었어요. 정인을 향한 빛이었죠."

"저, 정인?"

"모르셨나 보군요. 그녀는 당신을 사랑하고 있어요."

"그, 그럴 리가요. 허허, 정인이라뇨? 비록 피를 나눈 남매는 아니지만, 그녀와 나는 친남매와 다를 바 없는 사이입니다."

"어쨌든 피를 나눈 남매가 아닌 것은 사실이잖습니까?"

"그야… 그렇기는 하지만……."

"남자는 여자의 마음을 알지 못하지만, 여자는 다른 여자의 눈만 봐도 그녀의 심리를 짐작할 수 있죠."

그땐 그저 냉모의 농담이나 착각이라고 생각했다. 하지만 부용에 대한 철우의 마음을 확인하는 그녀의 모습이라던가, 다시는 떨어지지 않으려는 그녀의 모습을 보니 결코 괜한 얘기가 아니라는 느낌이 들기 시작했다.

"뭘 그렇게 골똘히 생각하세요?"

영령은 빤히 쳐다보며 물었다.

"아… 아냐, 아무것도……."

"혹시 날 떼어놓고 몰래 떠날 생각이라면 지우는 게 좋을 거예요. 나 혼자라도 얼마든지 북경에 찾아갈 수 있으니까요."

영령은 빙긋 미소를 짓고는 이내 자리에서 일어났다.

"오라버니, 저 먼저 들어가요. 아함! 먼 길 떠나려면 잠이나 푹 자둬야겠다."

그녀는 하품을 하며 천천히 사라져 갔다. 철우는 멍한 표정으로 영령의 뒷모습을 바라보았다.

그녀의 말처럼 이미 행선지가 밝혀진 판에 몰래 떠난들 무슨 소용이 있겠는가? 그녀는 혼자서라도 북경에 나타날 테니까. 그리고 그렇게 되면 아마도 엄청나게 영령에게 시달리게 될 것이다.

이미 답은 함께 떠날 수밖에 없다고 나와 버렸다. 하지만 철우의 마음은 여전히 편치가 않았다.

벌컥벌컥!

연신 애꿎은 술만 들이키는 철우.

그는 복잡한 심사를 연신 술로 달래는 사이에 멀리 여명이 움터오고 있었다.

第三十三章

당신이 맡아줘

북경.

많은 사람들이 남문 성벽 앞에 모여 있다. 그들의 시선은 벽에 붙은 방문(榜文)에 꽂혀 있었다.

역적들을 사월 사일 오시에 참수(斬首)한다.

천자(天子) 영극제(英克帝).

방문을 바라보는 마부와 삼이을 비롯한 많은 사람들이 표정이 한결같이 씁쓸했다. 중원의 막후 실권을 움켜쥐고 있는 만중왕이 굳이 조카의 황위를 빼앗으려 했다는 게 이상했고, 그리고 제대로 시도도 하지 못하고 체포됐다는 건 도저히 이해할 수가 없었다.

방문의 바로 앞에는 장창을 들고 선 포졸 한 명이 있었다. 방문을 훼

손하거나 역모에 관한 유언비어를 퍼뜨려 민심을 어지럽게 만드는 사람을 체포하는 게 그의 임무였다.

문득 맨 뒷줄에 서 있던 어떤 인물이 포졸을 향해 손을 번쩍 쳐들었다.

"어이, 뭣 좀 물어봅시다."

'어이? 어떤 싸가지없는 자식이 감히……!'

황도 북경의 치안을 담당하고 있는 포졸로서 자부심이 큰 자였다. 때문에 백성들은 자신을 존경하는 게 당연하다고 생각하고 있었다. 그런데 '포졸 나으리'나 '포졸님'이라는 칭호 대신 '어이'라는 소리를 들으니 어찌 기분이 더럽지 않겠는가?

왕방울처럼 눈이 큰 포졸은 당장이라도 달려가서 요절을 낼 것 같은 기세로 상대를 찾았다.

꿀꺽!

'뭐야? 젊고 예쁜 계집애잖아?'

포졸은 침을 삼키며, 가뜩이나 큰 눈을 더욱 크게 뜨게 되었다.

검은 무복에 비단결 같은 긴 머리를 흰 띠로 동여맨 젊은 여인. 그녀의 백옥처럼 흰 얼굴에 또렷한 이목구비, 그리고 늘씬한 몸매는 많은 사람들 사이에서 눈에 확 꽂힐 정도로 대단한 미모였다.

"왜, 왜 그러느냐?"

그는 말까지 더듬으며 친절한 표정을 지었다.

"죽을 자 중에 능진걸 영반도 있소?"

"그야 당연한 것 아니겠나? 도감책의 능 영반이야말로 만중왕과 더불어 역모의 주동자인데 의당 목이 잘려야지."

"그럼 그 가족도 죽는 거요?"

"마누라와 자식놈은 귀신처럼 도망가서 이번엔 참수당하지 않는다."

"아니, 그 얘기는 곧 아직 못 잡았다는 얘기 같은데?"

"아직 못 잡았지만 곧 잡게 될 거다."

"어떻게 말이오? 아직도 못 잡았는데?"

'이런 젠장! 이 계집애가 지금 비아냥거리는 거야 뭐야?'

여인이 계속 따지듯이 추궁하자 차츰 포졸의 기분이 더러워지기 시작했다.

"제아무리 중원이 넓다 한들 역적 가족들이 숨어 있을 만한 곳은 그 어디에도 없을 것이다. 그것들의 목에는 엄청난 현상금이 걸려 있고, 게다가 각 성의 포두들이 눈에 불을 켜고 찾고 있으니까. 알겠느냐?"

기분이 더러워지자 말투도 짜증스럽게 변했다. 하지만 여인은 계속 빈정거렸다.

"그깟 여자와 어린아이를 아직까지 못 잡으면서 만중왕 일당은 어떻게 잡았지? 신기하군, 신기해."

"뭐가 어째?"

마침내 미녀라는 이유로 참고 참았던 포졸의 인내가 폭발했다.

"야! 너랑 얘기하기 싫으니까 꺼져! 어서!"

"알았수다. 그렇지 않아도 가려던 참이었으니까."

검은 무복의 여인도 군이 더 묻고 싶은 얘기가 없는 듯 옆에 서 있는 죽립인을 향해 고개를 돌렸다. 죽립인의 어깨에는 작고 흰 원숭이가 앉아 있었다.

"오라버니, 아직 못 잡았답니다."

"……."

"출출해 죽겠는데 이제 그만 어디 가서 밥이나 먹읍시다. 반반아, 너도 배고프지?"

깍! 깍!

여인의 말에 원숭이는 말귀를 알아듣기라도 하듯 고개를 끄덕였다.

여인은 영령, 죽립인은 철우였다.

남양객점(南陽客店).

북경에서 가장 번화한 태성로(泰盛路)에 위치한 이층 객점이었다. 아직 해가 서산에 걸려 있는, 저녁 식사를 하기에는 이른 시간이었지만 객점 안엔 많은 사람들이 배를 채우고 있었다.

"웅족탕 두 개에 장육 하나, 그리고 여홍주 일단 한 병!"

이층 창가 쪽 자리에 앉자마자 영령은 큰 목소리로 주문했다. 철우는 죽립을 슬쩍 들며 그녀를 응시했다.

"이거 끼니때마다 고급 요리에 고급 술이군."

"당연하죠. 이제 사도세가 가주라는 체면이 있는데 값싼 요리를 시킬 수는 없죠."

"체면?"

"그럼요. 가주인 내가 객점에서 값싼 소면이나 먹는다면 세가의 제자들이 날 어떻게 생각하겠어요? 분명 구두쇠에 노랑이라며 뒤에서 실컷 욕할 거예요. 그래서 품위 유지 차원에서 밖에서 식사 할 때는 무조건 고급을 시킬 수밖에 없다는 거죠. 이제 아시겠죠?"

'내참, 가주의 품위 때문에 어쩔 수 없다니? 몇 개월 사이에 엄청나게 말재주가 발달했군.'

철우는 어처구니가 없었다. 영령은 철우의 표정을 보며 키득거렸다.

'호호. 그럼요. 매일같이 사람들 상대하다 보니 말재주가 느는 건 당연한 일이죠.'

요리가 나왔다. 그러자 가장 먼저 설치는 것은 반반이었다.

깍! 깍!

일단 술부터 한 잔 따라 마신 후 안주 삼아 장육을 먹는 너무도 자연스런 모습에 영령은 황당한 표정을 지었다.

"오, 오라버니, 얘가 지금 뭐 하는 거죠?"

"몰랐냐, 이 녀석이 술과 고기라면 환장한다는 걸? 그렇게 멀뚱히 쳐다보고 있다간 이 녀석이 다 먹을 게다."

철우는 가볍게 미소를 짓고는 식사를 하기 시작했다.

"이 녀석이 술과 고기에 환장을 한다고요? 그동안 안 그랬던 것 같은데?"

영령은 그와 같은 반반의 모습은 처음 본다는 듯 고개를 갸웃거렸다.

"허허, 이 녀석이 원래 친하지 않은 사람한테는 내숭을 좀 떨지. 예전에 항주에 있는 아우에게 이 녀석을 맡긴 적이 있는데 그때도 처음엔 내숭을 떨었다고 하더군. 내숭 떤 기간이 불과 하루뿐이긴 했지만. 그런 걸 생각하면 이 녀석이 너를 참 무서워하긴 했던 모양이다, 술과 고기에 환장하면서도 그동안 참았던 것을 보면."

"그러니까 예전엔 무서웠는데 이젠 이 녀석이 날 만만하게 보고 있다는 얘긴가요?"

"하하, 이 능구렁이 같은 놈의 속을 내가 어찌 알겠냐? 네가 직접 물어봐라."

영령은 무서운 눈초리로 반반을 쏘아보았다.

"임마! 오라버니의 얘기가 사실이냐?"

쩝! 쩝!

반반은 영령의 얘기에 신경조차 쓰지 않고 계속 먹어댔다, 물론 술도 열심히 퍼마시면서.

"내 얼굴 똑바로 안 볼래? 그러니까 내가 손을 대기도 전에 먼저 퍼먹을 정도로 내가 만만하게 보이냐고!"

영령은 마치 두들겨 패기라도 할 것처럼 손을 번쩍 쳐들었다.

"끄윽… 잘 먹었다."

그 순간, 철우가 탕그릇을 내려놓으며 트림을 했다. 영령의 시선이 철우에게 옮겨졌다. 자신은 아직 음식에 손도 대지 못했는데 웅족탕 한 그릇을 다 비우고 입술을 훔치는 철우의 모습이 영령에게는 더욱 못마땅했다.

"원숭이를 이딴 식으로 교육시켜 놓고도 음식이 넘어가요?"

"하하. 그게 어디 교육한다고 될 일이더냐? 이 녀석의 천성인데."

철우는 가볍게 웃었다.

그때였다.

"아, 아니? 대, 대협!"

식사를 마치고 일어서던 어떤 사내가 갑자기 철우를 보며 반색했다. 그는 일행을 두고 철우를 향해 다가왔다.

"저를 기억하시겠습니까?"

"……?"

철우는 그의 얼굴을 살폈다. 나이에 비해 이마에 깊은 주름살이 있는 삼십대 사내였다.

기억이 나는 듯 철우는 반가운 표정을 지으며 손을 내밀었다.

"아! 물론이오. 소주에서……."

"하하! 예, 맞습니다. 세상 물정 모르고 대협께 강도 짓 하려 했던 바로 그놈입니다."

사내는 공손하게 두 손으로 철우의 손을 잡으며 연신 웃음을 토했다.

태중(太重)이란 이름을 갖고 있는 이자는 겨울날 쌀과 땔감을 구하기 위해 철우에게 강도 짓을 하려다가 오히려 은자 열 냥의 신세까지 졌던 그 사내였다.

태중이 문득 반반을 쳐다보았다.

"임마! 너도 내가 누군지 기억나냐?"

반반은 고개를 끄덕였다.

"그때 내가 강도 짓을 하려 했던 건 너 때문이었다고. 너를 팔면 돈이 될 것 같았거든. 하하!"

그것까지도 알고 있다는 듯 반반은 또 고개를 끄덕였다.

"근데 어떻게 이곳에……?"

철우가 물었다.

"황궁의 이십사아문에서 사정(司正:정오품의 벼슬)으로 계시는 먼친척 한 분이 저의 어려운 형편을 아시고 자리 하나를 만들어주셨거든요. 그래서 일 년 전에 가족과 함께 북경으로 올라왔습니다."

"아, 그래요. 잘됐군요."

"예. 다행이죠. 비록 이십사아문에서 환관들이 시키는 막일을 하고 있지만, 그래도 다달이 녹봉이 나오니까 그게 정말 좋더라고요. 가족들에게 체면도 서고."

그는 자신의 일에 만족하고 있는 듯 소주 시절과는 확실히 표정이

밝고 좋았다.

"이봐! 태중이, 뭐 하는 거야? 안 갈 거야?"

그때 뒤에서 그의 일행이 짜증스런 목소리로 소리쳤다.

"일행이 기다리고 있는데 어서 가보십시오."

"대협, 계속 북경에 계실 겁니까?"

"글쎄… 아마 당분간은 이곳에 머물러야만 할 것 같습니다만."

"그러시면 언제고 꼭 제게 연락을 주십쇼. 대협을 저희 집에 초대하여 꼭 식사 한번 대접하고 싶습니다. 그때 대협께서 주신 열 냥의 은자 덕분에 아프신 어머니와 저희 가족이 무사히 겨울을 날 수 있었거든요."

"……"

"저희 집은 남대로 끝에 있는 두 번째 골목에서 첫 번째 집입니다. 꼭 한 번 들러주세요. 아내와 아이들, 그리고 특히 우리 어머니께서 대협을 많이 보고 싶어하시니까요."

"알겠소. 그렇게 하리다."

철우가 고개를 끄덕이자 그제야 태중은 안도의 한숨을 지었다.

"휴우… 그럼 그 말씀을 믿고 전 먼저 가보겠습니다. 정말 꼭 오셔야 합니다."

태중은 손을 흔들며 일행과 함께 사라져 갔다. 그때까지 유심히 두 사람의 대화를 가만히 듣고 있던 영령이 입을 열었다.

"오라버니에게 강도 짓을 하려 했던 사람에게 오히려 은자 열 냥을 줬었다고요?"

"그만큼 저 사람의 사정이 절박했지. 그리고 강도 짓을 하기엔 너무도 순박한 사람이었고."

"내참! 지난번엔 반세골에게 뺏은 재산을 가난한 이웃들에게 써달라며 항주성주에게 몽땅 보내서 나를 놀라게 하더니만 알고 보니 강도에게 돈을 준 적도 있었군요. 정말 대단하십니다. 그 정도면 거의 병적인 오지랖이네요."

영령은 못마땅하다는 표정으로 빈정거렸다.

"그러는 너는?"

"내가 왜요?"

"너도 가히 다를 게 없어."

"다를 게 없다니? 억지 쓰지 마세요. 난 오라버니처럼 절대 오지랖 떨지 않아요."

"언젠가 네 입으로 똑똑히 얘기했어. 겨울날 시전의 노상에서 볼이 꽁꽁 얼어 있는 아기를 업고 생선을 팔고 있는 아낙네의 모습에 눈물이 나서 죽는 줄 알았다고, 그래서 갖고 있는 돈을 몽땅 털어주었다고."

흠칫!

"그리고 기르던 강아지가 병에 걸려 죽자 보름 동안 식음을 전폐했다고. 내참, 뭐 묻은 개가 겨 묻은 개 흉본다더니, 다른 사람은 내게 뭐라고 해도 넌 그러면 안 돼. 개가 죽었는데 보름씩 밥은 왜 안 먹냐?"

'끙······!'

영령의 표정이 한없이 구겨졌다. 아무리 머리를 굴려도 마땅한 대답이 떠오르지 않았다.

"젠장! 술 마시느라고 밥 안 먹었어요, 술 마시느라고!"

그것이 기껏 생각해 낸 그녀의 변명이었다.

철우는 그녀의 변명 같지 않은 변명에 절로 웃음이 나올 것 같았다.

하지만 웃었다가는 그녀의 불같은 성질에 기름을 붓는 격이 될 것이다.

철우는 일단 흥분한 영령의 눈을 피해야겠다는 생각에 창밖으로 시선을 돌렸다.

저녁 무렵이 되자 북경에서 가장 번화한 여성로는 더욱 많은 사람들로 법석거렸다. 길가에는 많은 노점상인들이 자리를 펴고 물건을 팔고 있었고 사람들은 그 앞에서 물건을 골랐다.

"……!"

평온한 표정으로 지나는 사람들의 모습을 내려다보던 철우의 눈이 느닷없이 번뜩거렸다. 지나가는 행인들 사이로 건장한 체구의 백발노인의 모습이 시야에 들어온 것이다.

'저, 저자는?'

백발노인은 다름 아닌 바로 백당춘이었다. 항주 시절 담중산의 저택에서 일전을 겨룬 적이 있던, 그리고 자신보다 강한 상대였던 백당춘을 어찌 잊을 수 있겠는가?

장을 본 듯, 보자기 가득 물건을 들고 행인들 사이로 사라져 가는 그의 뒷모습에 철우는 자리에서 벌떡 일어났다.

"오, 오라버니?"

영령이 의아한 표정으로 쳐다보았다.

"영령아, 잠시 누굴 좀 만나고 올 테니 이 객점에 방을 얻어놓고 기다리고 있거라."

"그 무슨 뚱딴지같은 얘기예요?"

영령은 황당한 얼굴로 물었으나 대답을 듣진 못했다. 철우는 자신의 얘기가 끝나기 무섭게 우는 곧바로 이층 창에서 빗살처럼 뛰어내린 것이다.

"뭐야, 또……."

영령은 급하게 행인들 사이로 사라져 가는 철우의 뒷모습을 어이없다는 시선으로 쳐다보았다.

'설마 그 여자를 보기라도 한 건가? 현상금이 걸린 처지에 싸돌아다닐 리는 없을 텐데. 대체 무슨 일이지?'

영령은 의혹이 뭉게구름처럼 피어올랐지만 결코 철우의 뒤를 쫓진 않았다.

'기다리고 있으라니 저녁때까지만 기다려 주지. 안 돌아온다고 찾지 못할 것도 없으니까.'

냉모와 철우는 헤어질 때 훗날 연락을 주고받을 도구로 사용할 매의 후각을 위해서 서로의 옷에 똑같은 향을 뿌렸다. 그 냄새를 인식하고 있는 영령이었기에, 철우가 멋대로 사라져도 충분히 대범할 수 있었다.

그녀는 문득 반반이를 쳐다보았다. 반반이는 철우가 사라지든 말든 여전히 먹는 데 열중하고 있었다.

'조그마한 게 정말 엄청나게 먹는군. 내참, 먹는 것 빼고는 특별한 게 전혀 없는 이런 녀석이 무슨 영물이라는 거지?'

아무리 봐도 전혀 영물답지 못한 설산백원 반반.

영령이 자신의 가치를 의심하거나 말거나 상관없다는 듯 반반은 연신 탁자 위의 음식을 입 안으로 밀어 넣고 있었다.

*　　　*　　　*

여인의 눈썹 같은 그믐달이 소오대산의 일천 이백 봉우리 위에서 희미한 빛을 뿌린다.

폐찰.

산중에 위치한 그곳은 이미 오래전에 용도 폐기가 된 듯 곧 무너질 것처럼 위태로운 모습으로 존재하고 있었다.

휘휙!

마치 한 마리의 야조처럼 폐찰 앞에 떨어져 내리는 인물이 있었다. 백당춘이었다. 그는 주변을 긴장된 표정으로 두리번거리고는 이내 폐찰 안으로 들어갔다.

끼이이익!

문을 열자 아사 직전인 사람의 뼈 돌아가는 듯한 거북스런 음향이 울렸다. 폐찰 안엔 초췌한 모습으로 웅크리고 앉아 있는 인물들이 있었다. 부용과 의천이었다. 들어서기가 무섭게 백당춘은 들고 온 보자기를 풀었다.

"많이 기다리셨죠? 요깃거리를 사왔습니다. 어서 드십시오."

보자기 안에서 음식물이 나오자 의천은 그중 닭다리 하나를 부용에게 건네주었다.

"엄마, 이것 좀 드세요."

"난 됐으니 너나 들거라."

부용은 힘없이 고개를 저었다.

"엄마, 그러지 말고 뭐라도 좀 드세요. 오늘 아무것도 안 드셨단 말예요."

"네 아빠가 뇌옥 안에서 온갖 고초를 당하고 계실 텐데 어찌 음식이 목구멍에 넘어가겠냐? 아무것도 먹고 싶지 않아."

어느새 그녀의 눈시울은 붉게 충혈되고 음성은 촉촉하게 젖어갔다.

탈출 이후 눈물 마를 날이 없었다.

눈을 감아도, 눈을 뜨고 있어도 그녀의 머리에는 오직 능진걸에 대한 생각뿐이었다.

"백 사범님, 밖은 어떻던가요? 무슨 특별한 소식 같은 건 없나요?"

부용은 혹시라도 그동안 누명이 풀리지는 않았을까 하는 기대감으로 조심스럽게 물었다. 하지만 그녀의 질문에 백당춘의 얼굴이 어두워지자 부용은 불안해졌다.

"왜 그러시나요? 그이에게 안 좋은 일이라도 생겼나요? 대체 어떤 일이죠?"

"형 집행 날자가 정해졌습니다, 사월 사일로……."

쿵!

부용의 얼굴은 새하얗게 탈색되고, 심장은 터져 나갈 것 같았다.

"사월 사일이라면 이제 불과 엿새밖에 남지 않았잖아요? 죄도 없는 사람을 제멋대로 가둬놓고, 그렇게 신속히 처형하겠다니! 세상에 이런 법이 어딨어요?"

부용은 악을 쓰듯 소리쳤다.

"흑흑! 그이는 나라와 백성을 위해 맡은바 임무에 충실했던 사람이에요! 어떻게 그런 사람에게 누명을 씌우고, 참수를 하려 하는지… 이건 정말 말도 안 돼요!"

"……."

피를 토할 듯한 부용의 외침에 백당춘은 아무런 말도 하지 못했다.

그 역시 시간이 지나면 능진걸에 대한 오해가 풀릴 것이라 생각했다. 그러나 막상 참수형에 대한 공고까지 나붙은 모습을 보니 가슴 한 구석에 커다란 돌덩어리가 얹어진 것처럼 답답할 따름이었다. 답답한 마음에 그는 바람이라도 쏘일 요량으로 자리에서 일어났다.

순간, 백당춘은 눈빛을 번뜩였다.

"웬 놈이냐?"

그는 쏜살처럼 밖으로 신형을 날리며 장력을 격출했다.

그의 느낌처럼 밖에는 죽립인 한 명이 희미한 달빛을 받으며 서 있었다.

콰우웅!

백당춘의 장심을 떠난 장력은 질풍처럼 죽립인을 향해 덮쳐들었다. 스치기만 해도 죽립인의 몸은 형체 없이 부서지게 될 것 같았다.

하나 죽립인은 팔짱을 낀 상태로 허공을 빙글 돌며 가볍게 피하는가 싶더니 백당춘의 지척거리에 착지했다.

"……!"

백당춘의 희고 긴 눈썹이 크게 꿈틀거렸다. 사내의 모습이 전혀 낯설지 않았기 때문이다.

그의 느낌을 확인이라도 시키려는 듯, 죽립인은 입을 열었다.

"오랜만이오."

"오랜만?"

"담중산의 저택에서 만난 게 처음이자 마지막이었는데 어느덧 당신과 만난 것도 삼 년 가까이 된 것 같구려."

"그렇군. 철우, 바로 네놈이었군."

철우라는 이름이 백당춘의 입을 통해 나직하게 흘러나오는 순간 폐찰 안에 있던 부용은 몸을 부르르 떨었다.

'철우라니……? 서, 설마……?'

부용은 격동치는 가슴을 진정시키며 천천히 문밖으로 고개를 내밀었다. 희미한 달빛 아래 죽립을 쓰고 서 있는 사내의 모습이 그녀의 시야에 들어왔다. 아무리 희미한 모습일지라도 그녀는 느낄 수 있었다.

철우, 바로 그라는 것을.

"......."

백당춘은 굳은 표정으로 철우를 응시하고 있었다.

그는 자신을 미행한 인물이 있으리라고는 미처 생각지 못했다. 그만큼 그는 주의했고, 제아무리 뛰어난 무공을 지닌 자도 쫓아올 수 없는 경신술을 펼치며 이곳으로 왔기 때문이다. 그렇기에 처음엔 매우 당황했으나 상대가 철우임을 알자 충분히 가능한 일이라고 생각했다.

하지만 그로서는 자신을 은밀하게 미행한 철우를 곱게 돌려보낼 수는 없는 입장이다. 거액의 현상금이 걸려 있는 부용과 의천의 은신처가 발각된 만큼, 철우가 관아에 신고할 수 없도록 만들어야만 했다.

"자네도 돈을 밝히는 인간이었던 모양이군."

백당춘은 얼음처럼 차갑게 노려보더니 벼락처럼 우수를 앞으로 뻗었다.

피이잇!

그의 우수에서 유성과 같은 빛이 철우의 얼굴을 향해 날아들었다. 그 속도는 그야말로 섬광 같았다.

철우는 슬쩍 허리를 비틀며 왼 주먹을 가볍게 안으로 밀었다. 반쯤 말아 쥔 주먹이 움직이며 권풍이 일었다.

두 사람의 손이 허공에서 정면으로 격돌했다.

콰콰콰쾅!

엄청난 굉음과 함께 두 사람의 신형이 뒤로 주르륵 물러났다. 백당춘은 크게 당황했다. 항주에서 수많은 담중산의 사병과 관군들을 상대로 단신으로 맞서 싸웠던 철우의 무위에 대해선 그도 잘 알고 있었다. 게다가 비록 철우가 독에 중독된 상태이긴 했지만 한차례의 격돌까지 했었다.

'이 정도의 공력을 갖고 있었단 말인가? 내가 뒤로 밀려날 정도로……?'

절정의 검술을 갖고 있어도 공력에선 자신보다 훨씬 못하다고 생각했던 백당춘이었기에 그 놀람은 클 수밖에 없었다.

한편, 당혹스러워하는 것은 철우도 마찬가지였다.

담중산의 저택에서 일합을 겨룰 때, 그는 백당춘이 발산하는 기도에 질식할 것 같은 위압감을 받았고 자신보다 훨씬 강한 인물이라는 것을 느꼈었다. 하지만 지금 철우는 그때와는 수준을 논할 수 없을 만큼 엄청난 공력의 발전이 있었다.

고루격공도맥대법!

사도혼의 말에 의할 것 같으면 철우는 고금제일공력의 소유자라고 했다. 그렇듯 공력에서 적수가 있을 수 없는 철우가 뒤로 주춤거렸던 것이니, 어찌 당혹스럽지 않겠는가?

"내가 잘못 본 게 아니라면 그동안 기연이 있었던 모양이로군. 나의 벽력수(霹靂手)를 그토록 간단하게 막아내다니……."

백당춘은 손바닥을 펼쳤다. 그러자 바닥에 버려져 있는 나무 막대기 하나가 그의 손바닥에 빨려 들어왔다. 격공섭물의 수법이었다. 백당춘이 나무 막대기를 천천히 들어올리자, 그의 전신에서 가공할 기운이 구름처럼 일어났다.

그것은 최극상의 고수에게서만 일어나는 무형지기(無形之氣)였다.

철우의 안색이 더욱 어두워졌다.

상대가 무형지기를 일으키도록 가만히 방관하고 있으면 그 무형지기는 점점 커져 하나의 커다란 기세를 형성하게 된다. 그렇게 되면 무공의 높고 낮음을 떠나 결코 그 기세를 당할 수 없게 된다.

비록 미행의 목적은 이게 아니었지만, 이대로 멍청히 당할 수만은 없는 일이었다.

철우는 상대의 무형지기가 가공할 무기로 변하기 전에 어쩔 수 없는 선공을 펼쳤다.

"난 당신과 싸우고 싶지 않소."

슈와아앙!

싸우고 싶지 않다는 말처럼 철우의 장심에서 격출된 장력은 절정고수답지 않게 그다지 위력적이지 못했다. 그러나 백당춘은 철우의 의지와는 상관없이 나무 막대기를 빙글빙글 돌리며 철우의 공격을 파훼했다.

그리고 곧바로 이어지는 공격, 백당춘의 손에서 회전하고 있는 나무 막대기의 속도가 점점 빨라지며 종내에는 마치 하나의 원반 같은 형태가 되었다.

파파파팍!

엄청난 경기가 폭풍처럼 일어났다. 그 경기의 폭풍에 걸렸다가는 형체조차 찾아볼 수 없을 정도로 갈기갈기 찢겨지고 말 것 같았다.

철우의 안색이 급변했다. 검이나 창도 아닌 일개 나무 막대기에서 뿜어져 나오는 경기가 이토록 엄청날 줄은 미처 생각지 못한 것이다. 회오리바람처럼 선회하며 다가들기 때문에 맞받았다가는 제아무리 천하에 둘도 없는 호신강기를 가진 인물이라 할지라도 몸이 그대로 관통

당할 것이다.

피하는 것도 간단치가 않았다. 백당춘은 우수로 나무 막대기를 연검처럼 전개하면서도, 철우가 피할 것을 예측하고 왼손에 진기를 모으고 있는 상태였다. 만약 그의 예측처럼 철우가 피하기 위해 몸을 날린다면, 그 순간 여지없이 장력이 뿜어져 나올 게 자명했기 때문이다.

싸우기는 싫었지만 자신의 생명을 지키기 위해선 어쩔 수 없이 최선으로 맞부딪치는 수밖에 없었다.

철우는 신속히 철검을 뽑아 들었다. 그리고는 자신을 향해 몰아치며 돌진하는 회오리바람을 내리찍었다.

"타아앗!"

사자후 같은 기합과 함께 철검은 마치 하늘에서 내려치는 번개와도 같은 기세로 회전하며 돌진하는 나무 막대기에 부딪쳤다.

쾅! 콰콰쾅!

폭발하는 듯한 음향이 터지며 그토록 가공할 속도로 회전하며 돌진하던 나무 막대기가 기세를 잃고 땅에 떨어졌다.

"우욱!"

그와 동시에 백당춘은 나무 막대기를 쥐고 있던 오른 손목이 부러지는 듯한 통증을 느끼며 뒤로 주춤거렸다.

철우 또한 온전한 상태는 아니었다. 그는 비록 무정천풍검법의 제육식인 무정뇌전(無情雷電)으로 나무 막대기의 가공할 기세를 중도에 차단시켰으나 그 여력에 몸을 휘청거리고 있었다.

"다시 말하지만… 난 당신과 싸우고 싶지 않소."

철우는 힘들게 균형을 잡으며 입을 열었다. 하지만 백당춘은 여전히 적개심을 풀지 않았다.

"네 녀석이 이미 영반님 가족의 은신처를 알 게 된 이상 그럴 수는 없다."

"비록 많은 사람들의 뇌리에선 지워졌겠지만, 나도 현재 현상금이 걸려 있는 신세요. 그런 내가 무슨 영광을 얻겠다고 능 영반의 가족을 밀고하겠소?"

"……?"

백당춘은 멍한 표정을 지었다. 생각해 보니 철우도 그리 다른 입장이 아니었다. 비록 시간은 좀 지났지만 항주에선 담중산을, 낙양에선 노적삼 국주를 살해한 그 역시 현재 수배범 신세였기 때문이다.

백당춘이 잠시 적개심을 풀고 생각을 정리하던 그 순간,

"죽어랏!"

낭랑한 외침과 함께 섬뜩한 예기(銳氣)가 철우의 등판을 향해 파고들었다.

"아… 안 돼!"

부용은 경악하며 소리쳤다.

이제 아홉 살의 소년에 불과한 그녀의 아들 의천이가 검을 들고 철우를 향해 기습을 감행한 것이다.

쉬이익!

검끝이 마치 팽이처럼 회전하며 쏘아온다. 아홉 살 소년치고는 놀랍도록 매섭고도 날카로운 공격이다. 그러나 아무리 매서운 기습일지라도 상대는 무적의 고수인 철우였다.

"악!"

철우는 신형을 옆으로 젖히며 의천의 손목을 낚아챘다. 그러자 의천은 뾰족하게 비명을 지르며 검을 손에서 떨어뜨리고 말았다.

"놔! 이거 놓으라고!"

의천은 철우로부터 벗어나려고 발버둥을 쳤다.

"밀고할 생각이 없다고 내가 분명히 말했을 텐데?"

철우는 가볍게 미소를 지으며 의천을 바라보았다. 자신의 생명을 노렸지만, 빠져나가기 위해서 온갖 인상을 쓰며 발버둥 치는 의천의 모습이 귀엽게 느껴졌다.

"당신은 우리 외할아버지를 돌아가시게 만든 살인자다! 당신 때문에 우리 엄마가 얼마나 우셨는지 알아?"

"……!"

철우의 얼굴이 딱딱하게 굳었다.

살인자!

의천의 외할아버지이자 부용의 부친인 노적삼을 죽게 만든 장본인.

그 말이 그토록 충격이었을까? 털썩 주저앉고 싶은 느낌이 들었다. 의천의 말대로 이제 부용에게 있어 철우라는 존재는 부친의 원수일 뿐이다. 옛 정인이라는 것은 그의 생각일 뿐.

그는 자신도 모르게 쥐고 있던 의천의 손목을 놓아주었다.

'난 노적산을 죽였다. 바보 같은 놈, 무슨 명분으로 이곳까지 따라왔는가?'

그가 백당춘을 미행한 것은 당연히 부용의 거처를 알기 위함이었다. 그리고 숨어 있는 그녀를 만난 후 어떤 식으로든 돕고 싶었다. 하지만 자신에겐 그럴 자격이 없다는 것을 의천을 통해 비로소 깨달았던 것이다.

철우가 허탈한 모습으로 스스로를 자책하고 있을 때 의천은 땅에 떨어진 검을 조심스럽게 다시 쥐었다.

고개를 들었다. 힘없는 모습으로 우두커니 서 있는 철우의 모습이 의천의 시야에 들어왔다.

바로 앞에 자신과 일전을 겨루었던 백당춘이 있고 기습했던 의천이 있음에도 불구하고 무슨 연유인지 지금의 철우는 전혀 방어의 자세가 돼 있질 못했다.

의천은 다시없을 절호의 기회라 생각하며 맹렬히 돌진하기 시작했다.

그때였다.

"안 돼! 의천아―!"

돌연, 부용의 목소리가 공간 사이로 울려 퍼졌다. 철우의 등판 바로 앞에서 검을 멈춰야 할 정도로 그녀의 음성은 다급하며 절박했다.

"어, 엄마?"

의천은 당황스런 표정으로 고개를 돌렸다. 부용이 급하게 달려오고 있었다.

"백 사범님, 의천이를 데리고 잠시 물러나 주세요!"

부용은 백당춘을 향해 소리쳤다. 의천은 눈을 동그랗게 뜨며 물었다.

"엄마, 왜 그러세요? 이자는 외할아버지를 돌아가시게 만든 살인자예요."

"어서! 엄마 말 들어!"

부용이 차갑게 소리치자 백당춘이 의천의 팔을 잡았다.

"어머니의 말씀대로 하거라."

"백 사범님, 그게 무슨 말씀이에요? 살인자 앞에 엄마만 두고 그냥 가잔 말씀인가요?"

"어른들끼리 나눌 말씀이 있으신 모양이다."

"하, 하지만……."

"네가 생각하는 그런 일은 생기지 않을 게야. 저자는 지금 전혀 살심(殺心)을 갖고 있지 않으니까."

백당춘은 머뭇거리는 의천을 데리고 천천히 사라져 갔다.

부용은 아무 말 없이 계속 차갑게 철우를 응시했다. 그녀의 눈빛이 부담스러운 듯 철우의 시선은 허공을 향해 있었다.

"그래요. 내가 아는 당신은 물욕이 없는 사람이었어요. 그런 당신이 백 사범님을 미행한 것은 현상금이 아닌 내 꼴을 보기 위함이었겠죠."

한동안의 침묵 끝에 먼저 입을 연 것은 부용이었다.

"곧 무너질 것 같은 산속 폐찰에 숨어 있는 우리 가족의 모습을 보니 이제 흡족하신가요?"

"……!"

철우는 죽립을 젖히며 그녀의 얼굴을 응시했다. 달빛 아래 드러난 그의 얼굴은 어둡고 침울했다.

"부용답지 않게 말이 너무 고약하군."

"호호, 고약하다고요?"

부용은 고개를 젖히며 낭랑하게 웃음을 토했다. 그리고는 이내 웃음을 뚝 그치며 싸늘하게 쏘아보았다.

"말을 그렇게 하고 있지만 지금 당신은 분명 자신을 버린 여자가 목숨을 보존하기 위해 쥐새끼처럼 숨어 있는 꼴을 보며 쾌감을 느끼고 있을 거예요."

"이젠 아무런 의미가 없는 얘기이겠지만… 한때 너는 내게 있어 목숨과 같았던 존재였다. 난 네가 행복하기만을 원한다."

"행복?"

부용의 얼굴이 얼음장처럼 차갑게 식었다. 그와 동시에 그녀의 손이 허공을 갈랐다.

짝!

죽립이 밑으로 떨어졌다. 부용이 철우의 뺨을 후려친 것이었다. 철우의 얼굴은 옆으로 돌아갔고, 뺨에는 손자국이 선명했다.

부용은 무섭게 노려보며 씹듯이 말을 뱉었다.

"위선자!"

"……."

"내 아버지를 그렇게 만들어놓고 나의 행복을 운운하다니, 당신은 위선자야. 알아?"

"……."

철우는 의천이가 악을 썼을 때 그랬던 것처럼 아무런 말도 하지 못했다.

"나쁜 사람……."

얼음처럼 차갑던 부용의 눈가에 이슬이 맺히기 시작했다. 그리고 마침내 그녀는 손으로 얼굴을 가리며 주저앉았다.

"흑흑… 나쁜 사람! 그냥 모른 척하고 지나칠 것이지… 대체 왜 여기에 나타난 거야. 무슨 꼴을 보겠다고……."

"부, 부용……."

"죽은 줄 알았던 당신을 항주에서 만났을 때 정말 많이 혼란스러웠어. 당신과 함께했던 많은 기억들이 떠오르게 되고, 그것 때문에 많이 흔들렸어……."

"……."

"하지만 그것뿐이었어. 그 이상도 그 이하도 아닌, 그저 잔잔한 호수에 스치는 미풍과 같은 그것뿐……."

"……."

"비록 아버지의 강요에 의해 어쩔 수 없이 치른 결혼이었지만 난 정말 그 사람을 사랑했어. 그 사람 때문에 행복했고, 그 행복을 영원히 유지하고 싶었으니까……."

문득 부용은 고개를 들어 철우를 올려다보았다. 그녀의 얼굴은 이미 눈물로 뒤덮여 있었다.

"결혼해도 내 마음속엔 영원히 당신이 남아 있을 거라고 생각했지. 그런데 현실은 그렇지가 않았어. 어느 순간부터 당신이 있던 자리에 그 사람이 들어오는가 싶더니 이내 나의 몸과 마음, 그리고 모든 일상까지 그 사람을 위한 것이 되고 말았어."

"……."

"어느 순간부터 당신과의 추억은, 오히려 그 사람에 비해 내 자신이 떳떳치 못하다는 평생의 회한으로 변하게 되더라고. 영원히 기억하고 싶었던 그 추억조차도……."

"……."

"우(羽), 내가 사랑하는 사람은 이제 당신이 아니라 바로 그 사람이야. 내 마음속에는 당신이 들어올 만한 그 어떤 공간도 존재하질 않아. 그 사람이 없으면 나도 없고, 그 사람이 죽으면 나도 죽어."

그 말은 비수처럼 철우의 심장에 꽂혔다. 철우는 암기에 당했을 때보다도 더 극심한 통증을 느꼈다.

그녀에게 자신은 이제 과거의 남자일 뿐이라고 그 역시 생각하고 있었다. 하지만 막상 그녀의 입을 통해 그와 같은 얘기를 들었을 때의 느낌은 생각보다 충격이 컸다.

"부용, 대체 무슨 말을 하고 싶은 거냐?"

듣기만 하던 철우가 처음으로 입을 열었다.

"얘기했잖아? 그이가 죽으면 나도 죽는다고."

힘들게 안정을 찾던 철우의 얼굴이 다시 급변했다. 부용이 무엇을 말하고자 하는지 충분히 느낄 수 있었다.

"이제 불과 엿새 남았어. 내가 살아 있는 날도 그때까지 뿐이야."

"말 같지 않은 소리!"

철우는 버럭 노성을 질렀다.

"남편을 사랑하는 너의 마음이 아무리 절대적이라 해도 그렇지, 아직 어린 아들을 두고 남편을 따라 죽겠다니. 남편에 대한 사랑만 있고, 아들에 대한 의무는 필요 없다는 거야 뭐야?"

"그러니까 우에게 얘기하는 거야. 그이가 죽고 내가 죽으면 우가 우리 의천이를 맡아줘."

"뭐, 뭐라고?"

철우는 황당했다.

"미, 미쳤군. 자신은 남편 따라 죽을 테니, 나더러 자기 아들을 맡아달라니."

"의천이는… 당신 아들이야."

쿵!

철우는 심장이 터지는 듯한 충격을 받았다.

'의천이는 당신 아들이야.'

어찌 이와 같은 엄청난 얘기를 쉽게 받아들일 수 있겠는가? 그는 흥분을 참으며 힘겹게 입술을 떼었다.

"지, 지금 뭐라고 했지?"

"믿을 수 없겠지만, 의천이는 당신 아들이야."

"……."

"당신이 표행을 떠난 지 열 달, 그러니까 그 사람과 결혼한 지 여덟 달 만에 우리 의천이가 태어났지."

부용의 눈에선 또다시 눈물이 흘러내리기 시작했다. 그녀는 흠뻑 젖은 얼굴로 이 순간까지 그 누구도 알 수 없었던 자신만의 비밀을 털어놓고 있었다.

"결혼하고서야 알았어, 이미 내 뱃속에 당신의 씨앗이 자라고 있다는 것을."

"……."

"하지만 그 사람은 몰라. 그는 의천이를 자신의 피붙이라고 철석같이 믿고 있어. 의천이에겐 둘도 없는 아버지였지. 의천이를 너무도 사랑해 주었고, 의천이의 앞에서 조금도 흐트러진 모습을 보이지 않았던 반듯한 아버지였어. 때문에 의천이 역시 이 세상 어떤 사람보다도 그 사람을 더 존경하고, 그 사람 같은 바른 공직자가 되고 싶어하지."

'그 아이가 내 아이라고……?'

철우는 자신을 향해 검을 들고 기습했던, 그리고 원수라며 자신에게 악다구니를 치던 의천의 모습을 머리에 떠올렸다.

넓은 대륙 위에 일가친척 하나 없는 철우였다. 그런 그에게 아들이 존재하고 있었다는 소식은, 축복과도 같은 일이었다.

'그, 그런데 이건 뭔가? 왜 전혀 기쁘지가 않은 것인가?'

그랬다. 기쁘기는커녕 가슴이 찢어졌고, 웃음 대신 눈물만이 하염없이 흘러내렸다.

빌어먹을!

대체 이제 와서 나더러 어쩌란 말인가?

뱃속에 자신의 아이까지 둔 여인과 사랑의 결실을 맺지 못할 정도로 더럽게 꼬인 자신의 운명이 다시 한 번 미치도록 저주스러웠다.

第三十四章

그가 참형장에 나타났다

그날 이후 철우는 지난날 그랬던 것처럼 또다시 술에 빠져 살기 시작했다.

쾅! 쾅!

"오라버니, 도대체 방 안에서 뭐 하는 거예요? 제발 문 좀 열어봐요!"

아무리 영령이 문을 두들기며 소리를 질러도 한번 객점 방 안에 틀어박힌 그는 밖으로 나오지 않았다.

"내참, 뭣 때문에 또 저러는 거람? 그리고 측간도 안 가나? 어떻게 단 한 번도 밖으로 안 나올 수 있는 거시!"

그날 누군가를 쫓아갔다가 돌아온 이후 술만 마시는 철우의 모습이 영령으로선 의아할 수밖에 없었다. 하여 계속 이유를 물어대자, 철우는 그녀가 잠시 나간 틈을 이용하여 아예 문을 걸어 잠가 버렸다.

물론 영령의 무공이라면 방문쯤 간단하게 때려 부술 수 있다. 하지만 일부러 문까지 걸어 잠갔다는 건, 그만큼 혼자 있고 싶다는 의미일 것이다.

영령으로선 이유가 궁금했지만 굳이 철우를 귀찮게 하고 싶지는 않았다.

"반반아, 오라버니가 왜 저러는지 넌 뭣 좀 아냐?"

영령은 답답한 표정으로 반반에게 물었다. 반반은 고개를 설레설레 저었다. 그러면서 반반은 손으로 술잔 들이키는 시늉을 했다, 입맛을 다시며.

"망할 녀석, 너도 술이 마시고 싶다는 얘기냐?"

끅! 끅.

반반은 히죽거리며 고개를 끄덕였다.

"술 귀신이 따로 없군."

영령은 어이없는 표정으로 쳐다보다 이내 반반의 팔을 잡고 계단을 내려가기 시작했다.

"오냐, 알았다. 내려가자. 오라버니가 저러고 있으니 나도 기분이 더러워서 한잔 마시려 했으니까."

많은 술병들이 방 안 가득 어지럽게 널브러져 있었고, 철우는 다리를 쭉 뻗은 상태로 침상에 몸을 기대고 있었다. 이미 얼굴은 불콰했고 눈동자는 풀려 있었다.

비록 부용과 맺어지진 못했지만 그는 그녀가 불행해지는 것을 원치 않았다. 그런 이유 때문에 그는 북경에 왔다, 그녀의 남자인 능진걸을 구출하기 위해서.

그런데 그와 같은 생각이 지금 흔들리고 있었다.

"큭큭… 내 아들… 그 아이가 내 아들이었다니……."

머릿속에는 온통 의천에 대한 생각뿐이었고, 계속 실없는 웃음이 흘러나왔다.

의천과 함께 맛있는 요리로 식사를 하고, 함께 목욕을 하고, 함께 여행하는 온갖 상상이 머릿속에서 펼쳐졌다.

벌컥!

이미 자신이 마시고 있는 게 술인지 물인지도 모를 만큼 만취한 상태였음에도 불구하고 철우는 연신 술을 들이키고 있었다.

'없던 욕심이 생겨나다니, 피붙이에 대한 이끌림은 어쩔 수 없는 것인가? 그 친구를 구하려는 짓 따위는 집어치우고, 내 아들과 함께 살아 볼까? 내 아들과 단둘이서…….'

아들에 대한 그리움이 밀물처럼 밀려왔지만 정작 실행하겠다는 결심은 쉽게 서질 못했다.

능진걸, 바로 그가 결심을 가로막는 장애 요인이었다.

"그대에게도 한이 있겠지. 그리고 칼부림은 그대의 한풀이일 테고. 그러나 너무 많은 사람이 죽었다. 이 정도에서 멈추고 국법에 따라주길 바란다."

"힘이 없는 자들을 위해 만들어진 게 국법이다. 힘이 있는 자들이 판을 치는 세상이라면 법이 왜 필요하겠나? 그러니 더 이상 자신과 상관없는 무고한 생명들을 해치지 말고, 억울한 한이 있으면 국법에 호소해라."

"국법에 따라 처리하겠다는 것이 어찌 관직의 고하와 관계가 있는지 전 이해할 수가 없군요. 전 그저 항주의 성주로서 저의 소임에 충실하고 싶을 따름입니다."

자신의 명예와 이름을 걸고 억울함을 풀어주겠다며 철우를 설득했던 능진걸. 그리고 당시 권력의 핵이자 복수에 눈이 먼 담중산의 앞에서도 한 치도 물러서지 않고 자신의 소신을 피력하던 그의 모습을 보면서 부용에 대한 집착을 떠나보낼 수 있었다.

그런데 이건 또 뭔가?

의천이가 자신의 아들이라는 소리에 모든 것들이 뒤죽박죽되어 버리는 것 같은 이 감당할 수 없는 혼돈은 대체 뭐란 말인가?

문득 철우의 고개가 앞으로 끄덕거린다. 그리고 그는 또다시 술에 젖은 음성으로 키득거렸다.

"큭큭… 비겁한 자식……."

콰당탕.

욕설과 함께 그의 신형은 통나무처럼 옆으로 쓰러졌다. 그리고 죽음보다 깊은 잠에 빠져들고 말았다.

*   *   *

"미리 얘기해 두는데 나는 역모를 저지르다가 뇌옥으로 끌려간 능진걸 영반과는 달리 융통성있는 친구들이 좋다."

도감책의 앞마당에서는 스물네 명으로 구성된 대원들을 세워놓고 금감석이 일장 연설을 토하고 있었다. 능진걸 대신 새로이 임명된 신임 영반이 바로 그였다.

"아무리 일을 잘하면 뭐 하나? 먼저 인간이 되어야지. 안 그런가?"

"……."

"뭐야? 왜 대답이 없어? 내 얘기가 틀렸다는 거야 뭐야? 제대로 복창 못해?"

"예… 맞습니다……."

금감석이 인상을 쓰며 눈알을 부라리자 대원들을 마지못해 대답했다. 금감석은 목청을 가다듬고 다시 말을 이어나가기 시작했다. 영반이 되자 하고 싶은 말이 꽤 많았던 모양이다.

"흠흠… 이런 얘기는 별로 하고 싶지 않았지만 너희들이 나의 직속 부하인 만큼 특별히 알려주마. 내가 지금은 도감책의 영반이지만 조만간 병부상서에 오를 사람이다. 병부상서가 어떤 위치라는 것을 설마 모르지는 않겠지?"

"……."

금감석은 열심히 입을 열어 떠들어대고 있었지만 대원들은 그다지 관심이 없는 표정이었다. 모두가 한결같이 그저 빨리 그의 연설이 끝나기만을 바라는 표정이었다.

"내가 병부상서로 영전하면 특별히 이곳에서 몇 명을 윗자리로 승진시키겠다. 승진 대상은 당연히 나에 대한 충성심으로 판단할 생각이다."

"……."

"나의 오랜 관료 생활의 경험에서 나온 진리를 너희들에게만 특별히 가르쳐 주는데… 세상은 줄이고, 성공하려면 줄을 잘 서야만 한다. 앞으로 이 금감석이란 줄을 잘 잡아서 너희들도 보다 높은 관직에 오를 수 있기를 바란다. 알겠느냐?"

그 뒤로도 그의 얘기는 하염없이 계속되었다.

그런 금감석의 연설을 멀리 떨어진 나무 밑에서 지켜보는 두 사람이 있었다.

태감 위지흠과 금의위 총위사인 위담이었다. 위담은 시종 어처구니 없다는 표정이었다.

"영반이 되자마자 저렇게 부하들에게 세상 사는 요령 따위나 가르치려고 하는 저런 한심한 위인이 어떻게 당숙의 제안을 받아들였는지 이해할 수 없군요."

"무슨 뜻이냐?"

"아무리 봐도 배짱이나 용기 따위는 전혀 없는 무능한 인간의 표상이지 않습니까? 그런 인간이 이것저것 저울질하지 않고 적극적으로 동조했다는 게 너무 뜻밖이라고 느껴집니다. 지금 하는 짓거리를 보면……."

"훗! 난 또 뭐라고."

위지흠은 가볍게 미소를 짓고는 말을 이어나갔다.

"누구든 기회가 생기면 없던 용기도 생기는 법이지. 얼핏 권위에 대한 순종에 익숙해져 있는 듯이 보이는 사람도 결코 반역을 잊어버리고 있는 것은 아니라네. 그들 역시 호시탐탐 반역의 기회를 엿보고 있지만 대다수가 그것을 만나지 못한 채로 늙어갈 뿐이지. 저 친구는 다행히 나를 만나 그 기회를 잡은 경우라고 할 수 있겠지."

"하지만 하는 짓은 정말 유치하기가 짝이 없군요. 정말 나중에 저 친구를 병부상서에 임명하실 겁니까?"

"저 녀석은 자신에게 먹이를 주는 주인이 누군지 잘 아는 친구야. 주인의 기분을 위해 미리 알아서 잘할 수 있는데, 굳이 못 시킬 것도 없지."

위담은 다소 의외란 표정을 지었다. 위지흠은 약속을 중요하게 여기지 않는 사람이라 여태껏 알고 있었기 때문이다.

"그렇다면 새북적혈련 놈들에게도 장강 이남의 남칠성을 넘겨주실 겁니까?"

"그들은 지금 어디 있나?"

"남문 밖 표화장(表花莊)에 있습니다."

표화장.

십여 년 전, 요사한 교리로서 하북성과 하남성 일대의 사람들을 현혹시켰던 사이비 종단인 마할교(摩割教)와 밀접한 관계를 유지했던 북경 거부 표가출(表佳出)의 장원이었다. 마할교 처형과 동시에 표화장을 비롯한 그의 모든 재산은 국고에 환수되었다. 때문에 아직 처분되지 못한 표화장은 현재 아무도 살지 않는, 비어 있는 곳이었다.

"대체 어떻게 하실 겁니까? 정말 넘겨주실 겁니까?"

위담은 답을 재촉하듯 다시 한 번 물었다. 위지흠은 그의 얼굴을 바라보며 가볍게 웃었다.

"허허, 이 친구 왜 이렇게 성질이 급한가?"

"너무도 궁금해서 그럽니다."

"일단은 만중왕 일당에 대한 처형이 우선이야. 그들에게 역모죄가 씌어졌지만 아직도 그들에 대한 미련을 갖고 있는 놈들이 있지. 하지만 처형되고 머리가 성문에 걸리면 그땐 모두 현실을 인정하고 내 밑으로 들어오게 될 거야. 그렇게 되어야만 내기 병권을 좌지우지해도 아무런 잡소리가 나오질 않아."

"그 말씀은… 병력을 움직여서 그들과 일전을 벌이시겠다는 뜻입니까?"

"그건 최후에."

"……?"

위담은 고개를 갸웃거렸다. 여전히 위지흠의 얘기가 쉽게 이해되질 않았다.

위지흠은 그런 위담의 표정을 보며 씨익 미소를 지었다.

"후후… 그들의 무공이 강한 것은 사실이지만, 중원에도 구파일방을 비롯한 전통의 무림명문들이 존재하고 있지. 내가 그들을 끌어들인 것은 황궁에 있는 만중왕의 잔재 세력들을 없애기 위함이지 그들에게 밥상을 내주려는 게 아냐."

"……"

"새북적혈련과의 최종 일전은 중원무림인들이 하게 될 거야. 무림인들을 끌어들이는 것은 황제의 몫이고. 때문에 황제의 존재 역시 그때까지는 필요한 셈이지. 이제 무슨 말인지 알겠나?"

"그렇다면 애초부터 약속을 지키실 생각이 없으셨던 거군요."

"서로 필요할 때나 약속이고, 필요한 게 사라지면 굳이 지킬 필요가 없는 게 약속 아닌가?"

위지흠은 태연스럽게 미소를 지었다.

"아참, 폐하의 거처를 경호하는 제 직속 부하로부터 들은 얘기가 있는데……."

위담은 갑자기 뭔가 생각난 듯한 표정으로 말했다.

"그게 뭔가?"

"얼마 전부터 폐하께서 심복들에게 능진걸에 대한 개인적으로 조사를 시키는 게 아무래도 만중왕의 역모에 대해 의심을 갖는 것 같다고 하더군요."

위지흠의 눈썹이 꿈틀거렸다. 그러나 이내 그는 대수롭지 않은 표정으로 가볍게 미소 지었다.

"흐흐, 그래? 확실히 우유부단한 인물이라니까. 다 끝난 판인데 이제서 뭘 어쩌겠다는 건지."

"그에 대한 대비를 하고 계시는 게……."

"물론이지. 그렇지 않아도 워낙 줏대가 없는 인간인 만큼 나중에 딴소리 할 것에 대비하여 나름대로 준비를 하고자 했으니까."

그는 의미심장하게 미소를 짓고는 위담의 어깨에 팔을 얹었다.

"조카, 아무튼 그동안 여러 가지로 수고 많았네."

"과, 과찬이십니다."

위지흠의 격려가 황송한 듯, 위담은 급히 고개를 조아렸다.

"참형장의 형리로 자네를 보내려 하는데, 괜찮겠지?"

"영광입니다."

위담이 다시 한 번 고개를 조아리며 대답하자 위지흠은 흐뭇한 표정을 지었다.

"앞으로 일주일 안에 많은 일이 생길 게야. 힘들더라도 계속 자네가 수고 좀 해주게. 내가 믿을 수 있는 것은 그래도 어디 혈족밖에 더 있겠나?"

"하하, 물론입니다."

위담은 그제야 비로소 고개를 들고 껄껄거렸다. 그리고 위지흠을 향해 주먹을 불끈 쥐며 굳은 표정으로 맹세했다.

"당숙을 위해, 그리고 주씨(朱氏)에서 위씨(魏氏)로 바뀌는 역성혁명의 선봉장이 되겠습니다."

역성혁명의 선봉장이 되겠노라고……!

　　　　　*　　　　　*　　　　　*

스슥! 스스슥…….

무려 오 일 동안 술독에 빠져 있던 철우는 깊고 길었던 고뇌에서 벗어난 듯 평온한 표정으로 철검을 갈고 있었다. 아무리 갈아도 쇠를 깊게 파고든 녹은 지워지지 않았지만, 그럼에도 철우의 얼굴은 평온했다.

철우가 문득 철검을 허공으로 들었다. 그는 철검의 날을 꼼꼼히 살폈다. 검날 위에 하나의 얼굴이 떠올랐다.

능진걸이었다.

이 밤이 지나면 만중왕과 능진걸을 비롯한 여러 인물들에 대한 참수형이 거행될 것이다.

이제 철우의 결심은 섰다. 술과 함께 몸부림치면서 번민했던 복잡한 모든 것들이 안개가 걷히듯 씻겨 나갔다.

"내 아들을 위해서… 내가 할 수 있는 최선의 선택을 할 것이다."

자신의 결심을 다시 한 번 추스르며 나직한 음성을 발할 때,

똑똑!

그의 방문을 두들기는 소리가 들렸다.

"들어오게."

마치 상대가 누군지 알고 있기라도 하듯 철우는 자연스럽게 하대를 했다.

드르륵!

문이 열리며 한 사내가 들어섰다. 깡마른 체형에 누더기 옷을 입고 있는 삼십대 초반의 사내였다. 그리고 잠시 후 백의에 깔끔한 모습의

이십대 청년이 누더기 사내의 뒤를 이어 들어왔다.

"기다리고 있었다. 어서들 와라."

"오랜만입니다, 형님."

두 사내는 철우를 향해 정중히 인사를 했다. 철우는 검을 치우며 사내들을 반갑게 맞이했다.

"미안하다. 이렇게 먼 길 오게 해서……."

"원 별말씀을 다 하십니다."

백의청년이 미소를 지으며 대답했다.

"오랜만에 만났는데도 내일 일 때문에 술잔도 못 나누겠구나."

"일이 끝난 후에 마셔도 됩니다. 그때 많이 마시겠습니다."

누더기 사내도 가볍게 웃으며 말했다.

"그러지."

철우는 고개를 끄덕이고는 두 사내를 소개시켰다.

"생각해 보니 서로들 초면일 텐데 인사들 나누지. 이쪽은……."

철우의 앞에 나타난 두 사내.

그들은 철우가 무창을 떠나면서 준비시켜 둔, 철우만의 비밀 병기들이었다.

사월 삼일의 밤이었다.

*   *   *

깊은 밤.

칠흑 같은 어둠이 깊이 내리 깔린 황궁에서도 잠을 이루지 못하는 한 사내가 있었다.

"휴우……."

깊고 긴 한숨 소리의 주인공은 다름 아닌 이 땅의 천자인 영극제였다.

"폐하! 어이하여 한숨 소리가 그리도 깊으십니까?"

쪼르륵!

유난히도 손가락이 희고 긴 여인이 빈 잔에 술을 따르며 조심스럽게 물었다.

황비인 추태후(秋太后)였다.

영극제는 천천히 술잔을 잡으며 무거운 신색으로 입을 열었다.

"내가 너무 성급했던 것 같소."

"성급하다뇨? 뭐가 말인가요?"

"숙부 말이오. 아무리 생각해 봐도 숙부는 그럴 사람이 아닌데……."

영극제는 착잡한 표정으로 술잔을 들이켰다. 추태후는 그의 마음을 충분히 이해할 수 있었다. 어린 시절부터 믿고 따랐고, 황제가 된 이후에도 어려운 일이 있으면 늘 사람을 보내 자문을 구했던 만중왕이다. 그런 그가 황위를 노리고 역모를 꾀했다니. 어찌 그 사실을 쉽게 인정할 수 있겠는가?

"저도 폐하와 생각이 같지만, 명백한 증거가 있는데 어쩌겠어요? 권력 앞에선 부모 자식도 없다더니, 정말 옛말이 하나도 틀리지 않는 것 같사옵니다."

"아니오. 돌이켜 보니 숙부는 절대 그럴 사람이 아니었소."

"……?"

"숙부가 마음만 있었다면 얼마든지 내 자리에 앉을 수 있었소. 하지만 그는 절대 그렇게 하지 않았소, 자신은 순리에 어긋나는 일은 할 줄

모른다며."

"그게 무슨 말씀이시죠?"

"병약한 내가 황위에 오른 후 숙부와 술을 한잔하며 얘기를 나눈 적이 있었소. 그때 난 술김에 내 처지를 숙부에게 하소연했는데……."

영극제는 착잡한 표정으로 그날 있었던 일을 얘기하기 시작했다.

"아무래도 황제 자리는 제게 너무도 무리인 것 같습니다."

"폐하, 그게 무슨 말씀입니까?"

"국정을 두루 살피려면 무엇보다도 몸이 건강해야 하는데, 숙부님도 아시다시피 전 어렸을 때부터 온갖 병에 다 걸릴 정도로 허약 체질입니다. 게다가 배짱도 두둑하지 못하여, 대신들의 얘기에 흔들릴 때가 한두 번이 아닙니다. 정말 너무 피곤하고 힘이 듭니다. 만백성과 이 나라 종묘사직을 위해서라도 제가 아닌 숙부께서 권좌를 승계했어야만 했습니다."

"허허, 폐하께서 이리 약한 모습을 보이시면 백성들은 크게 실망할 겁니다. 능히 잘 해내실 수 있을 겁니다. 그러니 나약한 생각 버리시고 국정에만 전념하십시오."

"숙부님."

"말씀하십시오."

"제가 알기로 숙부께서도 한땐 보위에 욕심을 내셨다고 들었습니다. 그래서 드리는 말씀인데, 제가 보위를 숙부님께 물려 드린다면……."

"허허, 벌써 취하셨나 보군요. 거기까지만 얘기하십시오. 더 이상은 듣지 않겠습니다."

"숙부님……?"

"이미 정해진 일입니다. 이제 폐하는 혼자만의 몸이 아닙니다. 이 땅의 황제입니다. 귀찮다고 해서, 힘들다고 해서 기분대로 행동할 수는 없다는 말씀입니다."

"하지만 저에게는 이 자리가 너무도 버겁습니다. 저의 능력으로는 도저히 감당할 자신이 없어요. 백성을 위해서라도 능력있는 숙부님이 이 자리에……."

"좋습니다. 제 솔직한 마음을 말씀드리죠."

"……."

"폐하의 말씀대로 한때 권좌에 욕심이 있었던 것은 사실입니다. 말씀처럼 백성과 종묘사직의 안녕을 위해서라도 병약한 폐하보다는 제가 더 적임자라고 생각했습니다. 하지만 당시 문무 대신들은 폐하를 옹립했습니다."

"그것은 당시 조정의 실세인 담중산 승상의 입김이 워낙 강했기 때문일 따름입니다. 보다 많은 대신들과 황족들까지 저보다는 숙부님을 원했던 것을 저는 알고 있습니다."

"권세를 계속 잡고 싶었던 담중산 일당의 농간이든 어쨌든 그때 전 그것을 운명으로 받아들였습니다. 이미 끝나 버린 일에 계속 욕심을 갖는다면 결국 국론은 분열되고 숙질 간에 흉한 꼴만 보일 따름이니까요."

"……."

"황위에 대한 미련은 버렸지만, 황족으로서 종묘사직의 안녕과 만백성이 두루 행복하게 잘살았으면 하는 마음은 버릴 수가 없었습니다.

하여 폐하의 곁에 믿을 수 있는 신료들을 추천하고, 폐하의 손길이 비교적 덜 미치는 장강 이남에서 민란 따위가 일어나지 않도록 나름대로 소임을 다하는 것이 저의 몫이라 생각합니다. 그저 그것뿐입니다."

"숙부……."

"그러니 더 이상 약한 모습 보이지 마시고, 건강을 챙기시면서 보다 적극적으로 국정을 경영하십시오. 숙부로서, 그리고 신하로서 최선을 다해 폐하를 보필하겠습니다."

벌컥!

목이 타는지 영극제는 술을 들이켰다. 그리고는 입술을 훔치며 계속 말을 이어나갔다.

"그때… 숙부는 권좌에서 벗어나고 싶은 나를 그런 식으로 잡아주셨소. 그랬던 숙부가 조카인 나를 내쫓으려고 역모를 꾀하다니… 아무리 생각해도 그건 도저히 납득이 되질 않소."

조용히 얘기를 듣던 추태후가 조심스럽게 입을 열었다.

"실은… 저도 납득할 수 없는 게 너무 많았어요. 그분이 만약 역모를 획책하고자 했다면, 병권을 쥐고 있는 담중후 총교두나 예춘서 교위를 움직이도록 했지, 뭣 때문에 문관인 능 영반과 내통을 하겠어요?"

"……."

"그리고 능 영반이라 자는 항주성주 시절 막강 권력을 휘두르던 담중산 대인 앞에서도 자신의 뜻을 굽히지 않는 원칙주의자라고 알려졌어요. 그런 사람이 역모의 주동이라는 사실도 너무 어색하게만 느껴지네요."

추태후까지 자신의 생각과 같다고 하자 영극제는 결심을 군혔다.

"황후의 생각도 그러한 이상, 이대로 내버려 둘 수는……."

"폐하!"

그때였다. 밖으로부터 환관의 음성이 들렸다.

"무슨 일이냐?"

"태감께서 납시었습니다."

"……?"

영극제는 눈썹을 꿈틀거렸다. 이 야심한 시간에 그가 찾아온다는 건 흔한 일이 아니었기 때문이다.

"드시라 해라. 그렇지 않아도 할 말이 있던 참이었으니까."

"예."

환관의 대답과 함께 문이 열렸다.

"어서 오시오, 태감."

위지흠은 예를 갖춘 후 가볍게 미소를 지으며 입을 열었다.

"지나는 길에 불이 켜져 있기에 들렀는데 이제 보니 황후마마와 함께 계셨군요. 전 그런 줄도 모르고……."

"마침 잘 오셨소. 그렇지 않아도 태감을 부르려던 참이었는데."

"저를 찾으시려 했다니… 무슨 일이신지요?"

"내일로 예정된 역적들의 참수형을 연기해야겠소."

"갑작스럽게 연기라니요? 이미 전국에 모든 공문까지 나붙었고, 백성들도 그렇게 알고 있사옵니다."

"아무리 생각해도 숙부는 그럴 사람이 아니오. 좀 더 깊이 조사해야겠소. 그러니 연기하도록 하시오."

"폐하, 그건 불가능합니다. 이미 공고된 참수형을, 그것도 하루 전에 갑자기 취소를 한다면 폐하와 황실의 체통은 땅에 떨어지고 말 겁니다."

"이보시오, 태감! 역적이 아닌 사람이 참수를 당할 수도 있는데 그깟 체통 떨어지는 게 문제겠소? 진실을 밝혀내는 게 무엇보다도 우선이오! 그러니 참수형을 연기토록 하시오!"

영극제는 그 어떤 얘기도 듣고 싶지 않다는 표정으로 단호하게 소리쳤다. 그러나 위지흠도 물러서지 않았다.

"폐하, 제가 분명 그것은 불가능하다고 말씀드렸을 텐데요."

"뭣이라?"

영극제의 눈썹이 역팔자로 치켜 섰다. 그는 자리에서 벌떡 일어나며 노성을 질렀다.

"내가 하겠다는데 불가능한 일이 어딨단 말이오? 난 이 땅의 천자요, 천자!"

"그래도 그건 불가능합니다."

"어째서? 대체 어째서 천자인 내가 연기하겠다는 데도 불가능하다는 게요?"

"새북적혈련의 대종사가 오늘 오후에 양명 태자(陽明太子)님을 데리고 갔거든요."

"뭐, 뭐라고?"

영극제의 얼굴이 하얗게 탈색되었다. 위지흠은 씨익 미소를 지으며 말했다.

"쉽게 말씀드리면 인질이란 얘기죠."

쿵!

영극제는 다리에 힘이 풀리며 그대로 주저앉고 말았다.

사월 삼일의 밤은 이렇게 깊어가고 있었다.

　　　　　*　　　　　*　　　　　*

사월 사일.

드디어 그날이 밝았다.

참수형이 거행되는 정오가 훨씬 되기 전부터 북경 서편의 흑사평(黑沙坪)에 사람들이 꾸역꾸역 모여들기 시작했다.

경비는 삼엄했다. 넓은 흑사평 전역에 수천 명의 금군들이 깔리고, 그 사이로 기마병들이 오가며 혹시 모를 불상사에 대해 만반의 준비를 하고 있었다.

그리고 한쪽에는 햇빛을 피하기 위한 천막이 쳐져 있었는데, 그곳에는 금의위 총위사인 위담과 새북적혈련의 인물들이 앉아 있었다.

"하하. 태산도 식후경이라고, 아무리 재밌는 구경거리라도 일단은 먹고 나서 봐야죠. 안 그렇습니까?"

사람들이 운집한 곳에는 장사치들이 터를 잡고 술과 노상에서 먹을 수 있는 간단한 요리들을 신명나게 팔고 있었다. 더러는 술을 마시며 역적 무리들을 욕했고, 더러는 만중왕의 역모를 믿지 못하겠다고 수군거렸다.

참형장.

삶과 죽음은 하늘이 정하는 법, 그러나 인간은 그와 같은 하늘의 뜻을 거역하기도 한다. 스스로 목숨을 끊든 남의 목숨을 빼앗든, 어쨌든 제명대로 죽지 못한다는 건 불행한 일일 따름이었다.

둥… 둥… 둥…….

해가 중천에 솟자 심장을 울리는 북소리가 무거운 분위기 속에 울려 퍼졌다. 운집해 있는 사람들은 한쪽에서 끌려오는 죄수들을 향해 시선을 모았다.

"드디어 역적의 무리들이 모습을 드러내는군."

"하하, 개처럼 끌려 나오는 꼴이 볼 만하군, 볼 만해."

"썩을 놈들. 높은 자리에서 남보다 많은 혜택을 받았으면 폐하께 더욱 충성할 것이지, 그것도 부족하다고 역모를 저질러? 아무튼 높은 자리에 있는 놈들일수록 더 뻔뻔하다니까."

만중왕 일당의 역모를 사실로 받아들이고 있는 대다수의 사람들이 야유를 보냈다.

무릎 꿇려진 죄수는 모두 백팔 명.

소위 만중왕의 일당이라고 불리던 열다섯 명의 관리와 그들의 가족이었다. 역모죄는 삼족까지 모두 참수형에 처한다는 율법에 따라 가족까지 참형장에 끌려나오게 된 것이다.

"으아아앙!"

"엄마아……."

젖먹이와 이제 불과 말을 배우기 어린아이들이 영문도 모르는 채 울어댔다. 그 소리는 만중왕 일당들의 가슴에 비수처럼 꽂혔고, 너무도 고통스럽게 만들었다.

아무리 죽음에 초연하고 싶어도 초연할 수 없는 상황.

무슨 죄가 있다고 이제 갓 태어난 생명까지 뺏어야 한단 말인가?

아이들의 울음소리를 들을 때마다 그들의 가슴은 찢어졌고, 함께 소리 죽여 흐느꼈다.

능진걸 역시 울음소리를 들으며 의천을 생각했다. 비록 자신은 이곳에서 죽게 될 테지만 아내와 아들만큼은 영원히 잡히지 않기를 기원

했다.

둥! 둥! 둥!

다시 한 번 북소리가 요란하게 울려 퍼지자 웅성거리며 구경하던 사람들이 조용해졌다. 천막 안에 앉아 있던 위담이 천천히 앞으로 나오고 있었던 것이다.

위담은 줄지어 무릎 꿇고 있는 죄수들을 보며 천천히 양피지를 펼쳤다. 위담은 오늘 이 장소의 형리(刑吏)였다.

"만중왕과 그의 일당들은 황실 전복이라는 엄청난 음모를 획책했다. 따라서 열다섯 명의 대역죄인과 이들의 가족을 국법에 따라 참수하겠다."

죄수들이 일제히 고개를 번쩍 쳐들었다.

"이 개자식아! 역모라니, 그 무슨 개 풀 뜯어 먹는 소리냐?"

"네놈들 멋대로 덮어씌워 놓은 누명이라는 것을 만천하가 다 알고 있다!"

"결코 네놈들 뜻대로 되지 않을 것이다. 우린 원귀가 되어서라도 네놈들의 야욕을 붕괴시키고 말 테니까!"

비록 사랑하는 가족들을 지켜주지 못하는 신세가 되었지만 만중왕을 따랐던 심복들은 하나같이 꿋꿋했다. 그들은 불같이 이글거리는 눈으로 위담을 쏘아보며 저주를 퍼부었다.

"쯧쯧, 자신들 때문에 가족들이 생목숨을 잃는데도 전혀 잘못을 뉘우치는 기색이 없군. 한심한 족속들."

위담은 혀를 끌끌거리고는 이내 망나니들을 향해 소리쳤다.

"시간이 됐다. 어서 형을 집행하라!"

"이히히힛!"

열여덟 명의 망나니가 일제히 춤을 추기 시작했다.

죄수는 모두 백팔 명.

망나니들은 맨 앞줄에 무릎 꿇고 있는 만중왕을 비롯한 일당들을 시작으로, 망나니 한 명당 여섯 번의 칼질로 백팔 명의 목을 베어나갈 것이다.

둥! 둥! 둥! 둥!

점차 급박해지는 북소리에 따라 망나니들의 검무(劍舞)도 더욱 격렬해져 갔다. 이제 북소리가 그치는 순간 신명나게 춤을 추던 망나니들이 칼을 내려칠 것이다.

흔들리는 대도(大刀). 시퍼런 칼빛, 공간을 가를 때마다 울리는 섬뜩한 파공성.

'부용, 당신을 두고 결국 이렇게 먼저 가게 되는구려. 의천아, 아빠 대신 네가 꼭 엄마를 지켜주도록 해라. 사랑한다, 그리고 정말 미안하다……'

능진걸은 두 눈을 질끈 감은 채 가족들을 떠올렸다. 이렇듯 어처구니없는 죽음을 눈앞에 두자, 일 때문에 가족들과 좀 더 많은 시간을 보내지 못한 것이 가장 아쉽게 느껴졌다.

둥!

마침내 북소리가 그쳤다. 그러자 기다렸다는 듯 망나니들의 칼날이 참수자들의 머리 위로 높이 치켜 올려졌다. 솟아오른 칼날이 밑으로 떨어지려 하자 많은 구경꾼들은 차마 보지 못하겠다는 듯이 고개를 돌렸다.

"으아악!"

"크악!"

너무도 의외로운 비명 소리가 한꺼번에 울려 퍼졌다.

고개를 돌리거나 눈을 감았던 구경꾼들은 의아한 표정을 지으며 다시 장내를 응시했다. 놀랍게도 열여덟 명의 망나니의 시체가 그들의 시야에 들어왔다.

죽을 사람들은 여전히 머리가 붙어 있었고 죽음을 집행하는 자들이 오히려 모두 죽어버린, 도저히 이해할 수 없는 상황이 벌어진 것이다.

"……"

장내는 물을 뿌린 듯 조용해졌다.

위담은 황급히 망나니들의 시신을 살펴봤다. 망나니들은 한결같이 미간에 손톱만 한 구멍이 뚫려 있었고, 그 사이로 피와 뒤섞인 누런 뇌수가 꾸르륵 흘러나오고 있었다.

'이건 암기에 당한 상흔이 아니다. 그리고 그 어떤 소리도 듣지 못했다. 한순간에 열여덟 명의 목숨을 소리조차 없이 빼앗아 버리는 그런 무공이 존재할 수 있단 말인가?'

어린 시절 한때 도법의 명가인 백양문(白陽門)에서 수제자로 키워졌고, 황궁에서도 손꼽히는 고수인 위담조차 전혀 알 수 없는 무공이었다.

"클클, 사람들 틈에 어떤 생쥐 새끼 한 마리가 숨어 있는 모양이로군."

심혼을 얼어붙도록 만드는 사이한 음성과 함께 넝마처럼 다 떨어진 회색 장삼을 펄럭이며 한 인물이 위담의 곁으로 다가왔다.

햇빛에 번쩍이는 대머리에 안대도 하지 않고 휑하니 뚫린 한쪽 눈을 그대로 드러낸 노인.

독목백정. 왕부의 심복들을 해치우고 만중왕을 체포하는 데 절대적인 역할을 했던 바로 그였다.

그는 망나니들의 머리에 난 상흔을 살펴보고는, 빛나는 대머리를 갸웃거렸다.

"얼래? 무음지(無音指)잖아? 이것은 아주 오래전 흑야문의 문주인 사도혼이 즐겨 쓰던 비기라고 들은 것 같은데……."

사도혼. 흑혈천의 천주이자 영령의 부친.

그는 본시 백골문 유일의 전승자이자 흑야문의 문주였다. 그러다가 관과 무림의 합동공격으로 멸문당했다. 겨우 살아남은 그는 깊은 절망의 세월을 보내다가 십여 년 전 새로이 결성한 단체가 살수 집단 흑혈천이었다. 때문에 이십여 년 전 이미 중원을 떠난 독목백정으로선 흑혈천이 아닌 흑야문의 문주 사도혼으로 기억할 수밖에 없었다.

어느새 막사 안에 있던 무리들이 독목백정의 뒤에 우뚝 서 있었다. 가슴에 적(赤)이라는 글이 선명하게 적혀 있는 붉은 장삼을 입은 무리들, 바로 새북적혈련의 인물들이었다. 그들은 당황하는 관군들과는 달리 무덤덤한 표정을 짓고 있었다.

독목백정의 눈이 남쪽을 향했다.

"무음지는 분명 저쪽에서 날아들었다."

하나뿐인 그의 눈이 섬뜩하게 번뜩거렸다. 그의 시야에 꽂히는 한 인물이 있었다. 작고 흰 원숭이가 어깨에 앉아 있는 검은 무복의 여인이었다.

그녀의 전신에서 범상치 않은 기도가 풍겨 나오고 있었고, 눈빛도 결코 범인의 것이 아니었다. 독목백정은 사람들 틈에 서 있는 그 여인이 망나니들을 살해한 고수라고 판단했다. 그러나 그의 생각과는 달리 서편에서 죽립을 깊게 눌러쓴 사내가 마치 번개 같은 속도로 쏘아오고 있었다.

철우였다.

쐐쐐쐐쐐!

철우의 철검에서 발산된 차디찬 검기가 독목백정의 숨통을 파고들었다. 독목백정은 상대의 공격을 가볍게 취급하며 우수를 번쩍 들어 역공을 펼치려 했다. 하지만 그는 그럴 수 없었다.

"헉!"

독목백정은 다급한 신음을 토하며 급히 몸을 피했다. 자신이 처음 판단했던 것보다 검기는 훨씬 빠르고 강맹했다. 역공을 펼칠 만한 시간적 여유를 주지 않았던 것이다.

하지만 생각지도 못한 더 큰 변화는 그 다음부터였다.

독목백정이 황급히 몸을 피하고, 새북적혈단 무리들이 순간적으로 무방비 상태였던 틈 사이로 철우의 가공무쌍한 공세가 폭발적으로 작렬했던 것이다.

서거걱!

사방에서 처절의 극에 달한 파육음이 쏟아져 나왔다.

"으악!"

"크아악!"

그와 동시에 미처 방어의 태세를 준비하지 못한 무리들의 일부가 비명을 토하며 쓰러졌다.

"무위가 가공한 놈이다. 절혼마진(切魂魔陣)으로 놈을 응징하라!"

독목백정이 황급히 소리쳤다.

무리들은 황급히 자세를 바로 잡았다. 십여 명의 무리들은 철우를 가운데 두고 신형을 사방으로 넓게 펼쳤다. 그리고는 일제히 청철색의 예광을 뿌리는 거대한 대도를 뽑아 들며 지체없이 공세를 펼치기 시작했다.

쐐쐐쐐쐐!

날카롭기 그지없는 파공음과 함께 푸른 광휘가 일시에 허공을 뒤덮었다.

철우의 기습으로 동료 세 명을 잃었음에도 불구하고, 그들은 무섭도록 빠른 역공을 시도하고 있었다. 그것은 그들이 얼마나 가혹한 고도의 수련을 쌓았는지를 단적으로 증명하는 것이기도 했다.

하지만 상대의 가공할 합공이 펼쳐지자 철우의 움직임은 더욱 빨라졌다.

피릇!

허공에 빛이 번쩍이는가 싶은 순간, 이미 철우의 녹슨 철검은 정면에서 달려드는 한 명의 목을 썰어내 버렸다. 이어 그의 몸이 잠시 흔들린다 싶은 순간 수십, 수백의 무수한 검화(劍花)가 피어오르고 있었다.

마치 스러지는 유성의 파편과도 같이 허공에 뿌려진 숱한 빛줄기들은 독랄한 기세로 새북적혈련 무리들을 덮쳐 갔고, 그들 역시 철우를 향해 무수한 도기를 난사하며 응전했다.

파파파팟!

단 한 번의 칼질로 생과 사를 가르는 극도로 처연하면서도 광포한 접전이었다. 장내는 순간적으로 도기와 검화에서 뿌려지는 찬란한 빛 조각들로 환하게 뒤덮였다.

'역시… 강하군. 중원 침략을 위해 백 년을 준비했다는 무리들답다.'

철우는 감탄을 하며 순간적으로 검식을 바꿔 나갔다. 보다 빠르고,

보다 파괴적인 검식이 필요했다. 앞으로 무수히 많은 적을 상대해야만 하는 그의 입장에서 시간을 끈다는 건 매우 위험한 일이었기 때문이다.

철우는 무정천풍검법의 제삼식인 무정만변(無情萬變)을 전개하기 시작했다.

츄파아앗!

눈부신 광휘가 발하면서 열다섯 개의 빛살이 번개처럼 허공을 관통했다.

서걱! 서거걱!

소름 끼치는 쇄골음과 파육음과 함께 자욱한 혈무가 허공에 뿌려졌다. 그리고 그와 동시에 처절한 단말마가 연이어 울려 퍼졌다.

"으악!"

"크아악!"

열다섯 명의 절정고수가 삶의 끈을 놓아버린 것은 그야말로 일순간이었다.

죽음의 불기둥이 스쳐 간 장내엔 정적이 감돌기 시작했다.

독목백정의 외눈은 찢어질 듯 크게 떠졌고, 기마병을 비롯한 관군들은 너무도 놀란 나머지 망연히 넋을 놓고 있었다. 하지만 구경꾼들에겐 더할 나위 없이 좋은 구경거리였다.

"세, 세상에! 어마어마한 고수다."

"중원에 저토록 엄청난 무공의 소유자가 존재했단 말인가?"

"생사검이라고… 작년에 무창에서 수많은 무림고수들을 물리쳤던 신성 같은 무림 최강자가 있는데… 혹시 그가 아닐까?"

"맞다. 생사검이 아니고서야 저렇듯 엄청날 수가 없다."

구경꾼들은 나름대로 생각을 얘기했다. 또한 그들은 철우의 엄청난 신위에 전율을 느끼면서도 그가 펼치는 무공을 앞으로도 계속 놓치지 않고 구경하고자 장내를 똑바로 응시했다.

'생사검이라고?'

독목백정은 중인들의 얘기에 움찔했다. 생사검에 대한 소문은 그 역시 익히 들어서 알고 있었다.

'그렇군. 내가 아는 상식으로도 현재 중원에 저와 같은 초절정의 고수는 없다. 그놈이 분명할 것이다.'

철우가 당금무림의 최강자로 떠오른 생사검이라는 판단이 서자, 독목백정은 부하들의 복수를 하고자 나섰다가는 자칫 자신이 당할 수도 있다는 생각에 몸을 사렸다.

그때 그의 옆에서 투덜거리는 소리가 들렸다.

"비, 빌어먹을! 조정에서 하는 일을 훼방 놓는 정신 나간 놈이 있다니⋯⋯."

한때 다른 사람들처럼 입을 쩍 벌리고 멍하니 서 있던 위담은 이제야 비로소 제정신으로 돌아온 듯 얼굴을 구기고 있었다.

"뭣들 하느냐? 겨우 단 한 놈이다. 어서 놈을 응징해라!"

위담은 망연자실한 모습으로 서 있는 금군과 기마병들을 향해 버럭 소리를 질렀다. 철우로 인해 참수를 집행하지 못하고 있다는 사실에 노기가 치솟았다.

금군을 비롯한 기마병들은 철우의 엄청난 무공이 두렵기는 했지만 명에 따라 움직이기 시작했다. 위담의 말처럼 아무리 무공이 고강해도 상대는 겨우 한 명뿐인 반면, 이들은 금군과 기병을 포함하여 이천이 넘었다.

그가 참형ㅈ

철우를 향해 구름처럼 모이고 있는 기병과 금군을 보니 아무리 최극 강의 고수라 할지라도 이곳을 벗어나기는 불가능하게 보였다.

그러나 안타깝게도 상대는 철우만이 아니었다.

"아니? 저, 저건 또 뭐냐?"

위담의 눈이 휘둥그레졌다. 기병과 금군이 철우 쪽으로 몰리자 죄인들의 감시가 허술해진 틈을 타 그곳으로 달려가는 인물이 있었기 때문이다.

어깨에 흰 원숭이가 앉아 있는 검은 무복의 여인, 바로 영령이었다.

영령은 만중왕과 능진걸을 비롯한 죄수들의 몸을 묶고 있는 오랏줄을 풀어주기 시작했다.

"누, 누구요, 당신은?"

"그런 것 물어볼 시간 있으면 다른 사람들이나 풀어주슈. 나 혼자 백팔 명씩 되는 사람들의 오랏줄을 푸는 것은 꽤나 지겨운 일이니까."

영령의 말에 따라 풀려난 사람들이 다른 사람을 풀어주는 식으로 해나가고 있었다.

"아니? 저, 저 미친년이?"

위담은 자신의 눈앞에서 죄수들이 풀려나고 있는 모습을 보니 눈알이 튀어나올 것 같았다.

"이, 이 자식들아! 저쪽이 더 급하다. 계집은 물론, 풀려난 죄수들을 그냥 척살해 버려라!"

당황한 위담은 목이 찢어지도록 소리를 내질렀다.

철우를 향해 몰려가던 후미의 병사들이 몸을 돌려 영령을 향해 달려가기 시작했다.

우르르르!

그러나 영령은 계속 죄수들을 풀어내는 일에만 열중할 뿐, 몰려오는 상대를 쳐다볼 생각조차 하지 않았다. 대신 영령의 어깨에 앉아 있는 반반이가 들고 있는 자신의 머리통만 한 가죽 주머니에서 뭔가를 꺼내더니, 곧바로 달려오는 병사들을 향해 집어 던졌다.

영물로 불리는 설산백원이기 때문일까? 아니면 그동안 철우에게 무술을 배웠던 탓일까?

반반의 작고 왜소한 덩치에 비해선 엄청나게 멀리 날아갔다.

쾅! 콰콰쾅!

반반이가 던진 것들은 바로 폭약이었다. 그것은 바닥에 떨어지기가 무섭게 폭발했다.

"으아악!"

"크악!"

연속적으로 터지는 폭약에 몰려오던 금군과 기마병들은 비명을 지르며 정신없이 나가떨어졌다.

말이 자빠지고 선두의 한두 사람이 쓰러지면서 그로 인해 황급히 피하려던 동료들까지 줄줄이 넘어지는, 그야말로 난장판이 연출되었다.

게다가 죄수들을 구하기 위해 나타난 인물은 철우와 영령만이 아니었다.

"풀려나신 분들은 이쪽으로 오십시오."

백의를 펄럭이며 바람처럼 나타나서는 죄수들을 인솔하는 이십대 후반의 인물까지 나타난 것이다. 그는 죄수들이 안전하게 도망칠 수 있도록 이미 퇴로까지 만들어놓고 있었다. 만중왕을 비롯한 죄수들이 그의 지시에 따라 움직이기 시작했다.

일행들과 함께 행동을 하던 능진걸이 잠시 고개를 돌렸다. 그의

그가 참형장에 나

'누구인가? 대체 자신의 목숨까지 내던지며 우리를 구하려 하고 있는 저자는… 설마……?'

고강한 무공에, 눈에 익숙한 회색 빛 장삼. 그의 뇌리에 떠오르는 한 명의 인물이 있었다.

'하지만 그가 왜 우리를 구하고자 한단 말인가?'

아무리 생각해도 자신의 뇌리에 각인되어 있는 그자가 목숨까지 던지며, 소위 말하는 역적의 무리들을 구한다는 게 선뜻 이해가 가질 않았다.

"뭐 하시오, 어서 몸을 피하지 않고!"

역도로 몰려 함께 잡혀온 금릉성주 당가명(唐伽明)가 그의 팔을 잡아 끌었다. 빨리 이곳을 벗어나자는 의미였다.

"아, 알겠소이다."

능진걸은 정신을 차리곤 그와 함께 신속히 몸을 움직이기 시작했다.

죄수들이 도망치는 모습에 위담의 목청은 더욱 높아갔다.

"이 멍청한 자식들아! 뭣들 하느냐? 죄수들이 도망치고 있잖아! 어서 죽여! 도망치지 못하도록 모두 죽여 버리라고!"

그는 마치 정신 나간 사람처럼 연신 소리를 질러댔다. 하긴 형 집행의 책임자인 그로서는 당연히 그럴 수밖에 없었다. 만약 일이 잘못되어 죄수들을 놓치는 날에는 제일 먼저 자신의 목이 날아갈 게 자명했기 때문이다.

반역강호

철우를 에워쌌던 기병과 금군들이 백의사내를 향해 돌진하기 시작했다. 백의사내는 서두르지 않고 품 속에서 뭔가를 꺼냈다. 그리고는 달려오는 병사들을 향해 곧바로 뿌려댔다.

콰콰쾅! 꽝……!

이번에도 역시 폭약이었다. 연속적인 폭발음과 함께 병사들이 곤두박질쳐졌다.

"비, 빌어먹을! 또 폭약이냐? 이, 이런 죽일 놈들이 아주 치밀하게 준비하고 왔군."

위담의 얼굴이 푸르뎅뎅하게 변했다. 폭약에 의해 병사들이 제대로 공격 한 번 못해보고 쓰러지는 모습에 미칠 것 같았다. 하지만 쓰러진 병사는 이천여 명 중에서 겨우 일부일 뿐이다. 무슨 일이 있어도 죄수들의 탈출을 막아야만 하는 그로서는 계속 병사들을 독려해야만 했다.

"놈들을 굳이 잡을 것도 없이 그냥 죽여 버려라! 가장 많이 죽이는 병사에겐 내가 특별 포상을 하겠다!"

확실히 이천 명의 병사는 많아도 너무 많았다. 꽤 많이 쓰러졌음에도 불구하고 그들은 여전히 밀물처럼 몰려들었다.

끽! 키킥!

반반이가 껑충 몸을 날려 백의사내의 어깨에 앉았다. 이미 친숙한 사이인 것 같았다. 반반은 잘했다고 격려하듯 히죽 웃으며 그의 머리를 쓰다듬었다.

"초진양님, 뭐 해요? 어서 사람들이 안전하게 피할 수 있도록 안내해요."

"알겠습니다."

영령의 소리에 사내는 대답했다. 사내는 항주에서 철우와 의형제를 맺은 초진양이었다.

초진양은 풀려난 죄수들과 함께 한쪽으로 움직여 나갔다. 그러자 어깨에 앉아 있던 반반이가 초진양의 얼굴 앞에 손을 내밀었다.

"왜?"

초진양의 물음에 반반이는 그의 품을 가리켰다. 초진양은 미소를 지었다.

"녀석, 재미 붙였군."

그는 반반이가 뭘 달라는 것인지 알겠다는 듯 품속에서 폭약 주머니를 꺼내주었다.

초진양이 풀려난 사람들을 이끌고 참형장을 빠져나가는 사이, 반반은 몰려드는 병사들을 향해 신나게 폭약을 던져 댔다.

쾅! 콰콰쾅!

폭약이 연신 폭발하며 달려드는 병사들을 막았다. 병사들은 쓰러지고 또 쓰러졌다. 하지만 몰려드는 상대는 무려 이천 명. 반반이가 들고 있는 폭약으로선 막는 데도 그 한계가 있었다.

가죽 주머니 속에 폭약이 떨어지자 반반은 눈을 휘둥그렇게 떴다. 병사들은 여전히 계속 몰려오고 있었기 때문이다.

꺅! 꺅!

폭약이 떨어지고 졸지에 자신이 위급한 상황이 되자 반반은 황급히 영령을 향해 소리를 질렀다. 다행히 영령은 가까운 곳에서 금군들과 싸우고 있었다.

"알았다, 이 녀석아. 그만 하고 너도 도망쳐."

반반이가 있는 곳으로 영령이 몸을 날렸다. 그러자 반반은 초진양이 사람을 이끌고 사라진 곳으로 잽싸게 달려가기 시작했다. 반반이 비록 싸움에는 재주가 없었지만, 달리는 것 하나만큼은 초절정고수 못지않았다.

"빠드득! 죽일 년!"

"참형장을 난장판으로 만들고 감히 역적들을 도주시키다니! 네년을 찢어 죽이고 말 테다!"

폭약에 많은 동료들이 희생되자 병사들의 분노는 극에 달했다. 몰려오는 병사들 중 가슴에 금(禁)이라는 글이 적혀 있는 금군 다섯 명이 욕설을 퍼부으며 영령을 향해 달려들었다.

쐐애애액!

굉렬한 파공성과 함께 다섯 줄기의 검기가 영령을 향해 몰려들었다.

"금군답게 제법 제대로 검법을 연마한 것 같군. 하지만 개인의 만수무강을 위해서라도 너희들은 나서는 게 아니었어."

빈정거리는 음성과 함께 영령은 신형을 움직였다. 큰 동작 없이 그저 슬쩍 움직이면서도 그녀는 너무도 간단하게 상대의 공격을 피해냈다.

피이잇!

그녀의 허리춤을 묶고 있던 연검이 펼쳐졌다. 영령은 흔들거리는 연검을 쥐고 허공으로 도약했다. 연검은 허공에서 나비처럼 팔랑거리기도 했고 때론 광풍처럼 휘몰아치는 것도 같았다.

마치 허공에서 검무를 추는 것과도 같은 영령의 움직임이 급격히 빨라지는가 싶더니, 빛살 같은 검기가 다섯 명의 금군을 향하여 번개같이 뿌려졌다.

"헉!"

금군들은 기겁하며 자신들을 향해 짓쳐드는 검기를 피했다. 하지만 그들의 능력으로 영령의 절정신공을 피하기는 역부족이었다. 그들은 살기 위해 분명 피했으나, 검기는 뱀처럼 집요하게 그들을 쫓아갔다. 그리고 그들의 목을 관통했다.

파파파팍!

"으아악!"

다섯 명의 각기 다른 비명과 함께 피보라가 튀었다. 다섯 명 모두 정확하게 목에 바람구멍이 뚫린 상태로 비틀거리더니 곧바로 차가운 대지 위에 쓰러졌다.

"빠드득! 이, 이년!"

"네년을 죽여 기필코 뼈를 갈아 마시고야 말겠다!"

영령이 극강의 상승 무공을 보유하고 있다는 것을 보았지만, 흥분한 금군들에게 그것은 이제 문제가 되지 않았다. 그들은 동료들의 죽음에 이미 눈이 뒤집혀 버렸다.

"우와아아!"

천여 명의 금군과 기병들이 뚝 터진 봇물처럼 밀려들자, 제아무리 배짱 두둑한 영령이라 할지라도 긴장하지 않을 수가 없었다.

"빌어먹을! 이 인간이 왜 이렇게 늦는 거야? 내가 아무리 사도세가의 가주라지만 나 혼자 이 많은 병력을 모두 해치울 수 있다고 생각하는 거야 뭐야?"

영령은 달려드는 병사들을 상대하며 구시렁거렸다. 혼자서 천여 명의 병사를 상대한다는 건 달마 대사가 재림을 한다 해도 불가능한 일이었기 때문이다.

창졸간에 그녀의 얼굴은 땀으로 뒤범벅이 되었고, 입에서는 가쁜 숨소리가 새어 나왔다.

그때였다.

"으헉!"

"저, 저게 뭐냐?"

한쪽으로 물러서서 구경하던 구경꾼들의 입에서 비명과 같은 소리가 새어 나오며, 모두의 눈이 일제히 어느 한곳에 고정되었다.

第三十五章

철우의 형제들

그것은 한마디로 괴변이었다.

구경꾼들은 물론 흥분한 병사들까지 살아오는 동안 단 한 번도 본 적이 없는 희괴한 광경이었다.

쥐익… 쥐쥐쥐익!

그것은 바로 쥐였다. 결코 한두 마리가 아닌 마치 세상의 모든 쥐들이 몰려드는 것 같은 엄청난 행렬이었다. 붉은 대지가 몰려드는 쥐들로 인해 새까맣게 변해 버릴 정도였다.

"으아아! 이, 이건 말도 안 돼! 저렇게 많은 쥐들이 한꺼번에 몰려오다니!"

"예전에 쥐 떼가 낙양의 금룡표국을 공격했다는 소문이 있었지만 설마 하고 믿지 않았었는데……."

"그게 사실이었어. 보라고, 저 엄청난 쥐 떼들을!"

구경꾼들은 엄청나게 몰려드는 쥐 떼의 행렬에 사시나무 떨듯 떨었다. 혹시라도 쥐 떼가 자신들에게 몰려오지나 않을까 뒷걸음치며 도망치는 자가 생겼다. 동작 빠른 몇몇 사람이 꽁지가 보이지 않을 정도로 내빼자 그 뒤로 누구 할 것 없이 모두 미친 듯이 도망쳐 버렸다. 아무리 싸움 구경이 재밌을지언정 쥐 떼들에게 물려 죽고 싶지는 않았던 것이다.

"젠장! 이제야 나타나는군."

영령은 쥐 떼가 나타난 쪽으로 시선을 돌리며 투덜거렸다. 그녀의 시선이 머무는 저 먼 곳에 한 인물이 서 있었다.

쥐, 두더지, 박쥐와 대화를 한다는 화서생, 바로 그였다.

쥐쥐익… 쮜익… 쮜익…….

쥐 떼들은 곧바로 금군들을 향해 공격을 시도했다.

"으으…… 이 쥐새끼들이 미쳤나?"

"젠장! 대체 이 많은 쥐새끼들을 어디서 나타난 거야?"

금군들은 진저리를 치며 몰려오는 쥐 떼를 향해 칼과 창을 휘둘렀고, 공력이 심후한 병사는 장력을 날려댔다.

쮜익… 쮜익… 쮜익…….

토막난 쥐들의 몸뚱어리가 사방으로 비산되며 떨어졌다. 피비린내가 진동했다. 하지만 조족지혈에 불과했다. 여전히 쥐 떼는 엄청난 기세로 몰려들고 있었다.

이히히잉!

겁먹은 기마가 요란한 소리를 내며 도망치기 시작했다. 그리고 뒤편에 서 있던 병사들 역시 슬금슬금 뒤로 내빼고 있었다.

콱! 콱!

"으악!"

"으어어… 내, 내 다리!"

선두에 있던 금군들의 다리와 팔을 물어뜯는 쥐들이 생겨나기 시작했다. 금군들이 무공을 보유하고는 있지만, 엄청난 쥐 떼들의 공습을 막는다는 건 애초부터 불가능한 일이었다.

쥐 떼에게 물린 금군들은 살기 위해 발버둥을 쳤지만, 그럴수록 더 많은 쥐들이 그들을 덮쳐 왔다.

"으아아아!"

쥐에게 당한 금군들은 창졸간에 살점이 모두 뜯겨 나가고 허연 뼈가 드러났다. 물어뜯는 쥐 떼들에 의해 형체도 찾을 수 없는 신세로 전락해 버린, 인간으로서 최악의 죽음들이었다.

"이런 젠장! 쥐새끼들한테 이렇게 당하다니……."

"이놈들! 모두 죽여 버리겠다!"

더러는 겁에 질려 내뺐지만 미처 도망치지 못한 채 팔다리를 물린 금군들은 악에 받친 모습으로 광란했다.

카카칵!

쥐익… 쥐익… 쥐익…….

토막난 쥐들이 피를 뿌리며 쓰러지고 허옇게 뼈가 드러난 금군들이 절규를 토하며 죽어간다. 정말 그것은 지옥도의 한 장면과도 같이 도저히 눈 뜨고는 못 볼 참혹한 광경이었다.

그렇게 한쪽에선 쥐와 인간의 처절한 격돌이 벌어지고 있었던 반면, 다른 한쪽에서는 인간과 인간의 격돌이 여전히 벌어지고 있었다.

카카칵!

"으아악!"

혈전을 벌이고 있는 인물은 철우였다.

이천오백 명에 달하는 금군들 가운데 도망치는 역도들에게 쫓아갔던 이천여 명의 금군을 뺀 나머지 오백여 명과 계속 혈투를 벌이고 있었던 것이다.

"헉… 헉……."

생존하고 있는 금군들의 입에서 한결같이 가쁜 숨이 흘러나왔다. 그들은 싸우면서도 모두 철우에 대해 질린 표정을 짓고 있었다.

철우가 살해하거나 다치게 만든 금군이 벌써 이백 명이 넘었다. 일반인도 아닌 일정 수준의 무공을 보유하고 있는 금군을 상대로 이렇게 싸울 수 있는 사람이 있다는 게 믿어지지 않을 정도였다.

지난날 담중산의 저택에서 수백 명의 병사들을 상대로 싸운 적이 있긴 했으나, 그때는 초진양이 만들어준 엄청난 양의 폭약이 있었기에 가능했다. 만약 폭약이 없었다면 철우는 담중산을 만나지도 못하고 쓰러지고 말았을 것이다.

아무리 무공의 차이가 크다 할지라도 수많은 사람들을 상대하다 보면 분명 빈틈이 생길 것이고, 그러다 보면 결국 일격을 당할 수밖에 없다. 제아무리 절정고수라 할지라도.

그런데 철우가 지금 상대하고 있는 금군은 그때 상대했던 병사들보다 개개인의 무공이 강했다. 게다가 병력도 그때보다는 좀 더 많았다. 철우가 시간이 흘러도 계속 우위를 점하며 싸울 수 있는 것은 당연히 고루격공도맥대법으로 경이적인 내공을 보유했기 때문일 것이다.

"……."

독목백정은 한쪽뿐인 눈으로 장내의 혈전을 유심히 지켜보고 있었다. 마음 같아선 새북적혈련의 부하들이 죽었을 때 곧바로 응징을 하고 싶었다.

그러나 그는 보기보다 현실적이었다. 부하들의 합공을 너무도 간단히 파괴시켜 버리는 철우의 무공에 두려움을 느꼈고, 곧바로 싸워서는 승산이 없다고 판단했다.

그때 다행히 곧바로 금군들이 철우에게 덤벼드는 바람에 그는 자연스럽게 철우와의 일전을 치르지 않고 제삼자로서 관전하게 된 것이었다.

'젠장! 이거 빨리 승부를 내긴 내야 할 텐데……'

하지만 뜻밖에도 독목백정은 조바심을 내고 있었다. 느긋하게 기다리다가 철우가 확실하게 지쳤을 때 끼어들어 승리를 취하겠다는 게 그의 계산이었으나 이젠 그럴 수 없는 상황이었다. 새까맣게 몰려든 쥐 떼와 금군들과의 난전 때문이었다.

'조만간 저쪽의 금군들은 몰살당하고 말 것이다. 그렇게 되면 쥐 떼가 이쪽으로 몰려올 텐데……. 그때는 놈을 쓰러뜨릴 기회가 없다.'

독목백정은 하나뿐인 눈으로 두 곳의 난전을 번갈아 보며 열심히 머리를 굴렸다.

'역도들을 모두 놓치고 부하까지 잃은 상태로 나만 살아서 돌아간다면 대종사께 무슨 낯이 서겠느냐? 그러니 무슨 수를 쓰더라도 저놈을 내 손으로 죽여야만 해. 꼭!'

파파파팍!

"으아악!"

하지만 그가 열심히 머리를 굴리는 동안에도 철우의 철검 아래 금군들은 피를 토하며 나뒹굴고 있었다. 아무리 일방적인 수적 우위에도 불구하고 그다지 상황이 나아지는 기미가 없자 위담은 독목백정을 향하여 신경질을 부렸다.

"이보십쇼, 당신은 새북적혈련 내에서도 오위 안에 꼽히는 초절정고수라 들었습니다. 근데 어째서 가만히 구경만 하고 있는 겁니까? 구경 그만 하고 좀 나가서 싸우세요!"

"지금 운공조식 중이니까 입 닥치고 조용히 하고 있어."

독목백정은 쳐다보지도 않고 차갑게 대꾸했다.

'운공조식을 한다면서 말은 하네?'

위담은 고개를 갸웃거렸다. 그도 무술을 연마했던 인물로, 운공조식 중에 말을 하는 사람이 있다는 건 들어본 적이 없었기 때문이다.

그때였다. 운공조식 중이라며 말도 걸지 못하게 하던 독목백정의 외눈이 반짝거렸다. 그는 식은땀을 흘리며 서서히 지쳐 가는 철우의 모습을 본 것이었다.

"후욱… 후욱……."

철우는 가쁜 숨을 몰아쉬었다.

'더 이상 시간을 끄는 것은 무의미한 일이다.'

철우는 모종의 결심을 한 듯 순간적으로 발출한 모든 검기를 거둬들이며 몸을 정지시켰다.

'이들은 그저 위에서 시키는 대로 움직이는 병사들이다. 어차피 이제 모두가 탈출했다. 그렇다면 군이 이들과 싸울 이유도, 그리고 더 이상의 희생자를 만들 이유가 없다.'

생각과 동시에 철우는 자신을 에워싼 무리들 중에서 가장 희생자가 많이 생긴 서북방으로 몸을 날렸다. 희생자가 많았기에 방어도 가장 허술했다.

카카카칵!

그는 금군들의 틈을 뚫고 도주하기 시작했다. 상승의 경신술로서 도주할 수도 있었으나, 신형이 허공으로 도약하면 자신에게 허점이 노출되는 위험성 때문에 적진을 뚫고 도주하는 방법을 택했던 것이다.

"어억! 놈이 도망치려 한다!"

금군들은 당황하며 좀 더 강력히 철우를 에워쌌다. 그러나 그들의 능력으로 철우를 막는다는 건 불가능했다.

파파파팍!

"으아악!"

철우는 계속 금군들을 헤치며 나아가고 있었다.

그런데 그 순간,

픽!

철우의 등판에 따끔한 통증이 느껴졌다.

"……!"

철우의 얼굴이 딱딱하게 굳었다. 느낌만으로 자신의 등판에 꽂힌 게 무엇인지 알 수 있었기 때문이다.

'이 많은 무리들의 틈에 있는 내게 정확히 암기를 발출하다니… 더욱이 분명 날아오는 소리도 없었건만…….'

철우는 이런 수법을 쓸 수 있는 인물을 이곳에서 하나뿐이라 생각하며 고개를 돌렸다. 예상대로 대머리에 외눈박이 인물이 히죽 미소를 지으며 천천히 다가오고 있었다.

"모두 물러나라!"

독목백정은 철우를 에워싸고 있는 금군들을 향해 크게 소리쳤다.

"운공조식이 드디어 끝났다. 이제 너희들은 물러서서 내가 어떻게 저놈을 처리하는지 즐거운 마음으로 지켜보길 바란다."

그는 자신이 여태껏 뛰어들지 않은 이유를 운공조식 때문이라고 했다. 생긴 것만큼 꽤나 두꺼운 얼굴 가죽의 소유자였다.

철우가 차갑게 응시했다.

"역시 그대의 짓이었군."

"클클… 무음지에 비하면 무음의 암기술은 보다 쉽지. 그건 그다지 큰 공력이 필요한 게 아니거든."

독목백정은 득의만면한 웃음을 흘리며 말을 이었다.

"암기는 작은 침으로 이미 네놈 등판에 뿌리도 보이지 않을 만큼 완전하게 박혔을 게야. 근데 중요한 건 그 침의 끝에 학정홍(鶴頂紅)이 발라져 있다는 거지. 클클클……."

학정홍.

학의 벼슬에서 추출한 극독. 독성이 너무도 가공하여 무림에서는 동물성 독의 대명사로 통하고 있다.

"클클, 아무리 엄청난 공력의 소유자라 할지라도 학정홍에 중독된 이상 네놈은 이제 다섯 시진 안에 죽게 될 것이다."

"……."

"하지만 차라리 죽을 목숨, 기왕이면 무림 대선배인 나에게 죽는 것이 네놈의 체면에도 유리할 게야. 클클… 안 그러냐, 생사검?"

"어떻게 나를 알고 있나?"

"클클. 내 상식으론 오백여 명의 금군을 상대할 수 있는 인간은 중원 최강자로 떠오른 자네와 우리 새북적혈련의 대종사뿐이더군."

독목백정은 연신 키득거리며 입을 열고 있었다. 철우 역시 독에 중독된 사람치고는 여전히 꼿꼿했다.

"생긴 것과는 달리 눈치가 빠른 위인이군."

"클클… 물론이지. 멍청했으면 지난날 무림공적이었던 내가 아직까지 살아 있질 못했겠지."

"……."

"세상을 살려면 말이야, 무공만큼이나 머리 회전도 중요한 법이지. 무림공적에서 이제 중원을 지배하는 실력자 중 일인으로 변신할 수 있게 된 것도 결국 남보다 빠른 두뇌 덕분이었으니까. 클클……."

"그래서 출세하고 싶어 새북적혈련의 개가 되었단 얘기로군."

"개?"

철우의 비아냥에 독목백정은 외눈을 씰룩거리더니 이내 앙천광소를 토했다.

"크카카캇! 암, 아무리 똥개라 할지라도 출세만 하면 명진사 소리를 듣는 게 세상사다."

미친 듯이 웃는 것 같았다. 하지만 그는 웃으면서 우수를 허리 뒤쪽으로 가져갔다. 그리고는 돌연 벼락처럼 선제공격을 감행했다.

"아무리 내가 새북적혈련의 편에 섰기로서니 하늘 같은 무림 대선배를 개에 비교해? 싸가지없는 놈, 주둥이를 뒤통수까지 확실하게 찢어주마."

독목백정의 우수에 쥐어진 푸른 녹이 낀 겸자(鉗子:낫)가 섬뜩한 빛을 폭사하며 철우를 향해 돌진했다.

피이이잇!

수십 줄기의 시퍼런 예기가 폭죽처럼 피어오르며 철우의 전신을 휘감아갔다. 철우의 얼굴에 긴장이 스쳤다.

이십 년 전, 단신으로 무림십대검문 중 하나인 태양문을 멸문시키고

문도들을 몽땅 몰살시켰던 독목백정. 과연 희대의 거마(巨魔)다운 패도적인 수법이었다.

철우는 무정천풍검법의 제오식인 무정암극(無情暗極)으로 방어와 역공을 시도하려고 했다.

카카캉!

그러나 느닷없는 인물이 허공에서 떨어지며 필영(筆影)으로 독목백정의 공세를 먼저 막아내는 것이 아닌가?

철우도, 그리고 공세를 취하던 독목백정도 눈을 휘둥그렇게 떴다.

"당신은……?"

그는 철우가 너무도 잘 알고 있는 인물이었다.

백당춘, 바로 그였다.

"미안하네. 내가 좀 늦었네."

백당춘은 가볍게 미소를 지으며 대답했다.

"늦다니? 그게 무슨 얘깁니까?"

"처음부터 구경꾼들 사이에서 기회를 보고 있었네. 그런데 자네와 자네 친구들이 나보다 먼저 나서더군."

"……."

"영반님을 비롯한 여러 사람들이 안전한 곳까지 피하는 것을 확인하고서 이제야 달려왔네."

"그랬군요."

능진걸과 그 일행들이 안전한 곳에 대피한 모습을 직접 확인했다는 백당춘의 얘기에 철우의 마음은 한결 가벼워졌다.

"혈색이 좋지 않은데, 저 외눈박이는 나에게 맡기고 자네는 잠시 쉬도록 하게."

"그러죠. 그동안 난 외눈박이만큼이나 밥맛없는 놈을 처리하죠."

철우는 독목백정에 대한 처리를 백당춘에게 넘기고 위담을 향해 다가갔다.

철우는 소리없이 가는 미소를 입가에 떠올렸다. 그것이 위담에게는 더욱 전율스러웠다.

"아, 아니… 이 자식, 지금 뭐 하자는 거야?"

위담의 얼굴은 순식간에 하얗게 탈색됐다. 이럴 때 그가 할 수 있는 최선은 부하들에게 소리쳐서 도움을 요청하는 것뿐이었다.

"뭣들 하고 있느냐? 어서 이놈을……!"

그러나 안타깝게도 그의 음성은 끝까지 이어지지 못했다.

핏―!

극미한 파공성과 함께 허공에 섬광이 일었다. 뼛골이 시릴 정도로 차가운 검광, 그것은 이루 형용할 수 없을 정도의 쾌속한 속도였다. 금의위 내에서 세 손가락 안에 드는 무공의 소유자인 위담이었지만, 그로서는 도저히 피하고 자시고 할 틈도 없었다.

"……!"

한줄기 태양처럼 눈부신 검광이 자신의 동공을 맺혔을 때, 위담은 머리의 윗부분이 썰렁해짐을 느낄 수 있었다. 그리고 그것이 무엇인지 미처 떠올리기도 전에 그의 머릿속에선 모든 생각들이 무서운 속도로 사라져 버렸다.

섬광은 정확하게 위담의 미간을 뚫어버렸고, 그것이 바로 철우가 위담을 향해 지은 미소의 의미였다.

쿵!

연체동물처럼 그 자리에 허물어지면서 느낀 충격, 그것이 위담이 이 세상에서 느낀 마지막 느낌이었고, 그의 생명 역시 그것으로 끝이었다.

"……."

금군들은 눈 깜짝할 사이에 벌어진 위담의 죽음 앞에 전율을 느꼈다. 하지만 어느 누구도 그를 위해 복수를 하려고 나서는 사람은 없었다. 그는 평소 그들이 모셨던 금군의 수뇌가 아닌, 다만 형리(刑吏)의 자격으로 자신들에게 지시를 내렸던 금의위의 총위사일 뿐이었다.

한창 흥분되어 있을 땐 죽음에 대한 두려움도 없었지만, 흥분이 식으면 그들도 역시 죽음에 대한 공포를 느꼈다. 아무리 인원이 많다 해도 철우와 같은 초절정고수를 상대한다는 건 매우 두려운 일이었고, 웬만하면 피하고 싶었다.

이제 자신들에게 명령을 내릴 사람조차 사라진 마당에 생명을 보존하고 싶은 게 모두의 한결같은 마음이었고, 그런 이유 때문에 그들은 철우에게 덤벼들 생각조차 하지 않았다.

철우는 한쪽에 있는 작은 암석에 앉아 편하게 자세를 잡았다. 모습은 편한 것처럼 보였지만 실상은 그렇질 못했다.

'빌어먹을! 검공을 펼쳤더니 독이 체내에서 빠르게 퍼져 가는군.'

학정홍은 죽음의 독이다.

아무리 철우라 할지라도 체내에 퍼져 가는 독의 기운에 자유로울 수는 없었다.

"……."

독목백정은 계속 철우의 움직임을 빤하게 쳐다보고 있었다. 그는 철우가 힘들어하고 있다는 것을 느끼게 되었다.

"뭘 그렇게 빤히 쳐다보고 있는가? 왜, 생각해 보니 죽음이 두려워지는 모양이지?"

싸울 생각은 하지 않고 주변 상황만 지켜보는 독목백정을 향해 백당춘이 빈정거렸다.

"두려워? 미친놈. 네놈은 지금 내가 누군지나 알고 주둥이를 놀리는 거냐?"

독목백정이 발끈하며 고개를 돌렸다.

"외눈박이에, 새북적혈련의 개라고 들었다."

'아, 아니, 이 자식은 도대체 뭘 믿고 이렇게 주둥이를 멋대로 놀리는 거지?'

독목백정은 궁금했다. 그럴 수밖에 없었다. 눈앞의 상대는 자신과 비슷한 연배였다. 그렇다면 독목백정이란 인물이 어떤 존재였는지 충분히 알 만한 입장임에도 불구하고 상대는 자신을 계속 조롱했다. 오히려 그것이 더 불안했다.

"대체… 네놈의 외호가 뭐냐?"

"그런 거 없다."

"없어?"

"불안해할 것 없다. 오래전에 잠시 변방에서 무술 교관을 했을 뿐, 무림에는 단 한 번도 위명을 떨친 적이 없었으니까."

"변방 무술 교관……?"

독목백정은 어처구니없다는 표정을 짓더니 이내 광소를 토했다.

"크카카캇! 겨우 그 정도의 족보로 무림삼대마왕으로 손꼽히던 나를 상대하겠다고?"

독목백정은 하늘이 떠나가도록 웃더니, 돌연 웃음을 뚝 그치며 무섭게 노려보았다.

"놈! 정신 나간 머리통에 바람구멍을 뚫어주마!"

쩌렁한 음성과 함께 그의 커다란 낫은 예리한 섬광을 뿌리며 백당춘의 천령개를 향해 날아가고 있었다.

 백당춘은 슬쩍 옆으로 몸을 움직여 독목백정의 일초를 피했다. 그의 몸놀림은 그렇게 빠르지 못했다. 하지만 시기는 매우 적절했다.

 독목백정은 일초가 빗나가자 외눈을 번뜩이며 낫을 허공에서 꺾으며 벼락처럼 연속해서 삼 초식을 내갈겼다.

 파파파팍!

 예리한 삭풍이 백당춘의 전신을 휘몰아쳤다. 백당춘은 이번에도 반격하지 않고 몸을 슬쩍 피했다. 하지만 독목백정이 이번에 시전한 초식은 허초(虛招)였다.

 백당춘이 일 장 정도 옆으로 이동하는 순간, 낫을 쥐고 있는 우수를 거두며 벼락처럼 좌수를 뻗었다.

 "크카카캇! 이놈, 이걸로 끝이다!"

 만중왕부에서 지휘첨사 설하유와 총호법인 염적을 쓰러뜨린 바로 혈탕천뢰인(血蕩天雷印)이었다.

 하지만 그 순간 백당춘이 들고 있는 붓에서도 기이한 서광이 흘러나왔다. 그 빛은 점차 강해지더니 종내에는 횃불처럼 환하게 밝아졌고, 급기야 자신을 향해 짓쳐드는 붉은 뇌성과 정면으로 맞부딪쳤다.

 빠지지직! 쾅!

 허공에서 붉고 푸른 섬광이 이는가 싶더니 벼락 치는 듯한 굉음과 함께 폭발음이 연속적으로 터져 나왔다. 그리고 주위의 흙먼지가 사방으로 확산되었다.

 굉음이 잦아지고 흙먼지가 사라질 때, 묵묵히 구경하던 금군들의 눈이 크게 떠졌다.

"아, 아니, 저럴 수가……?"

독목백정이 백당춘을 향해 덮쳐드는 자세로 허공에 떠 있었다. 붓에서 뻗어 나온 강기에 목을 관통당한 상태로, 그의 몸뚱어리가 허공에서 정지되어 있었던 것이다.

붓에서 뻗어나간 강기가 서서히 사라지자 허공에서 정지되었던 독목백정의 몸뚱어리가 지면으로 떨어져 내렸다.

쿵—

지축을 울리며 독목백정은 그렇게 최후를 맞이했다, 자신의 죽음을 믿지 못하겠다는 듯 하나뿐인 눈을 크게 뜬 상태로.

금군들은 입을 쩍 벌리며 놀람을 금치 못했다. 그처럼 엄청난 무학이 존재할 줄은 꿈에도 몰랐기 때문이다.

'실로 대단하군. 가공할 마공을 펼쳐 대는 독목백정을 평범한 붓으로 쓰러뜨리다니…….'

놀람은 철우 역시 마찬가지였다.

'물 흐르듯 자연스러운 방어와 공격, 그리고 붓만이 아니라 어떤 양식의 병기든지 자신의 손에 들어오면 마치 여러 해 동안 심혈을 기울여 수련한 사람처럼 맘대로 능숙하게 다룰 수 있다. 사물이 움직이는 물리를 파악하고, 무학 기법의 정화를 꿰뚫어 터득하고 있기에 어떤 병기를 잡더라도 저자는 그 오묘한 위력을 발휘할 수 있을 것이다.'

철우와 백당춘은 두 번에 걸쳐 일전을 겨룰 뻔했다. 철우는 늘 철검으로 그를 상대했지만, 백당춘은 늘 달랐다. 한 번은 맨주먹이었고, 또 한 번은 목검이었다. 그리고 독목백정을 상대할 때는 평범한 일개 붓이었다.

철우는 어떤 병기든 상관없이 가공할 무공을 펼쳐 내는 그의 모습에 감탄을 금치 못했다.

'후후. 항주 시절 군이 내상이 아니더라도, 난 저자의 상대가 아니었어. 혹혈천주로부터 기연을 얻은 지금의 몸으로도 승리를 장담할 수 없을 테니까.'

털퍽!

쓸쓸한 미소를 짓던 철우가 느닷없이 썩은 통나무처럼 쓰러졌다. 백당춘은 흠칫하며 급히 그를 부축했다.

그 순간, 금군들의 입에서 비명과 같은 경악성이 터졌다.

"으헉! 뭐, 뭐야?"

한쪽에서 소란을 피우던 쥐 떼들이 병사들과의 난전을 끝내고 이번에는 이들을 향해 새까맣게 몰려들고 있었던 것이다.

"으아아… 피해라!"

"어서 튀자! 꾸물거리다가는 우리도 뼈다귀만 남는다고!"

금군들은 기겁하며 미친 듯이 도망치기 시작했고, 쥐 떼는 그들을 집요하게 쫓아갔다.

철우의 안색을 살피던 백당춘의 표정은 어두웠다. 이미 그의 얼굴은 시꺼멓게 혈색이 죽어 있었기 때문이다.

'이런! 시간이 없다. 독이 벌써 이렇게 퍼지다니…….'

백당춘은 철우를 어깨에 걸쳐 메고는 허공으로 도약했다.

슈우웃!

붉게 물드는 석양을 향해 날아가는 그의 모습은 마치 한 마리의 비조와 같았다.

*　　　　*　　　　*

월향루(月香樓).

달의 향기를 느끼며 술을 마신다는 이곳은 돈 많은 거부나 관리가 아니고선 아무나 들어갈 수 없는 북경 최고의 기루였다. 이곳의 구조는 실내와 야외로 나뉘어져 있었는데, 야외의 인공 호수 주변에 위치한 정자는 위지흠을 위한 지정석이었다.

"푸하하하!"

호수를 통해 석양빛이 반사되는 정자에서 컬컬한 웃음소리가 터져 나왔다. 위지흠이었다. 이미 적지 않은 술을 마신 듯 그의 얼굴은 술기운으로 불그레했다.

"어린 태자를 인질로 잡고 있다니까 아무 소리도 못하고 수그러들지 뭡니까? 아무튼 배짱도 소신도 없는 참으로 무능한 인물입니다. 푸하하!"

그의 앞에는 밀랍처럼 창백한 얼굴에 흰 눈썹이 관자놀이까지 힘차게 뻗어 있는 노인이 앉아 있었다.

새북적혈련의 대종사 낭리하중이었다. 이들은 주변에 술시중을 드는 기녀도 없이 단둘이 대작하고 있었다.

"백성들을 위해서라도 태감께서 하루빨리 권좌에 오르는 게 도리일 것 같구려."

낭리하중은 천천히 술잔을 들며 말했다. 위지흠도 따라서 잔을 들었다. 그의 입가에 흡족한 미소가 걸려 있었다.

"허허, 모든 일에는 순서가 있는 법. 아무리 마음이 급해도 때를 기다릴 줄도 알아야지요. 민심의 동향도 살펴야 하니까 말입니다."

위지흠은 기분 좋게 잔을 부딪쳤다. 이어 술잔을 들이키고는 뭔가 생각난 듯한 표정으로 물었다.

"그나저나 벌써 황도를 항주로 정하셨다면서요?"

"그렇소이다. 예로부터 항주의 경치에 대한 얘기를 너무 많이 들었소. 물 좋고 풍광 좋고."

"허허, 많은 고관대작들이 은퇴 후의 삶을 그곳에서 보내고 싶어할 정도로 항주의 경치가 정말 일품이지요."

"그 풍광 좋은 항주에 우리 천평제국(天平帝國)의 황도를 건설하기로 결정했소."

음성을 발하는 것과 동시에 낭리하중의 차가운 눈에서 격랑이 일었다. 아무리 얼음 같은 인물이라 할지라도, 먹을 것 걱정 없는 기름진 대지 위에 자신들의 영토를 마련하겠다는 그들의 꿈이 이제 눈앞의 현실이 되었는데 어찌 냉정을 유지할 수 있겠는가?

하지만 위지흠의 속마음은 그의 생각과 너무도 달랐다.

'흐흐, 떡 줄 사람은 생각지도 않고 있는데 혼자서 열심히 국물부터 마시고 있군.'

내심 상대를 빈정거리면서도 위지흠의 얼굴엔 일말의 변화도 없었다. 오히려 낭리하중의 마음을 충분히 이해할 것 같다는 표정이었다.

낭리하중은 그러한 위지흠의 얼굴을 바라보며 계속 말을 이어나갔다.

"표화장에 머물고 있는 우리의 본대(本隊)가 항주에 내려가는 대로 북방에 있는 우리 새북적혈련의 제이진(第二陣)이 백성들을 이끌고 남하하게 될 거요. 그런 만큼 나와 약속한 대로 차질없이 일을 진행해 주시오."

"하하, 물론이오."

위지흠은 너무도 쉽고 명쾌하게 대답했다.

"늦어도 보름이면 내가 자연스럽게 황위를 이양받고, 그 이후는 약속대로 장강 이남에 당신의 제국을 건설할 수 있도록 최선을 다해 드리겠소."

"그렇다면 우린 보름 후에 움직이도록 하겠소."

"그렇게 하시오. 그 정도면 충분한 시간이니까. 하하하……!'

위지흠이 호방한 웃음을 토하는 그 순간,

"태, 태감님!"

금감석이 소리를 치면서 급하게 달려왔다. 위지흠은 의아한 표정을 지었다.

"아니, 금 영반. 무슨 일인가? 그리고 내가 여기 있는 줄은 어떻게 알았나?"

"헥헥! 태감님을 찾기 위해서… 헥헥! 북경 성내를 다 뒤졌습니다."

어찌나 호흡이 가빴는지 금감석은 마치 복날의 강아지처럼 혀까지 내밀며 숨을 헐떡거렸다.

"왜? 어째서?"

"큰일났습니다… 헥헥… 지금 팔자 편하게 이러고 계실 때가 아닙니다."

"이 친구야, 대체 무슨 일인지 말을 해야 알아들을 세 아닌가!"

"알아듣고 말고 할 게 없이 이건 정말 있을 수 없는 대형 사고입니다."

"……?"

"난데없이 침입자들과 새까맣게 몰려든 쥐 떼로 참형장이 난장판이 되고, 만중왕을 비롯한 죄수들은 모두 도망쳤으니 세상에 이보다 더 큰 대형 사고가 어딨겠습니까?"

"무, 무엇이?"

쨍그렁!

위지흠의 눈이 튀어나올 것처럼 크게 불거지는 것과 동시에 손안에 쥐고 있던 술잔이 미끄러지며 박살났다.

지금쯤 당연히 목이 잘려 나갔으리라고 생각했다. 그렇기에 웃으며 술잔을 기울일 수 있었다. 그랬는데 그들이 도주를 했다니!

위지흠은 머리가 텅 비어버린 것 같은 충격에 한동안 말을 잃고 말았다.

*　　　　*　　　　*

폐찰.

서산에 해가 기울며, 부용의 모자가 은신처로 삼고 있는 산중의 폐찰엔 어둠이 스며들기 시작했다.

뭔가 얘기를 나누는 듯한 모자의 모습. 부용의 얼굴은 어두웠고 의천은 눈을 휘둥그렇게 뜨고 있었다.

"지난번 그 사람을 따라가라니요!"

의천은 이해할 수 없다는 표정으로 소리쳤다.

"엄마, 도대체 지금 무슨 말씀을 하시는 거예요? 엄마도 아시다시피 그 사람은 외할아버지를 살해한 원수예요. 그런데 저더러 그 사람을 따라가라고요?"

"먼저 배신한 것은 외할아버지셨다. 외할아버지가 그 사람을 먼저 살해하려고 했어. 그로 인해 그 사람의 모든 인생은 엉망이 되어버렸고… 때문에 그 사람은 외할아버지께 그럴 수밖에 없었어."

"아무리 그렇다 해도 사람을 죽인다는 건 용서할 수 없는 죄예요."

"너도 그 사람을 죽이려 했잖니?"

"그, 그건……."

의천은 말문이 막혔다. 뭐라고 변명을 하긴 해야겠는데 마땅한 말이 떠오르지 않았다. 부용은 씁쓸한 미소를 지었다.

"누구에게나 나름대로의 입장이 있는 법이란다. 당사자가 아니면 그 심정을 이해할 수가 없어."

"그렇다면 엄마는 어떡해서 그자의 마음을 이해하시는 거죠? 엄마도 당사자는 아니잖아요?"

"그 사람은……."

부용은 차마 뒷말을 잇지 못했다. 어떻게 이제 와서 그가 생부라는 얘기를 할 수 있겠는가?

"그 사람은 엄마의 옛 친구였어. 외할아버지의 표국에서 수석 표사이기도 했고."

"친구?"

"그래, 친구. 당시 어떤 고민도 함께 나누었던 친구였지. 때문에 외할아버지가 어떤 행동을 하셨는지도 알 수 있었던 거지."

"이해할 수가 없어요. 여태껏 그와 같은 말씀을 한 번도 하신 적이 없었잖아요?"

의천은 의아한 표정으로 영령을 응시했다.

"그 사람이 항주에서 크게 사고를 쳤을 때도, 그리고 외할아버지를 살해했을 때도 엄마는 그 사람이 친구였다는 얘기를 단 한 번도 하신

적이 없었어요, 고민까지 함께 나눌 정도로 각별한 친구였음에도."

"……."

"왜 지금에서야 그런 말씀을 하시는 거죠? 그리고 설령 엄마와 아주 가까웠던 친구라 할지라도 제가 어째서 그 사람을 따라가야 한다는 거죠? 제겐 아빠도 있고 엄마도 있어요."

"아빠가 돌아오실 수 없으니까 하는 얘기야."

"왜요? 백 사범님께서 아빠를 구하시겠다고 갔어요. 백 사범님의 적수는 아마 세상에 없을 거라고 아빠는 말씀하셨고요. 천하제일의 고수가 가셨는데 설마 아빠를 못 구하시겠어요?"

"수천 명의 병사가 참형장을 지키고 있을 텐데 어찌 백 사범님 혼자서 그 많은 병사들을 물리치고 아빠를 구할 수 있겠니? 그건 우리의 희망일 뿐 현실적으로 불가능한 일이야."

"아빠가 말씀하셨어요, 하겠다는 굳은 의지만 있으면 세상에 불가능한 일은 없다고. 그리고 설령 아빠가 돌아가신다 해도 엄마가 있는데 왜 제가 그 사람을 따라가요? 싫어요. 전 끝까지 엄마와 함께 살겠어요. 그러니 제발 더 이상 제게 쓸데없는 말씀하지 마세요!"

의천은 완강하게 소리를 치고는 밖으로 뛰쳐나갔다. 부용은 그런 의천의 모습을 바라보며 소리없이 눈물을 흘렸다.

'미안하다, 의천아. 그래도 엄마 말을 들어야만 해. 아빠와 엄마가 없으면 이 하늘 아래 너를 거둬줄 사람은 오로지 그 사람뿐이니까. 그 사람이 바로 너의 생부니까…….'

부용은 흘러내리는 눈물을 훔치며 창가에 섰다. 밤하늘엔 초승달이 희미하게 걸려 있었다.

문득 초승달 위로 그녀를 향해 미소를 짓는 능진걸의 얼굴이 떠올랐다.

'여보……'

부용의 커다란 눈동자에 또다시 이슬이 그렁그렁 맺히기 시작했다.

'당신은 내게 산이었고, 나의 하늘이었습니다. 당신 없는 세상은 내게 그 어떤 의미도 없습니다. 난 당신께 사랑받을 자격조차 없는 여자였지만, 당신은 늘 과분한 사랑을 주셨습니다. 그렇게 난 받기만 했는데…… 아직 당신께 지은 죄를 용서받지도 못했는데… 당신은 저를 두고 먼저 하늘나라에 가시게 됐네요. 이젠 제가 그 사랑을 돌려주겠습니다. 찾는 길이 아무리 힘들고 험할지라도 당신을 찾으러 가겠습니다. 그러니 춥고 외롭더라도 그때까지만 참고 기다리세요. 곧 당신 곁으로 갈 테니까요.'

부용은 품속에서 작은 종이에 싼 뭔가를 꺼냈다.

그것은 오래전 사랑하는 남자가 있음에도 불구하고 부친 노적산에게 떠밀려 결혼하게 되었을 때 죽고 싶은 마음으로 은밀히 구입한 극약이었다.

하지만 그녀는 그 약을 먹지 않았다. 아니, 먹을 수가 없었다.

새롭게 만난 남자는 그녀에게 새로운 사랑을 보여주었다. 그를 통해 지난날의 사랑은 기억의 저편으로 사라지고 눈앞의 그만이 진정한 사랑이라고 생각하게 되었다.

과거의 남자 때문에 구입했던 극약을, 그녀는 지금의 남자 때문에 먹으려 하고 있었다.

그 남자가 없는 하늘은 대낮에도 밤이었다. 살아도 의미를 느낄 수 없는 삶일 것이다. 먼저 떠난 그 남자가 그리워서, 못 견디게 보고 싶어서 떠나려 한다.

그리고 시간이 흐름에 따라 과거의 남자가 자신의 기억 저편에 사라졌듯이 지금의 남자도 세월이 지나면 기억에서 멀어질 것이 분명할 것이기에 더욱 그를 따라가고 싶은 것이다.

'곧 갈게요…….'

부용은 약이 싸여져 있는 종이를 풀었다. 그러자 검은 약 가루가 나타났다.

어떤 식으로 죽을까?

고통에 몸부림을 치며 죽을까? 아니면 한순간에 눈을 감을까?

부용을 죽음을 앞에 두고 그런 생각을 한다는 게 문득 실없이 느껴졌다.

그를 만나러 가는 길인데 아무려면 어떠랴?

부용은 두 눈을 감고 천천히 입을 벌렸다.

그때였다.

"엄마—!"

요란한 발걸음 소리와 함께 의천이 뛰어들어 왔다. 의천의 얼굴은 기쁨과 환희로 함빡 피어 있었다.

"이것 좀 보세요! 전서구를 통해 백 사범님께 연락이 왔어요. 아빠가 참수형을 면하셨대요!"

"……!"

부용의 눈이 화등잔만 하게 커졌다. 그녀는 쥐고 있던 극약을 던지곤 의천이 흔들고 있는 서찰을 빠르게 잡았다.

철우라는 자로 인해 영반님을 비롯한 모든 죄인들이 탈출에 성공했습니다.

…중략(中略)…….

영반님은 안전한 곳에 피신해 있으니 너무 걱정하지 마십시오. 제가 곧 그쪽으로 모시러 갈 테니, 성급한 행동 자제하고 기다리시길 바랍니다…….

"아……!"

부용은 서찰을 가슴에 끌어안으며 눈시울을 붉혔다.

도저히 죽음을 모면할 수 없을 것이라 생각했던, 그래서 지금쯤 하늘나라에서 외롭고 쓸쓸한 모습으로 자신을 기다리고 있을 거라고 생각했던 남편이 살아 있다는 믿을 수 없는 소식이었다.

"감사합니다, 정말 감사합니다……."

그녀는 눈물을 흘리며 수많은 대상들에게 감사를 올렸다.

먼저 떠나지 않고 여전히 살아남은 남편이 고마웠고, 남편을 살 수 있도록 허락해 준 하늘이 고마웠고, 이런 기적을 만들어준 철우가 고마웠다.

하지만 고마우면서도 철우의 행동이 쉽게 이해되질 않았다.

자신의 피붙이와 함께 살 수 있는 길이 있는데 어째서 그이를 구한 것일까?

'우… 대체 당신은…….'

第三十六章

의천이는 당신 아들이오

고랑산채(孤狼山寨).

소오대산 일만 이천 봉 가운데 북쪽 신녀봉(神女峰)에 위치한 산채였다. 반년 전만 하더라도 이곳엔 고랑단이라는 악명 높은 산적 패거리들이 존재했었다. 그러나 황군의 토벌 작전으로 모두 죽거나 도망치는 바람에 지금은 덩그러니 비어 있었다.

참형장에서 도주한 만중왕 일행은 이곳을 은신처로 삼았다.

아직도 역적이라는 굴레가 씌워져 있는 만큼 그들에겐 피할 곳이 없었다. 이와 같이 비어 있는 산채가 있다는 것만으로 만족할 따름이었다.

"이보시오, 황보 의원. 대체 어찌 되어가고 있는 거요?"

만중왕은 육십대 노인을 향해 조급한 표정으로 소리쳤다.

황보허운(皇甫許雲).

그는 금릉의 화타(華陀)로 불릴 만큼 장강 이남에서는 세 손가락 안에 꼽히는 매우 뛰어난 의원이었다. 그런 그가 이곳에 있게 된 사연은 만중왕과 함께 역모죄로 들어온 첨사(僉事) 황보주명(皇甫柱明)이 그의 아들이었기 때문이다.

역모죄는 삼족까지 처형한다는 율법에 따라 아들 덕분에 참형장까지 끌려가게 되었던 것이다.

아무튼 금릉 최고의 의원인 그는 지금 정자 안에 상체를 벗고 누워 있는 사람을 정성껏 치료하고 있었다. 만중왕은 다시 한 번 당부했다.

"무슨 일이 있어도 그자를 꼭 살려야만 하오. 그는 우리를 구한 은인이오. 아시겠소?"

"물론입니다. 소신이 갖고 있는 모든 재주를 다 쏟아내서라도 꼭 회생시키고 말겠습니다."

황보허운은 비장한 표정으로 대답했다.

만중왕과 금릉제일의 명의가 반드시 살려야만 하는 사내, 그는 바로 철우였다.

죽은 듯 누워 있는 철우를 보는 영령의 심기는 한없이 불편했다. 그녀는 만중왕 일행을 풀어주고, 도망치는 그들을 쫓는 병사들을 화서생과 함께 묶어놓은 후 도주자들과 합류했다. 그것이 철우가 세운 계획이었다. 영령은 계획대로 임무를 완수했다.

하지만 철우가 이렇게 독에 중독된 상태로 돌아오자 그녀의 속은 뒤집힐 것만 같았다.

'빌어먹을… 그러기에 내가 끝까지 행동을 함께하겠다고 했더니 혼자서 처리할 수 있다고 큰소리치더니만 바보같이 이게 무슨 꼴이람!'

속이 상하면서도 혹시라도 그가 다시 일어나지 못하는 게 아닌가 하는 두려움이 더욱 컸다.

'오라버니, 구박하지 않을 테니 이제 그만 일어나요. 옛 정인을 위해 실컷 오지랖 떨고 그냥 그대로 눈을 감으면 난 무슨 꼴이냐고요! 내가 오라버니 오지랖 떠는 모습을 보기 위해 이곳까지 따라온 줄 아세요? 난 그렇게 착한 여자가 아니라는 거 오라버니도 잘 알잖아요?'

하지만 철우는 황보허운의 손길에 몸을 맡긴 채 여전히 아무런 표정의 변화도 없이 누워 있었다.

'기껏 오라버니에 대한 내 마음을 다 털어놨더니만 이게 뭐예요? 일어나세요. 제발 그만 좀 일어나라고요! 오라버니 없으면 나도 살기 싫단 말예요!'

영령은 가슴이 울컥거렸다. 미친 듯이 술이라도 마시지 않고선 무슨 사고라도 칠 것만 같은 기분이었다.

그 순간, 그녀의 마음을 알기라도 하듯 술병을 내미는 손이 있었다. 화서생과 초진양이었다.

"어… 어디서 술을……?"

영령은 술병을 받으며 눈을 휘둥그렇게 떴다. 도주하기도 바쁜 사람들이 언제 주점에 들러 술을 살 수 있었겠는가?

"저쪽에 보니 여러 항아리에 밀주가 담겨져 있더라고요. 그래서 우리 마실 것과 영령님 마실 것 좀 담아왔어요."

소심한 화서생답게 머리를 긁적이며 어색한 미소를 지었다.

"이깟 한 병 갖고 어디 간에 기별이나 가겠수? 그쪽으로 갑시다. 가서 항아리째로 퍼마십시다."

그렇지 않아도 미친 듯이 술이 마시고 싶던 영령이었다. 그녀는 산적들이 담아둔 밀주가 얼마가 됐든 다 퍼마실 작정인 듯 화서생이 손짓한 그곳으로 성큼성큼 걸어갔다.

"내참, 형님한테 이런 일이 있을까 봐 내가 선물까지 줬는데……."

걸어가면서 문득 초진양이 구시렁거렸다. 영령은 눈을 동그랗게 뜨며 그를 응시했다.

"선물이라뇨?"

"적린화의라고 보기엔 단순한 얇은 속옷이지만, 불이나 화약 폭발 때도 몸을 보호하는 효능이 있는 옷이죠. 그걸 입고 계셨더라면 그깟 암기쯤은 튕겨져 나갔을 텐데, 왜 그걸 안 입고 계셨는지 모르겠어요."

"호, 혹시 이 옷 말인가요?"

영령은 느닷없이 자신의 속옷을 내밀어 보였다. 초진양은 눈을 휘둥그렇게 떴다.

"아니, 그걸 왜 영령님이?"

"오라버니가 그냥 주던데요? 입고 있으면 좋은 일이 생길 거라고……."

"그, 그랬군요. 그나마 영령님이라도 입고 계시니 다행이에요. 전 기껏 선물했는데 잃어버린 줄 알고……."

"그러니까 결국 선물받은 것을 나에게 다시 선물한 거군요. 좌우지간 그 인간… 자기 앞가림도 못하면서 오지랖 하나는……."

영령은 갑자기 기분이 더욱 더러워졌다. 분명 자신보다는 영령의 안전을 위해 선물한 적린화의였지만, 그녀가 받지 않았다면 암기에 당하지 않았을 거라는 생각이 들었기 때문이다.

영령으로선 이래저래 술을 안 마시고는 견딜 수 없는, 미치도록 짜증나는 하루였다.

한편, 만중왕과 함께 풀려난 일행들은 죽음에서 벗어난 기쁨에 시종 일관 밝은 표정으로 얘기를 나누고 있었다.

"하하하, 이렇게 다시 햇빛을 보다니 정말 꿈만 같소이다."

"그러게 말이오. 영락없이 죽었다고 생각했었는데."

"우리를 구한 저 대협이 지난날 항주와 낙양에서 대형 사건을 저지른 그자였다니."

"소문을 들었을 때는 천하의 둘도 없는 살인마인 줄로만 알았는데… 이제 보니 우리가 오해했던 것 같소."

"그럼요. 무림의 최강자로 떠오른 생사검이기도 하다는데, 살인마가 정당한 비무를 통해 그와 같은 명성을 얻을 수 있겠소? 안 그렇습니까?"

"암요. 당연하지요. 하하하."

생명의 구원을 얻은 탓일까? 철우에 대한 이들의 시각은 자연스럽게 바뀌어 철우가 회생하기를 진심으로 바라고 있었다.

능진걸은 그들 틈에 앉아 있었다. 그는 아무런 말도 없이 무거운 표정으로 치료받고 있는 철우를 바라보고 있었다.

'대체 왜 우리를 구한 것일까? 무슨 이유로……'

아무리 생각해도 철우가 이들을 구할 이유가 없었다. 그는 황실에서 벌어지는 권력 투쟁과는 무관한, 그저 바람 같은 낭인무사였을 뿐이다.

철우를 물끄러미 바라보며 여러 상념에 잠겨 있을 때였다.

"여보."

"아빠."

너무도 귀에 익숙한 음성이 능진걸의 고막을 파고들었다. 능진걸은 자신도 모르게 벌떡 일어났다. 능진걸의 머리가 음성이 들리는 곳으로 돌려지는 순간, 너무도 보고 싶었던 두 사람의 얼굴이 그의 동공으로 파고들었다.

백당춘과 함께 부용와 의천이가 산채에 나타난 것이다.

와락!

부용은 격렬하게 능진걸을 끌어안았다.

"여보… 정말 살아 계셨군요! 고마워요, 너무나 고마워요!"

"미안하오, 마음고생을 시켜서."

"흑흑… 아녜요! 이렇게 제 앞에 서 계신 것만으로도 전 그저 감사할 따름이에요!"

부용은 그의 가슴에 고개를 묻고 계속 눈물을 쏟았다. 능진걸은 흐느끼면서 오열로 흔들리는 그녀의 몸을 꼬옥 안아주었다.

"사명감이 있는 사람은 쉽게 죽지 않는다고 언젠가 아빠께서 말씀하셨잖아요. 그래서 저는 엄마와는 달리 처음부터 아빠가 돌아가시지 않을 거라고 믿고 있었어요. 헤헤……."

바로 곁에선 의천이가 밝은 미소를 지으며 그를 올려다보고 있었다.

"녀석……."

능진걸은 의천의 머리를 쓰다듬어 주었다.

그때였다.

"정말 너무하는군."

술기운이 퍼진 불그스레한 얼굴로 영령이 나타났다.

"젠장! 그 잘나신 남편을 구하려다가 자신의 생사가 불투명한 꼴로 누워 있는 사람에 대한 걱정은 한마디도 안 하는군."

영령의 시비에 부용은 움찔거렸다. 그러나 이미 술에 취한 영령은 부용의 표정 변화 따위는 눈에 들어오지도 않았다.

"현재의 사랑만 소중하고 옛사랑은 아무 쓸모도 없다는 얘긴가? 끄윽…… 하긴, 그게 우리네 인생이지. 아무리 죽자 사자 사랑했어도 헤어지면 타인만 못한 게 바로 옛사랑이니까."

"……."

"그런데… 끄윽… 그런데 철우라는 저 인간은 그런 홀대를 받으면서도 옛사랑의 행복을 위해 엄한 일에 끼어들었다가 저 지경이 됐으니……."

취해도 상당히 취했다. 말을 하면서도 몇 번씩 딸꾹질을 할 정도였다.

"끅… 젠장… 당신이 무슨 잘못이 있겠수? 아직도 현실 파악을 못하는 인간만 한심할 따름이지… 끅… 아무튼 행복하슈……."

영령은 독백을 하듯 혼자 실컷 말을 내뱉고는 비틀거리며 사라져 갔다.

능진걸은 낭인무사에 불과한 철우가 어째서 이번 일에 개입했는지 이제야 비로소 이해할 것 같았다.

그는 부용을 응시했다. 부용은 눈을 감고 고개를 떨어뜨리고 있었다. 철우와의 지난 과거가 밝혀진 마당에 어찌 남편의 얼굴을 응시할 수 있겠는가?

능진걸은 한동안 그녀의 얼굴을 빤히 응시하더니 바람 소리가 날 정도로 차갑게 몸을 돌렸다.

"따라오시오."

능진걸은 사람들의 이목이 없는 외진 곳으로 부용을 데리고 갔다.

그리고 풀밭에 앉자마자 무거운 표정으로 입을 열었다.

"어디 당신 입으로 한번 얘기해 보시오."

부용은 여전히 고개도 들지 못한 채 입을 닫고 있었다.

"어떤 얘기도 좋소. 그 여자의 오해라 하든, 아니면 술주정이라 하든. 내가 믿는 것은 당신의 얘기뿐이니까……."

뚝.

풀밭에 눈물이 떨어졌다. 그리고 오랫동안 닫혀 있던 부용의 입술이 힘들게 열렸다.

"모두… 사실이에요……."

"……!"

"그녀의 말대로… 저와 그 사람은 지난날 서로 사랑하던 사이였어요."

"왜? 그런데 왜 나와 결혼했소?"

능진걸의 음성이 미미하게 흔들렸다. 부용은 분노를 이성으로서 참고 있는 그의 모습에 더욱 가슴이 아팠다. 하늘나라에서 만나면 꼭 용서를 구하겠다고 마음을 먹었음에도 불구하고 입은 쉽게 열리지 않았다.

"사랑하는 사람이 있었는데도 어째서 나와 결혼했냐고 물었소!"

"그, 그건… 어쩔 수가 없었어요……."

능진걸이 추궁하듯 묻자 부용은 지난 얘기를 털어놓기 시작했다.

표사였던 철우와의 사랑, 부친 노적삼의 배신, 철우의 죽음, 그로 인해 죽을 각오로 했던 결혼에 이르기까지 숨김없이 얘기했다.

"그땐 정말 그 사람이 전부인 줄 알았어요. 하지만 당신을 만난 이후엔 단 한 번도 그 사람을 생각한 적이 없어요. 그건 당신도 아시잖아요, 제겐 당신만이 전부라는 걸……."

부용은 능진걸의 손을 잡으며 애절한 표정을 지었다. 능진걸은 한동안 말이 없었다.

오랜 침묵 끝에 그의 입술이 열렸다.

"한때 죽음까지 각오할 정도로 그 친구와 사랑하는 사이였다니……."

"……."

"어째서 의천이가 무술을 배우고 싶어하는데도, 그리고 각별한 재능이 있다는데도 당신이 그토록 반대를 했는지 이제야 비로소 알겠구려."

"여… 여보……?"

"의천이의 친부가 바로 그 친구였소."

쾅!

부용은 심장이 터져 나가는 듯한 충격을 받았다. 몸은 사시나무처럼 심하게 흔들렸고 음성도 떨렸다.

"여… 여보……."

"그렇다고 해서 의천이가 내 아들이 아니라는 얘기는 아니오. 의천이는 내가 직접 키운 내 아들이오. 그자가 아무리 생부라 할지라도 의천이를 양보할 수 없소."

"……."

"그리고 당신 또한 나의 여자요. 당신 말대로 그를 사랑했다 해도 그것은 과거의 일일 뿐이오."

"여보……."

그때였다.

"허허… 성공입니다! 드디어 회생의 기미가 보입니다."

의원 황보허운의 기뻐하는 소리가 들렸다. 그러자 만중왕을 비롯하여 산채의 마당에 앉아 있던 많은 사람들의 환호성이 터졌다.

"와아아!"

"하하하! 그게 정말이오?"

"그렇습니다. 학정홍이 전신에 퍼져 있기에 처음엔 불가능하다고 생각했는데 뜻밖에도 이분은 아무리 지독한 맹독이라 할지라도 스스로 해독하는 특이한 체질을 갖고 있지 뭡니까? 때문에 치명적인 위기들을 모두 넘기고 이제 회복하는 단계로 들어섰습니다. 허허허."

황보허운은 자신의 상식으로 이해할 수 없는 철우의 체질을 감탄하며 너털웃음을 터뜨렸다.

철우가 독을 스스로 해독할 수 있는 체질을 갖게 된 것은 반세골 일당에게 배신을 당한 그 이후부터였다. 그 일당에게 배신을 당하면서 철우는 산공독에 중독되었다. 그때 그는 지옥의 입구까지 갔다가 천우신조를 만났다. 그때 얻은 기연으로 독에 대한 강한 내성이 생겼던 것이다.

"황보 의원, 정말 고생 많으셨소. 이리 오셔서 술 한 잔 받으십시오. 이게 글쎄 산적 녀석들이 담은 밀주라지 뭡니까?"

만중왕은 황보허운에게 술을 따라 주었다.

"허허허… 영광입니다."

황보허운은 술을 받으면서, 그리고 술을 마시면서도 연신 너털웃음을 토했다.

하긴 그럴 만했다. 자신은 물론 많은 이들을 죽을 고비에서 구해준 생명의 은인이니 어떡하든 살리고 싶었던 게 그의 마음이었기 때문이다. 그렇기에 비록 자신의 능력은 아닐지라도 회생하고 있다는 사실이 그저 고맙고 감사했다. 물론 자신의 능력으로 회생시켰으면 더 좋았겠지만.

"다행히 그가 회생하였다는구려."

능진걸은 천천히 자리에서 일어났다. 그는 앉아 있는 부용을 내려다보며 말했다.

"이것을 끝으로 두 번 다시 그 친구에 대한 얘기를 거론하는 일은 없었으면 하오. 좋은 일이든 나쁜 일이든."

부용은 고개를 들었다. 그의 표정은 생각보다 담담했다.

"지금이라도 사실대로 얘기해 줘서 고맙소."

능진걸은 씁쓸한 미소를 보인 후 천천히 걸어나갔다. 부용은 눈물 가득 고인 눈으로 그의 뒷모습을 바라보더니 결국 오열을 토하고 말았다.

"흑… 그래요. 의천이는 당신의 아들이에요, 당신의 아들……."

*   *   *

"지금쯤 동문 밖에 머리가 걸려 있어야 할 역도들이 참형장에서 도주를 하다니. 세상에 어찌 이런 일이 있을 수 있단 말이오!"

급히 대신들을 소집하여 회의를 주관하고 있는 위지흠은 열변을 토하고 있었다.

"당시의 얘기를 들어보니 역도들을 구출하기 위해 지난날 항주와 낙양에서 수많은 인명을 살상한 철우라는 자와 쥐 떼들을 움직이며 금룡표국을 불바다로 만들었던 요상한 인물까지 등장했다고 하오. 이것은 곧 수많은 사람들을 살상했고, 민심을 흉악하게 만든 장본인이 바로 만중왕의 수하였다는 얘기가 아니고 뭐겠소?"

그는 지난날 철우가 일으킨 대형 사고까지도 만중왕의 지시였다는 억지까지 써가며 연신 언성을 높였다.

"철우와 같은 살인마와 쥐 떼를 부리는 요사한 자까지 한패로 만들 만큼 황실 전복을 위한 만중왕의 노력은 생각보다 치밀했소."

"……"

"그런 만큼 이제부터 우리도 그들을 죽이지 못하면 우리가 죽는다는, 보다 독한 마음으로 그들을 상대해야만 할 것이오. 그렇지 못하며 우리가 당할 수밖에 없소."

"……"

"반역의 무리들이 아직 멀리 도망가진 못했을 것이오. 그런 만큼 각자 모든 정보망을 동원하여 그들의 위치를 찾아내는 데 총력을 기울여 주시오. 다시 말하지만 이번 일은 우리의 생사와도 관련이 있는 중요한 일이오. 역도들의 모반이 성공되면 우리가 참수당하는 일이 생길 수밖에 없단 말이오. 아시겠소?"

"명심하겠습니다."

위지흠이 극도의 흥분된 얼굴로 위기감을 고취시키자, 대신들은 무거운 표정으로 대답했다.

이어 위지흠은 자신의 좌측에 앉아 있는 두 명의 무장을 향해 시선을 돌렸다.

금군 제삼교두에서 만중왕 무리들을 일망타진하는 데 공헌도가 컸다는 이유로 팔십일만 금군총교두에 임명된 와룡창(臥龍彰)과 역시 새로이 팔기군의 대장군으로 임명된 공손부(公孫傅)였다. 두 사람 모두 삼십대 후반이라는 젊은 나이에 그와 같은 출세를 할 수 있었던 것은 위지흠의 강력한 천거 때문이었다.

"와룡창 총교두와 공손부 대장군."

"말씀하십시오."

"적도들의 위치가 파악되는 대로 즉시 출동할 수 있도록 모든 조치를 취해두시오."

"알겠습니다."

"철저히 준비하고 있겠습니다."

와룡창과 공손부는 동시에 포권을 하며 굳게 대답했다.

"자, 그럼 지금 즉시 퇴청하여 각자 잘못되면 자신의 목이 날아간다는 각오로 모두 최선을 다해주길 바라오."

위지흠의 말이 끝나자 대신들은 회의장을 빠져나가기 시작했다. 그러나 위지흠의 비장한 모습과는 달리 대다수의 표정은 심드렁하기가 그지없었다.

*　　　*　　　*

만중왕 일행들이 숨어 있는 산채에서도 회의가 열리고 있었다.

위지흠 혼자서만 흥분하던 어전회의와는 달리 이곳 사람들은 각자의 생각을 내놓으며 의견을 조율해 나갔다.

"언제까지 이곳에 숨어 있을 수만은 없습니다."

"그렇습니다. 이대로 있다가는 다시 당하게 될 겁니다."

"예, 물론입니다. 또다시 당하기 전에 우리가 먼저 선수를 쳐서 위지흠의 목을 꺾어놔야 합니다."

여러 중인들의 얘기를 조용히 귀담아듣고 있던 만중왕이 무거운 표정으로 입을 열었다.

"그러나 위지흠의 뒤에는 새북적혈련이 있소. 그리고 그들은 중원을 무력으로 제압하기 위해 매우 오랫동안 힘을 길러온 무리들이오. 일개 단원들도 일류무사인 그들을 우리가 무슨 재주로 응징하겠소?"

"……."

"그들을 응징하기 위해선 그들보다 더 강한 병력이 필요한데, 안타깝게도 지금 금군이나 팔기군, 그리고 황군의 수장들은 모두 위지흠이 부리기 쉬운 인물들로 교체가 되어 있는 판이오."

"……."

"게다가 황궁에서 흘러나오는 소식에 의하면, 폐하께서 우리의 참수를 막으려 하자 위지흠과 새북적혈련 쪽에서 양명 태자를 인질로 잡았다는 소문까지 있소."

"이, 인질?"

중인들은 입을 쩍 벌렸다. 대륙의 태자가 인질로 전락했다는 얘기에 어찌나 어이가 없는지 말문이 막혀 버린 것이다.

"병력을 움직일 수 있는 수장들을 자신의 수족으로 바꾸고 태자를 인질까지 잡고 있는 마당이니 황궁에서 우리의 아군은 이제 찾을 수가 없다고 봐야 하오."

"빌어먹을!"

아군이 없다는 만중왕의 말에 중인들의 표정이 어두워졌다.

어떡하든 위지흠의 야욕을 궤멸시켜야만 한다. 그렇지 못하면 또다시 사랑하는 가족과 함께 참형장에 끌려가는 일이 생길 것이다. 생각만 해도 몸서리쳐지는 일이었다.

그때 명의 황보허운의 아들인 황보주명 첨사가 입을 열었다.

"쥐 떼를 한 번 더 써먹으면 어떻겠습니까?"

"쥐 떼를?"

중인들의 눈빛이 반짝였다.

"하하, 그거 괜찮은 방법 같은데요?"

"그건 곤란합니다."

문득 그 앞을 스쳐 지나가던 화서생이 끼어들었다.

"한 번은 통해도 두 번은 통하지 않을 테니까요."

"왜 안 통한단 말이오?"

"그 이유가 뭐요?"

중인들은 의아한 표정으로 반문했다.

"이번에도 쥐 떼가 몰려들면, 그들은 아마 기름을 뿌려 불을 붙이거나 극양(極陽)의 신공을 익힌 고수가 화공을 펼칠 겁니다. 그렇게 되면 불붙은 쥐들로 인해 황도 북경은 불바다로 변하게 될 겁니다."

"음……."

북경이 불바다가 될 수 있다는 화서생의 얘기에 잠시 희색이 돌던 중인들의 얼굴이 다시 무거워졌다.

아무리 위지흠 일당을 처단하는 일이라지만, 수많은 양민들의 목숨과 재산을 희생시키면서까지 그럴 수는 없는 일이었다. 게다가 성공보다는 실패의 가능성이 더 많다고 하니 쥐 떼에 관한 얘기는 더 이상 나오지 않았다.

"그렇다면 대체 어디서 우리의 협조자를 구하지?"

황보주명이 허탈한 표정으로 넋두리를 늘어놓을 때였다. 누군가 하늘을 향해 손짓을 하며 소리쳤다.

"아니? 저게 뭐야?"

푸른 하늘에서 매 한 마리가 빙글빙글 선회를 하더니, 어느 한곳을 향해 신속히 날아왔다.

매가 날아온 곳은 철우가 있는 곳이었다. 그는 중인들로부터 떨어진 곳에서 영령, 초진양과 함께 앉아 있었다.

매의 다리엔 서찰이 묶여 있었다. 철우는 서찰을 펼쳐 보고는 이내 만중왕이 있는 곳으로 보냈다.

쓰으으.

철우의 손을 떠난 서찰은 너풀너풀거리며 만중왕의 앞으로 정확히 날아갔다.

"아니, 저 사람이⋯⋯?"

중인들은 발끈했다. 황족인 만중왕에게 서찰을 건네는, 공손치 못한 그의 태도가 심히 마땅치 않았기 때문이다.

"허허, 이 사람들, 별것도 아닌 일에 신경 쓰지 말라고. 생사검은 우리의 은인이야. 벌써 잊었나?"

"그야 그렇지만⋯ 그래도 태도가 영⋯⋯."

"괜찮아. 난 상관없어. 그나저나 무슨 내용이기에 서찰을 내게 보냈을꼬?"

만중왕은 가볍게 미소를 짓고는 서찰을 펼쳐 보기 시작했다.

철 대협, 이제야 연락을 하게 되어 정말 미안합니다⋯⋯.

만중왕은 눈을 크게 떴다. 눈에 익숙한 글씨체였기 때문이다.

"냉모⋯⋯."

그랬다. 그것은 바로 냉모가 철우에게 보낸 서찰이었던 것이다.

생각보다 많이 지체되었습니다. 나에 대한 지난날의 감정 때문인지 내 얘기는 전혀 통하지가 않았는데, 다행히 법문을 전파하기 위해 아미에 오신 소림의 혜공(慧空) 장로께서 내 얘기를 들으시고는 대신 장문인을 설득해 주셨습니다. 뿐만 아니라 혜공 대사께서는 소림, 그리고 무당을 비롯한 구파일방에 위지흠과 새북적혈련의 야합을 모두 알리자, 각파에서 최정예 무사들을 착출하기로 결정하였습니다. 위지흠과 새북적혈련의 야욕을 붕쇄하기 위해 그들과 함께 곧 북경에 도착할 예정이니 이 서찰을 받는 대로……

"오! 냉모가……!"

만중왕은 감격했다. 중원의 안녕을 위해 냉모가 무림인들을 규합하고 다닐 줄은 꿈에도 생각지 못했다.

만중왕으로부터 서찰을 건네받은 중인들은 그 내용을 확인하며 일제히 환호성을 질렀다.

"와아아!"

"와아! 구파일방의 최정예들이 몰려오고 있다니… 됐어! 이제야 말로 그놈들을 확실하게 밟아버릴 수 있다고!"

대항하고 싶어도 병력이 없어 좌절하고 있는 이들에게 어찌 이보다 더 큰 낭보가 있을 텐가? 기쁨에 찬 그들의 환호성은 신녀봉을 흔들고 있었다.

능진걸은 문득 철우를 쳐다보았다. 곁에 있던 영령과 초진양이 잠시 어디로 갔는지 그는 혼자였다.

능진걸은 술병 하나를 집어 들고 천천히 그의 곁으로 다가갔다.

"몸은 어떻소?"

능진걸은 옆에 앉으며 물었다. 철우는 무덤덤하게 대답했다.

"보시다시피 이젠 괜찮아진 것 같소."

"술 한잔하겠소?"

능진걸은 들고 온 술병을 건네주었다. 철우는 잠시 고개를 돌려 그의 얼굴을 보았다.

"고맙소. 그렇지 않아도 술이 마시고 싶었는데, 산적들이 담아두었던 밀주가 다 떨어졌다고 하더구려. 하여 술을 구하러 산 아래로 내려간 아우들을 기다리던 중이었소."

철우는 씁쓸한 미소를 짓고는 이내 술을 들이켰다. 그리고 능진걸에게 술병을 건네주었다. 능진걸도 가볍게 미소를 보인 후 이내 기분 좋게 들이켰다.

벌컥!

능진걸은 입술을 훔쳤다.

"생각보다 술맛이 좋구려. 산적들 밀주 담그는 솜씨가 제법인 것 같소."

"훗! 마시면서 나도 그렇게 생각했소. 그 친구들 노략질하지 않고 주점을 차렸으면 호강했을 것 같다고."

철우가 고개를 끄덕이며 대답했다. 능진걸은 잠시 철우의 옆모습을 바라보고는 무겁게 입을 열었다.

"아내에게 얘기 들었소."

"……!"

철우의 몸이 순간적으로 경직되었다.

"당신과 내 아내의 과거, 그리고 의천에 대한 것들까지 모두."

"……."

"때문에 난 더욱 당신을 이해할 수가 없소. 그냥 내가 죽도록 내버려 두었다면 당신이 사랑했던 여인과 당신의 아들까지 차지할 수도 있었을 텐데……."

철우의 표정이 어두워졌다.

"우린 그저 과거의 인연이었을 뿐이오. 그리고 그녀는 당신이 죽으면 따라 죽을 여인이었소."

"부용에 대한 애정은 식을 수 있다고 생각하오. 하지만 당신은 나를 살림으로써 피붙이를 되찾을 수 없는 결과까지 가져왔소. 왜냐하면 아무리 당신이 내 생명의 은인이라 할지라도 절대 우리 의천이를 양보할 생각이 없으니까 말이오."

능진걸은 단호하게 얘기했다. 철우는 다시 한 번 씁쓸한 미소를 입가에 떠올렸다.

"의천이 때문에… 그 아이 때문에 당신을 꼭 살리고 싶었소."

"그게 무슨 뜻이오?"

"난 자격이 없소. 의천이의 아버지는 당신이오."

"……!"

능진걸의 표정이 굳어졌다. 철우는 능진걸의 손에 쥐어져 있는 술병을 낚아챘다. 그는 다시 술병을 들이켰다. 이번에는 더 길고 오랫동안 술을 들이켰다.

"그 말… 진심이오?"

능진걸은 묻지 않을 수 없었다. 아무리 미천한 동물이라 해도 핏줄에 대한 이끌림은 어쩔 수 없는 본능이다. 하물며 인간이야 오죽하겠는가? 능진걸로선 그런 혈육의 정을 단호하게 자르고 있는 철우의 모습을 진실이라고 생각하지 않았다.

"말했듯이 난 아비 자격이 없소. 그 아이의 존재조차 전혀 모르고 있던 내가 이제 와서 어찌 아비 노릇을 할 수 있겠소?"

"하지만 그건 당신의 의지가 아니었잖소?"

"어찌 됐든 되돌아가기엔 너무 오랜 세월이 흘렀소, 구 년이란 너무도 긴 세월이."

"……."

"그리고… 내가 욕심내면 안 되는 가장 큰 이유는, 현재 그 아이의 아버지가 바로 당신이기 때문이오."

"그, 그건 또 무슨 얘기요?"

"그 아이가 나에게 배울 거라곤 칼 쓰는 것뿐일 거요. 하지만 올바른 사고와 인격을 갖춘 당신이라면 그 아이에게 많은 것을 가르쳐 줄 수가 있을 것이고, 훗날 그 아이가 이 땅의 큰 나무로 자랄 수 있도록 교육시킬 것이오, 지금껏 그래 왔던 것처럼."

"……."

"그리고 아이의 올바른 성장을 위해서 모친의 존재 역시 절대적인 것이기에 의천이에 대한 욕심을 포기할 수 있었소."

"……."

비록 아이를 포기하지만, 아이에 대한 뜨겁고 깊은 철우의 부정을 능진걸은 느낄 수 있었다.

'세상 그 어느 누구보다도 외로운 삶을 살았던 인물이다. 그렇기 때문에 혈육에 대한 정이 남다를 테건만, 자신의 욕심보다는 의천의 장래를 위하여 그와 같은 결단을 내리다니…….'

능진걸은 침울한 표정으로 철우를 응시했다. 아무나 할 수 없는, 결코 쉽지 않은 결정을 내린 철우에 대한 연민이 느껴졌다.

"능 영반, 당신을 믿소."

"……."

"믿기 때문에 이런 결정도 내릴 수 있던 거요."

"의천이는 내 아들이오. 난 그 아이를 올바른 사고와 인격을 갖춘 인물로 교육시킬 것이오. 내 아들이기 때문에."

"후훗! 됐소. 그것으로 난 족하오."

철우는 흡족한 듯 가볍게 웃었다. 능진걸도 그의 얼굴을 응시하며 미소를 지었다.

"능 영반, 그리고 이것은 어른들만의 비밀로 묻어주시오. 아이가 알아서는 좋을 게 없을 테니까."

"물론이오."

"고맙소."

철우가 손을 내밀자 능진걸은 그의 손을 잡았다. 생각보다 철우의 손은 따뜻하다고 능진걸은 생각했다.

"당신 덕분에 아주 홀가분하게 떠날 수 있을 것 같소. 사실 그동안 나답지 않게 머리가 많이 복잡했거든. 하하……."

"언제 떠날 생각이오?"

"술 사러 내려간 아우들이 올라오는 대로 곧 떠날까 하오. 이제 구파일방의 정예들이 합류하게 되면 내가 없어도 충분히 그들의 야욕을 꺾을 수 있을 테니까."

철우가 씨익 미소를 지으며 일어서려 하는 순간, 능진걸이 그의 팔목을 잡았다.

능진걸의 얼굴은 어느 때보다도 무겁고 심각했다.

"부탁이 있소."

"부탁?"

"항주성주 시절, 담 대인의 아들을 살해한 당신을 체포하기 위해 나름대로 당신을 조사한 게 있었소."

"……."

"세속에 오염된 포두들을 혼내주고, 어린 기녀의 가족들을 위해 갖고 있는 돈을 모두 건네줬을 만큼 사내로서 당신은 정말 매력이 있고 멋진 인물이었소."

"……."

"그런 당신이 자신의 친혈육인 의천이에게는 엄청나게 많은 사람을 죽인 살인마로 기억되고 있소."

철우의 신형이 순간적으로 크게 움찔거렸다.

살인마!

의천이로부터 그 말을 들었을 때 철우는 심장에 비수가 박히는 것 같은 고통을 느낀 바가 있었다. 어찌 다른 사람도 아닌 자신의 아들에게 그와 같은 이름으로 기억되고 싶겠는가?

"난 당신이 의천이가 갖고 있는 생부에 대한 그릇된 기억을 지워놓고 떠났으면 하오."

"그, 그게 무슨 의미요?"

"당신은 무림제일인인 생사검이오. 적도들이 아무리 강하다 할지라도 당신의 무공이라면 그들을 능히 물리쳐 나갈 수 있을 것이오."

"……."

"그러니 이대로 떠나지 말고 구국의 선봉장으로서 적도들을 궤멸하는 멋진 모습을 의천이에게 각인시켜 주고 떠나주시오. 당신과 의천이를 위해서……."

그 말을 끝으로 능진걸은 자리를 떠났다.

그의 모습이 보이지 않을 때까지 철우는 그 자리에 석상처럼 서 있었다.

'내 아들을 위해서……?'

넋 나간 표정으로 능진걸의 얘기를 머릿속으로 수없이 되뇌이며, 그는 아주 오랜 시간을 그렇게 서 있었다.

냉모와 구파일방의 정예 무사들이 합류했다.

만중왕 일행은 그들을 열렬히 환호했고, 곧바로 위지흠과 새북적혈련을 붕괴하기 위한 작전회의에 들어갔다.

"새북적혈련이야 어쩔 수 없지만, 금군이나 팔기군들과 우리가 싸울 이유는 없다고 생각합니다."

그동안 발언에 소극적이었던 능진걸은 이날따라 가장 많은 말을 토하고 있었다.

"하지만 그들은 우리에게 적개심을 품고 달려들 텐데 어찌 싸우지 않을 수 있단 말이오?"

쥐 떼를 통해 대항하자는 얘기를 꺼낸 적이 있던 황보주명 첨사가 이의를 제의했다.

"그들은 명령에 따라 행동하는 일개 병사들일 뿐입니다. 명령을 내리는 수장이 위지흠의 심복인 만큼 그 수장들만 제거해 버리면 굳이 그 많은 병사들과 싸우는 일은 없을 겁니다."

"수장이 없으면 그 다음 서열의 장수가 명령을 내릴 수 있도록 되어 있는데 그게 가능하겠소?"

"위지흠은 만중왕 전하와 가깝던 무장들을 급히 자신의 심복으로 갈아 치우느라 미처 그 밑의 장수들까지는 신경 쓰지 못했습니다. 때문에 그들은 그 위의 수장들처럼 위지흠에 대한 충성심이 깊지 못합니다. 게다가 외세인 새북적혈련과 중원의 구파일방 연합군 사이에 전투가 벌어지면 대의적인 명분을 생각해서라도 그들을 쉽게 도울 수가 없을 겁니다. 그들도 결국은 중원인이니까요."

"음… 듣고 보니 충분히 일리있는 얘기요."

"한데 금군총교두와 팔기대장군을 처리하는 게 어디 쉽겠소? 그들도 엄청난 무공을 보유하고 있는 장군들인데."

"생사검이 나섰다면 몰라도, 그렇지가 않다면 그들을 제거하기가 결코 만만치가 않을 것이오."

또다시 중인들의 반론이 터져 나오자 두 명의 인물이 자리에서 일어났다.

"그중 한 놈은 내가 맡죠, 내 전공이 원래 암살이니까."

"나머지 한 사람은 제가 맡겠소이다."

일어난 두 사람의 인물.

그들은 영령과 백당춘이었다.

第三十七章

고맙다

어둠에 잠긴 침실에 검은 무복의 인물이 마치 유령처럼 침입했다.

"헉! 네놈은 누구냐?"

와룡창 금군총교두는 머리맡에 둔 자신의 애검을 잡으며 잠자리에서 벌떡 일어났다.

그러나 침입자는 결코 그의 반격을 허락하지 않았다.

"컥!"

애검을 미처 반도 뽑기 전에 와룡창은 눈을 까뒤집으며 외마디 신음을 토했다. 그리고 썩은 통나무처럼 쓰러지고 말았다.

"꾸룩… 꾸룩……."

쓰러진 그의 미간에서 검붉은 피와 함께 뇌수가 흘러나왔다.

"내참… 이깟 놈들 암습하는 건 일도 아니라니까. 제아무리 절정고수라 할지라도 무음지 한 방이면 끝나 버리거든."

무음지.

참형장에서 망나니들을 소리없이 황천길로 보내 버린 흑야문의 가공할 독문비기.

그랬다. 어둠 속에서 자신의 중지를 보며 대수롭지 않은 표정으로 툴툴거리고 있는 침입자는 바로 영령이었다.

같은 시각.

"아, 아니? 이놈! 감히 여기가 어디라고!"

잠에서 인기척을 느끼고 깨어난 팔기대장군 공손부는 어둠 속의 침입자를 향해 커다란 감산도를 휘둘렀다. 하북팽가와 더불어 도법의 양대 명문으로 꼽히는 산동좌도문(山東左刀門) 출신으로, 무공만으로 따진다면 문주인 좌천상(左千常)을 능가한다는 평가를 받았던 공손부였다.

하지만 그의 감산도는 초식을 제대로 전개하기도 전에 흰머리 성성한 백발의 침입자가 뻗은 권강에 의해 허공에서 산산이 박살나고 말았다.

"헉!"

공손부의 시꺼먼 얼굴이 하얗게 탈색됐다. 그동안 수많은 고수들을 보았지만 이렇게 엄청난 무공을 소유한 인물은 처음이었다.

"대… 대체 당신은 누… 누구……."

그는 상대의 정체를 묻고 싶었으나 미처 질문조차 끝낼 수가 없었다.

우직!

상대의 주먹이 천둥처럼 자신의 면상에 꽂혔기 때문이다.

공손부는 연체동물처럼 쓰러졌다. 그의 얼굴은 이목구비를 알아볼 수 없을 정도로 우그러졌다.

"쯧쯧, 겨우 이 정도 무공으로 팔기대장군 노릇을 하다니……."

백발의 침입자 백당춘은 혀를 차며, 예상보다 낮은 황궁 장수들의 무공 수준을 안타까워했다.

*   *   *

월향루.

북경제일의 기루인 이곳에서 위지흠과 낭리하중이 지난번처럼 술잔을 기울이고 있었다. 하지만 지난번의 화기애애한 분위기와는 달리 오늘은 냉랭한 기류가 흐르고 있었다.

"이, 이보시오, 대종사. 지금 그게 무슨 말씀이오? 표화장에 있는 병력을 이끌고 항주로 내려가겠다니?"

위지흠은 황당하다는 표정으로 낭리하문을 바라보았다.

"태감께서 그때 분명히 약속하셨잖소, 보름 안에 모든 것을 다 끝내겠다고. 약속대로 보름이 되었소. 우린 이제 항주로 내려가서 우리의 황도를 건설하겠소."

낭리하중은 단호하게 대답했다.

"무, 물론 그렇게 약속한 것은 사실이오. 하나 그때와는 상황이 바뀌었잖소이까!"

위지흠은 속이 타기라도 하듯 차를 벌컥 들이키고서야 재차 말을 이어나갔다.

"만중왕 일당이 도주를 하는 바람에 많은 문무 대신들이 또다시 갈피를 못 잡고 흔들리고 있는 마당인데, 벌써 병력을 이끌고 항주로 내려간다면 어찌 되겠소? 그렇게 되면 만중왕에게 다시 기회를 주는 결과밖에 안 되잖소이까?"

"이미 모든 병력이 태감의 휘하에 들어온 마당에 만중왕이 무슨 재주로 기회를 노릴 수 있겠소? 도망쳤다 해도 그는 이제 날개 꺾인 신세에 숨어 있기만도 바쁜 사람일 뿐이오. 그런 식으로 자꾸 연기된다면 어느 세월에 우리가 장강 이남에 터전을 잡겠소? 게다가 부하들의 불만도 지금 한계에 달한 상태요."

"……."

"그만 항주로 내려갈 테니, 약속대로 우리가 황도를 건립할 수 있도록 적극 협조해 주시오."

'만중왕 그 자식도 처단하지 못했는데 약속부터 지키라니, 환장하겠군. 이렇게 융통성없이 앞뒤로 콱 막힌 인간이 있다니…….'

위지흠은 답답했다. 비록 황궁의 실권을 장악하기는 했으나 아직도 그에게 호의적이지 못한 문무백관이 더 많은 상황이었다.

그렇기 때문에 만중왕을 신속히 처리하여, 어쩔 수 없이 대신들이 자신에게 충성할 수밖에 없도록 만들려고 했다. 하지만 그것은 만중왕 일당의 탈출로 허사가 되었다.

그런 판국에 무조건 약속을 지키라니 그의 속이 어떻게 답답하지 않을 수 있겠는가. 하지만 부하들을 데리고 내려가겠다는 결심이 이미 서버린 낭리하중을 막을 도리는 없을 것 같았다.

위지흠이 겪은 낭리하중은 융통성이 없는 대신 신의를 목숨처럼 생각하는 인물이었다. 때문에 낭리하중이 하겠다는 일을 막을 수는 없었다. 만약 그랬다가는 신의없는 인간이라며 그의 손에 먼저 죽임당할지도 모른다. 그는 분명 약속을 못 지키는 것이 아니라, 안 지킨다고 생각할 테니까.

하지만 위지흠으로선 그가 새북적혈련의 병력을 이끌고 항주로 내려가도 걱정이었다. 항주는 물론, 강남 땅에 있는 어느 누가 그들의 황도 건립에 협조를 하겠는가?

자신이 황위에 오른 후 장강 이남의 관리들에게 황명을 내리면 그게 가능하겠지만, 지금으로선 그저 요원할 따름이었다. 만중왕 일당을 처단하지 않으면 모든 게 불가능한 상황이었으므로.

'그래, 갈 테면 가라. 어차피 그렇게 마음먹은 이상 막을 수도 없고, 그사이에 또 무슨 일이 어떻게 변할지도 모르는 법이니까.'

그렇게 시간이라도 벌자는 마음으로 생각을 굳힌 위지흠은 낭리하중을 향해 손을 내밀었다.

"알겠소. 그럼 부하들을 데리고 내려가시오. 약속한 대로 최선의 조치를 취해두겠소."

낭리하중은 그가 내미는 손을 잡으며 대답했다.

"그 약속 믿고 떠나겠소."

두 사람의 마주 잡은 손이 잠시 허공에 머무는 그 순간,

"태, 태감님, 큰일났습니다!"

지난번 기루에 있는 위지흠을 찾으러 왔을 때와 똑같은 모습으로 금감석이 뛰어왔다.

"무슨 일인가? 만중왕이 숨어 있는 곳을 찾기라도 했는가?"

"헥헥… 그런 일이라면 오죽 좋겠습니까?"

"하면 뭔가?"

"구파일방의 무리들이 지금 새북적혈련이 있는 표화장을 기습했다고 합니다!"

"뭣이라?"

위지흠과 낭리하중의 얼굴이 동시에 딱딱하게 굳었다.

"그놈들이 어째서 그곳을 습격한단 말이냐?"

"젠장! 그 망할 놈들이 만중왕과 행동을 함께하기로 했다고 합니다. 그래서……."

그 순간,

휘리릭!

금감석의 말이 미처 끝나기도 전에 낭리하중의 신형이 갑자기 허공으로 날아오르는가 싶더니 이내 사라져 버렸다. 그만큼 구파일방의 기습은 그에게 충격적인 일이었다.

충격은 위지흠에게도 마찬가지였다.

"그렇다면 금군총교두와 팔기대장군도 이 사실을 알고 있나?"

"모르셨습니까? 그들은 오늘 새벽에 암살당했습니다."

쿵!

위지흠의 머리가 심하게 울렸다. 구파일방의 기습만큼이나 그들의 죽음 또한 감당 못할 충격이었다.

"빌어먹을! 내가 이러고 있을 때가 아니다. 궁으로 가야겠다."

그 역시 급히 자리에서 일어나고 있었다.

*   *   *

"폐하! 무엇을 망설이십니까? 어서 폐하께서 직접 명을 내리십시오!"

위지흠은 다급한 표정으로 영극제에게 소리쳤다.

당연히 다급할 수밖에 없었다.

황궁으로 돌아온 그는 금군의 이세륭(李世隆) 수석 교두와 팔기군의 이인자인 조인(曹寅) 장군을 불러 표화장으로의 출동을 명령했다. 그러나 그들은 그 명령을 받아들이지 않았다. 중원에 들어온 외세를 내몰기 위해 무림인들이 공격하는 것인데 무슨 명분으로 무림인들과 싸울 수 있냐는 게 그들의 이유였다.

아무리 위지흠이 실권을 쥐었다고 해도 직접 병력 출동을 명령할 수는 없었다. 실권을 쥐었어도 그는 여전히 태감이었다. 때문에 그는 황명으로라도 병력을 출동시키기 위해 영극제를 찾게 된 것이었다.

"그들이 아무리 새외의 이방인들이라 할지라도 황실의 평화를 위해 몸을 던져 협조했던 사람들입니다. 이럴 때 그들을 돕지 않는다면 그들은 폐하께 배신감을 느끼게 될 것이고, 그렇게 되면 무슨 짓인들 할지 모르게 됩니다."

"무슨 짓이라? 예를 들면 우리 양명 태자를 해칠지도 모른다, 그 말이오?"

"그, 그렇습니다. 그들의 손에 태자님이 계십니다. 배신당했다는 생각이 들면 그들은 분명 태자님을……."

"음… 그럴 수 있으면 그렇게 하라고 하시오. 난 태자를 인질로 잡는 그런 친구들이 순수하게 황실의 평화를 위해 협조했다고 생각하지는 않으니까."

"……!"

너무도 대범한 영극제의 반응에 위지흠은 당황했다.

'이게 무슨 일이지? 이 소심한 인간이 이렇듯 배짱 좋게 나올 리가 없는데……'

영극제는 당황하는 그의 얼굴을 향해 너무도 덤덤하게 말했다.

"뭘 꾸물거리시오? 어서 새북적혈련에 가서 우리 태자를 죽이든 말든 맘대로 하라고 전하라니까."

"폐하, 정말 태자께서 희생당해도 괜찮다는 말씀이십니까?"

"물론이오. 어떤 경우에라도 우리 태자가 죽는 일은 없을 테니까."

영극제가 의미심장한 미소를 흘리는 순간,

드르륵!

문이 열리며 붉은 곤룡포를 입은 어린 꼬마를 안고 있는 건장한 체구의 사내가 들어섰다.

"아, 아니?"

꼬마를 본 위지흠의 눈이 찢어질 듯 크게 확대되었다. 꼬마는 다름 아닌 양명 태자였던 것이다.

영극제는 눈에 핏발을 세우며 노성을 질렀다.

"발칙한 놈, 새북적혈련에서 납치를 했다고? 우리 양명 태자를 납치한 놈은 바로 네놈이었어!"

'빌어먹을! 어, 어떻게 알았지?

위지흠은 몸을 덜덜 떨면서 머리를 굴렸다. 그러나 아무리 생각해도 곤경에서 벗어날 방법이 떠오르질 않았다.

'소나기는 피하는 게 최선이다. 일단 피하고 보자.'

그는 신속하게 자리를 박차고 일어나며 도망치기 시작했다. 전혀 무공을 모르는 사람답지 않게 도망치는 그의 움직임은 그야말로 번개 같았다.

하지만 그럼에도 불구하고 그는 문지방조차 넘지 못했다.

번쩍!

날카로운 한줄기 섬광과 함께 그의 목이 동체를 이탈했다. 미처 비명도 지르지도 못한 사이에.

털퍽! 텅!

몸이 먼저 쓰러진 후 허공에 떠올랐던 그의 머리가 바닥에 떨어졌다. 자신의 죽음을 믿을 수 없는 듯 그는 동그랗게 눈을 뜨고 있었다.

"아바마마……."

어린 태자는 처음 대하는 사람의 죽음이 끔찍한 듯, 영극제의 품으로 달려갔다. 영극제는 태자의 등을 두들기며 진정시켜 주었다. 그러면서 위지흠의 목을 친 사내를 향해 미소를 지었다.

"고맙소, 생사검."

생사검!

그랬다. 사내는 바로 철우였다.

철우는 새북적혈련에 태자가 인질로 잡혀 있다는 소리를 들었을 때 의혹을 느꼈다.

그는 얼마 전 혈붕대조 천붕악으로부터 대종사에 관한 애기를 들은 바가 있었다. 그는 지난날 중원의 최고 고수였던 자신이 십초지적도 되지 못할 정도로 엄청난 무(武)의 신(神)이라고…….

그렇듯 절대 경지에 오른 인물이 어린 꼬마를 인질로 잡는 치졸한 짓을 할 리는 없다고 생각했다. 어느 계통이든 일가를 이룬 사람은 유치하거나 치졸할 수가 없다.

정상은 남보다 더 큰 노력, 더 큰 고행의 길을 걸은 자만이 앉을 수 있는 자리다. 쉽고 빠른 편법을 뇌리에 떠올리는 사람이라면 결코 무의 절대 경지를 터득할 수가 없다는 것을 철우는 너무도 잘 알고 있었다.

때문에 그는 태자가 인질로 잡혀 있다는 소리를 들었을 때, 위지흠을 의심했다. 삶 자체가 권모술수인 위지흠이라면 능히 그런 짓을 할 수 있으리라고 생각했던 것이다.

하여 그는 이십사아문에서 일을 하고 있는 태중을 찾았다. 그리고 그에게 조사를 시켰다. 그 결과 위지흠이 태자를 납치한 후 자신의 거처에 은밀히 데리고 있다는 것을 알게 되었던 것이다.

"나의 경솔로 하마터면 어처구니없게 죽임을 당할 뻔했던 숙부와 여러 신료들을 구한 사람이 그대였다고 들었는데, 이번에 또다시 그대에게 큰 빛을 지게 되었구려."

영극제는 씁쓸한 미소를 지으며 입을 열었다.

"소원이 있다면 말해보시오. 비록 힘없는 황제지만 그대의 소원이라면 뭐든 들어주겠소."

"폐하, 지금 구파일방의 정예 무사들이 목숨을 내걸고 새북적혈련과 혈전을 벌이고 있습니다. 구파일방의 정예들인 만큼 쉽게 당할 리는 없겠지만, 새북적혈련 역시 중원 침략을 위해 오랜 시간 동안 무공을 연마했던 무시 못할 존재들입니다. 금궁위사단에게 출동 명령을 내려주십시오."

금궁위사단(禁宮衛士團).

그곳은 이미 만중왕부에 출현하여 만중왕과 그 일행들을 검거하는 데 앞장섰던 부대였다. 신기에 가까운 살인 기술을 갖고 있다는 팔십일만금군의 최정예 부대로 그들이 구파일방의 고수들을 지원한다면 확실하게 승기를 잡을 수 있을 것이라고 철우는 생각했다.

영극제는 자신의 이마를 탁, 하고 쳤다.

"오호… 이런! 지금 그와 같이 엄청난 혈전이 벌어지고 있다는 것을 내가 잠시 잊고 있었구먼. 알겠소, 지금 즉시 출동시키겠소."

"감사합니다, 폐하."

철우는 포권지례를 한 후 급히 자리를 떴다. 멀어지는 철우의 뒷모습을 바라보며 영극제는 씁쓸한 미소를 지었다.

'위지흠 같은 자를 충신이라 생각하고 당신 같은 의인을 살인마로 알고 있었다니… 앞으로는 국정을 운영할 때 보이는 것만이 아닌 감추어진 이면까지 헤아리는 그런 황제가 되도록 노력하겠소.'

*   *   *

"와아아아!"

"새북적혈련의 무리들이여! 두 번 다시 너희들이 헛된 야욕을 품을 수 없도록 확실하게 밟아주겠다!"

"으아악!"

"헛소리 집어치워라! 백 년을 기다려 왔다. 중원 대륙은 이제 우리의 몫이다!"

까앙! 챙! 챙!

검과 검이 부딪치고 창과 창이 맞부딪치는 날카로운 금속성의 소음들.

푹! 우두두둑!

각종 병기들이 살을 꿰뚫고 뼈를 으스러뜨리는 섬뜩한 파육음과 쇄골음……

"크아악!"

그리고 생을 마감하는 처절한 단말마의 비명에 이르기까지, 각기 다른 여러 음향이 불타는 석양 노을 아래 뒤엉키며 넓은 표화장의 정원을 시산혈해로 만들어가고 있었다.

구파일방의 최정예들은 과연 대단했다. 특히 사, 오십대의 무림인들은 풍부한 경험과 높은 기량으로 경비를 서고 있던 일진을 쓰러뜨려나갔다.

하지만 이곳은 다른 곳도 아닌 오랜 세월 동안 얼어붙은 동토에서 삶을 영위하며 대륙 정벌이라는 꿈을 키워 온 북방 오대부족국 무인연합체인 새북적혈련의 집결지.

역시 소문처럼 이들의 무공 또한 대단했다. 성난 이리 떼처럼 몰려드는 중원무림인들의 저돌적인 공격을 조금의 두려움도 없이 정면으로 대응하고 있었다.

채채챙!

"으아악!"

병장기의 마찰음과 비명이 끝없이 이어지는 난전 속으로 하나의 인영이 뛰어들었다. 호리호리한 체형에 매섭게 연검을 휘두르는 검은 무복의 여인.

그녀는 바로 영령이었다.

츄리리릿!

마치 오랫동안 이 순간의 결전을 기다려 온 사람처럼 그녀는 연검을 쉴 새 없이 움직였다. 전장을 휘젓는 영령의 모습은 더욱 아름다웠고 활기가 넘쳤다.

그녀는 하늘을 나는 새를 연상시켰다.

한쪽 다리를 들고 연검을 쭈욱 뻗을 때는 한 마리의 학이었고, 적도들의 공세를 피하며 그들의 얼굴 위로 넘실거릴 때에는 제비가 되었다. 그리고 허공에서 연속적으로 공세를 펼칠 땐 독수리가 되기도 했다.

그녀의 동작은 아름다웠고, 얼음처럼 차가웠다. 봄날 능선 위에 피어나는 아지랑이가 되기도 했고, 여름날 모든 것을 날려 버릴 듯한 광풍이 되기도 했다.

영령의 연검이 춤을 출 때마다 적도들은 속절없이 쓰러졌다. 그녀는 중원제일의 대살수였던 흑혈천주 사도혼의 유일한 혈육답게, 그리고 신흥 무림명가인 사도세가의 가주답게 확실히 강했다.

발군의 실력으로 전장을 휘젓고 있는 인물은 그녀 외에도 또 있었다. 백당춘이었다.

강호 활동이 없었던 탓에 영명을 떨치진 못했지만, 구파일방의 정예들과 새북적혈련의 막강 무사들 사이에서도 그의 무공은 단연 독보적이었다.

피이이잇!

평범한 붓으로 수많은 필영(筆影)을 뿌리며 적도들의 숨통을 끊어놓았고,

꽝! 꽈꽈꽝!

장심에서 뻗어 나오는 장력은 천번지복의 굉음을 울리며 적도들의 갈비뼈를 으스러뜨렸다.

안타깝게도 새북적혈련에선 백당춘을 막을 만한 인물이 나오지 못하고 있었다.

삼십 년 전 중원제일 고수였던 무공 서열 이위인 혈붕대조와 서열 육위의 대마두인 독목백정은 철우의 손에 죽었고, 서열 십위인 관외삼

귀는 백당춘에게 이미 당한 상태였다.

서열 삼위인 오록호리는 소림의 십팔나한들과 혈전을 벌였고, 서열 사위인 장미신타는 화산의 매화검수들에게, 서열 오위인 구루한은 무당의 오행검진에 갇힌 상태에서 악전고투를 벌이고 있었다.

하여 서열 십 위권 밖의 인물들이 덤볐지만, 그들은 한결같이 백당춘의 오초지적도 되지 못한 채 쓰러지고 말았다.

대세가 서서히 중원인들 쪽으로 기울고 있는 순간, 결정적으로 힘의 균형을 무너뜨리는 새하얀 무복의 사내들이 마치 하늘에서 떨어지는 함박눈처럼 등장했다.

"와아아아!"

그들은 오백 명으로 구성된 금군 최강의 부대인 금궁위사단이었다.

챙! 파파팍!

"으악!"

"크아악!"

금궁위사단의 무사들은 검과 도를 비롯하여 심지어는 삭과 낫과 같은 각기 다른 병기를 들고 지쳐 있는 적도들을 척살했다. 그들의 출현으로 새북적혈련의 침몰은 더욱 가속화되고 있었다.

"……."

낭리하중은 크게 당황했다.

무릇 대규모의 전투에서 승패를 결정하는 것은 바로 군사들의 사기이거늘, 새북적혈련의 무사들은 완벽하게 기가 꺾인 반면 중원 무사들의 기는 하늘을 찌를 듯 계속 치솟아오르고 있었기 때문이다.

실패 후 백 년을 기다려 온 중원 침공.

지난날 선조들의 실패를 교훈 삼아 이번에는 위지흠이라는 황궁 내부의 조력자를 통해, 일단 대류의 반이라도 보다 안전하고 확실하게 먹으려 했다. 그리고 이제 병력을 장강 이남으로 옮겨 그 터전을 마련하는 일만 남았다고 생각했는데 이날까지 동거동락했던 부하들이 그의 눈앞에서 피를 토하며 죽어가고 있었다.

이것은 그의 계산에 전혀 넣지 않은 예기치 못한 대참변이었다.

그의 분노는 하늘에 달했고, 그의 눈에선 시퍼런 안광이 번뜩였다.

'이, 이놈들! 용서하지 않겠다!

그는 어금니를 짓씹으며 격전의 중심으로 달려들었다. 발은 지면에 닿지도 않은 채 그의 신형은 공간을 가로질렀다.

콰우우웅!

그의 우수가 불을 뿜었다.

콰콰쾅!

"으아아악!"

엄청났다. 그리고 전율스러울 정도로 가공했다.

단 한 번의 초식에 소림의 십팔나한들이 칠공에 피를 토하며 쓰러지고 말았다.

"그대가 대종사란 작자인 모양이군. 안 나타나기에 겁먹고 도망친 줄로 알았더니만."

영령은 연검을 굳게 움켜쥐며 그를 싸늘하게 응시했다. 낭리하중은 가소롭다는 듯 조소를 토했다.

"흐흐, 감히 어린 계집이 본좌를 상대하겠다는 것이냐?"

"못할 것도 없지. 계집이라도 중원에선 내가 제법 이름을 날리고 있는 분이시거든."

빈정거리는 음성과 함께 영령은 벼락처럼 선공을 감행했다.

츄리리릿!

그녀의 연검이 잔뜩 독이 오른 칠점사마냥 낭리하중의 숨통을 향해 짓쳐들었다.

"흐흐, 제법이군. 하나… 그걸로 너의 공격은 끝이다."

낭리하중은 전혀 피할 생각조차 하지 않고 우수를 쳐들었다. 그의 전신에서 붉은 후광이 피어나더니 이내 그의 우수로 몰려들었다.

순간,

"영령, 최대한 뒤로 물러서라!"

다급한 철우의 외침이 터졌다. 그와 동시에 붓통이 무서운 속도로 낭리하중을 향해 쏘아갔다.

낭리하중은 흠칫하더니 우수에 끌어 모은 공력을 날아오는 붓통에 뿌렸다.

쾅! 콰콰콰콰쾅……!

장력에 격중되자 붓통은 어마어마한 폭발을 일으켰다. 지축이 흔들리며 흙먼지가 뭉게구름처럼 피어올랐다. 수많은 무사들이 얼굴과 옷이 흙먼지로 뒤덮여 버렸다.

붓통 안에 든 폭약은 언젠가 초진양이 적린화의와 함께 건네주었던, 비록 작지만 그 어떤 폭약보다도 폭발력이 강하게 개발했다는 뇌정발탄이었다.

폭발로 인한 엄청난 후폭풍이 있었으나 낭리하중은 조금도 뒤로 물러서지 않았다. 대신 옷이 갈기갈기 찢겨져 나갔고, 다른 사람들처럼 흙먼지에 뒤덮였을 따름이었다.

"혈붕대조 선배가 어째서 무의 신이라고 칭했는지 알 것 같구려. 정말 대단한 신위요. 엄청난 폭발 속에서도 물러섬없이 꼿꼿이 자세를 취하고 있다니……."

혈붕대조라는 이름이 나오자 낭리하중의 눈이 무섭게 이글거렸다.

"네놈인가, 혈붕대조를 쓰러뜨렸다는 젊은 놈이?"

"쓰러뜨렸다기보다는 약간 운이 좋았을 따름이었소."

"네놈이 계집 대신 본좌를 상대할 생각으로 나타난 모양인데, 듣기 역겨우니까 그만 겸손 떨고 먼저 손을 쓰시지."

"고맙소. 그럼 예의상 젊은 놈이 먼저 손을 쓰겠소."

가벼운 미소와 함께 철우의 발이 천천히 앞으로 움직이기 시작했다.

"타앗!"

지면에서 도약하는 것과 동시에 철우는 주먹을 뻗었다. 그의 주먹에서 맹렬한 권풍이 쏟아져 나왔다.

미친 듯이 쏟아지는 철우의 권풍을 낭리하중은 장력으로 맞받아 쳤다.

콰앙! 콰콰쾅!

순식간에 경기에 휘말려 솟아오른 풍사는 자욱하게 하늘을 뒤덮었다. 이후로도 수십 차례의 권풍과 장력이 격돌하며 천지가 요동쳤다.

쐐애애액!

파츠츠춧!

한 사람은 철검을, 그리고 또 한 사람은 시뻘건 적혈도(赤血刀)를 어느새 뽑아 들고 격렬하게 부딪쳐 갔다. 가공할 검강이 대기를 갈랐고 도강은 해일처럼 몰아쳤다.

그 엄청난 경동과 강기를 견디다 못한 나머지 그들이 격돌하고 있는 대지는 심한 균열이 일어났다.

모든 중인들이 싸움을 멈춘 채 넋이 나간 표정으로 지상 최대의 대격돌을 바라보고 있었다.

구경하고 있는 사람들 중에 능진걸 부부와 의천이 있다는 것을 백당춘은 발견했다. 그는 능진걸의 곁으로 다가갔다.

능진걸이 물었다.

"누가 승리할 것 같습니까?"

"글쎄요⋯⋯."

"저 두 사람⋯ 백 사범님과 비교하면 어떤가요?"

"허허, 계속 어렵고 곤란한 질문만 하시는군요."

백당춘은 가볍게 미소를 지으며 말을 이었다.

"승패는 겨뤄봐야 아는 것이겠지만, 느낌상 아마도 제가 이길 수는 없을 것 같습니다. 저 두 사람이야말로 진정한 무의 신처럼 느껴지는군요."

"그것은 저들 중 승리하는 자가 천하제일인이라는 의미로 해석해도 되겠습니까?"

"천하에 숨은 고수가 많기는 해도 왠지 저들과 같은 공전절후의 고수가 존재할 것 같지는 않군요. 저 두 사람은 이미 인간의 경지를 넘었으니까요."

그 순간,

콰콰콰콰!

낭리하중의 적혈도 끝에서 열 개의 도강이 폭사되며 철우의 전신에 짓쳐들었다. 그것은 실로 상상을 불허하는 엄청난 광경이었고, 대라신선도 피할 수 없을 것 같았다.

"타아아앗!"

철우의 입에서 우렁찬 사자후가 터졌다.

그는 무림 사상 가장 현묘한 신법인 미종비천술을 펼치며 현란하게 조여드는 낭리하중의 도강 속으로 빛처럼 쏘아들었다. 또한 동시에 이 날까지 단 한 번도 펼치지 않았던 무정천풍검법의 마지막 초식인 무정파천황(無情破天荒)을 펼쳤다.

무정파천황.

철우의 부친이자 검신으로 불리던 무정검 철수황조차 공력이 부족해서 전개할 엄두조차 내지 못했다는 검식이 철우의 손을 통해 처음으로 세상에 펼쳐지는 순간이었다.

창졸간에 철우의 신형이 시꺼먼 어둠으로 뒤덮여 버리고, 그 속에서 수백 줄기의 검은 묵강이 부챗살처럼 뻗어 나왔다.

낭리하중의 안색이 급변했다. 그리고 느꼈다.

인간의 능력으로는 도저히 피할 수도, 그렇다고 막을 수도 없는 무공이라는 것을.

낭리하중은 더 이상 어찌해 볼 수 없는 절망 속에서 마지막 최후의 진기까지 끌어올리며 맞받아 쳤다.

콰콰콰쾅—!

천번지복의 굉음이 울리고, 천지가 검은 광망의 폭우 속에 갇힌 것 같았다. 그 엄청난 광망의 폭우를 뚫고 한 인물이 먼저 모습을 보였다.

"커으윽!"

먼저 모습을 드러낸 인물은 검붉은 선혈을 울컥 토했다. 이어 그는 신형을 크게 비틀거리더니 마침내 무릎을 꿇었다.

낭리하중이었다.

서서히 걷히는 광망과 함께 모습이 드러난 철우를 보며 그는 허탈한 표정을 지었다.

"천하에… 나의 적수는 없다고 믿었는데……."

그의 몸이 격하게 흔들렸다.

"중원을 얻지 못한 좌절보다… 패배의 상처가 더욱… 아프고… 크게 느껴지는군……."

잦아드는 음성과 함께 그의 신형이 뒤로 젖혀졌다.

쿠웅!

위지흠과 손을 잡고서라도 중원의 대지를 얻고 싶어했던 새북적혈련의 대종사 낭리하중은 이렇게 최후를 마쳤다.

그가 죽자 남아 있던 새북적혈련의 무사들은 싸울 의욕을 잃은 듯, 병기를 떨어뜨리며 무너지듯 주저앉았다.

이로써 격렬했던 대혈전도 막을 내리고 말았다.

"오라버니!"

격전이 끝나자 영령은 미친 듯이 달려와서 그를 부축했다. 비록 승리를 했으나, 부축을 받지 않고는 서 있기조차 곤란할 정도로 그의 육신은 만신창이 되어 있었다.

'의천아! 보았느냐? 그는 살인마가 아니란다. 약한 자를 위하거나, 조국이 필요할 때에만 검을 뽑은 진정한 천하제일인이 바로 너의 생부다.'

능진걸은 이렇게 말해주고 싶었다. 하지만 그럴 수 없었다, 그렇게 되면 철우가 더욱 힘들어질 것 같기에.

철우는 영령의 부축을 받으며 능진걸 가족의 앞으로 다가왔다. 의천이가 한 발 앞으로 나섰다.

"미안해요, 아저씨."

철우는 의아한 표정을 지었다.

"뭐가?"

"지난번에 아저씨께 칼 들고 기습한 거, 그리고 살인마라고 소리친 거 모두……."

"아니다. 네 입장에서 그건 당연히 할 수 있는 일이다. 난 네 외할아버지를 해친 나쁜 사람이니까."

"얘기 들었어요. 외할아버지가 먼저 아저씨를 배신하고 살해하려 했다고… 때문에 아저씨로선 그렇게 할 수밖에 없었다고……."

철우는 씁쓸한 미소를 지으며 의천의 머리를 쓰다듬었다.

"네가 그렇게 이해해 주니 정말 고맙구나. 난 다른 사람보다도 네가 날 미워하는 게 두려웠거든."

"왜요?"

의천은 눈을 동그랗게 뜨며 물었다. 철우는 가볍게 대답했다.

"아저씨는 네 아빠의 친구니까."

"……?"

의천은 고개를 갸웃거리더니 이내 능진걸을 바라보았다.

"아빠, 정말 이 아저씨가 아빠의 친구예요? 엄마는 엄마 친구라고 했는데……."

능진걸은 가볍게 미소를 지으며 말했다.

"예전엔 엄마의 친구였는데 지금은 엄마보다 더 가까운 아빠의 친구가 됐지."

"그러니까 엄마의 친구도 되고 아빠의 친구도 되는 거로군요."

"그런 셈이지."

의천이가 묻자 철우는 고개를 끄덕였다. 그리고는 무릎을 굽히며 의천이와 눈높이를 맞췄다.

"의천아."

"예."

"아저씨 부탁이 있는데 하나만 들어줄래?"

"그게 뭔데요?"

"아저씨 한 번만 안아줄 수 있겠니?"

"……?"

의천은 혼자 결정하기가 어려운 듯 능진걸과 부용을 쳐다보았다. 능진걸이 미소를 띠며 고개를 끄덕였다.

의천은 어색한 모습으로 철우를 안아주었다. 어린아이의 작은 몸뚱어리가 자신의 가슴에 닿자 철우는 본능적으로 꼬옥 끌어안았다.

'의천아! 고맙다. 이렇게 영특하게 자라주어서, 그리고 못난 아비를 기꺼이 안아주어서…….'

*　　　　*　　　　*

달은 다소 찌그러졌지만 빛은 밝았다.

밤 깊은 관도 위로 일남일녀가 긴 그림자를 드리우며 나타났다.

영물로 불리는 설산백원이 사내의 어깨에 앉아 있었고, 여인은 못마땅한 표정으로 사내를 쳐다보고 있었다. 철우와 영령이었다.

"오라버니를 정말 이해할 수가 없어요."

"뭐가?"

"그렇게 가슴 아플 걸 알면서 왜 아들을 양보했어요?"

"말했잖아, 난 그 아이를 훌륭하게 키울 자신이 없다고."

"젠장! 오라버니가 못 키울 것 같으면 대신 내가 키우면 되잖아요."

"……."

철우는 물론 반반도 휘둥그런 눈으로 영령을 쳐다보았다.

"네가? 네가 왜?"

"그걸 지금 몰라서 물어요?"

"넌 안 돼. 네가 잘하는 건 술 마시는 것과 싸우는 것뿐이잖아."

"어째서 그것뿐이에요? 언제는 내가 해준 요리가 제일 맛있다고 해놓고선……."

"내가 그랬나?"

"치잇! 이젠 완전 폐물이 다 됐군. 자기가 한 말도 벌써 다 잊고 있다니……."

"그런 폐물한테 어째서 관심이 있는 거냐? 말 좀 해봐라. 대체 나 같은 놈 뭐 볼 게 있다고 좋다는 건지."

"치사하게… 그걸 지금 질문이라고 하는 거예요? 나도 자존심이 있는 여자라고요."

"곰곰이 생각해 봤지만 너와 난 안 돼. 될 수가 없어."

"어째서요?"

"너희 아버지가 유언까지 남기셨잖아? 너에게 흑심 품지 말라고."

"난 또 뭐라고. 그건 상관없어요. 내 쪽에서 흑심을 품은 거니까."

"끙… 그거 말 되네……."

"오라버니, 어차피 아닌 인연에 미련 두지 말고, 이제부턴 인연이 있는 사람끼리 열심히 사랑하고 함께 술도 마시면서 재밌게 살아보는 겁니다. 아셨죠?"

"살아보는 겁니다? 혼자 북 치고 장구 치고 다하는군."

"그리고 이건 미리 경고해 두는데, 만약 지금부터 의천이 엄마를 비롯하여 그 어떤 여자에게라도 눈을 돌리면 그땐 삼 초상날 겁니다."

"삼 초상이라니?"

"어떤 년이 될지는 모르지만, 좌우지간 그년 죽고, 오라버니 죽고, 나 죽는다는 얘기요. 아셨수? 음하하하!"

'끙… 어떻게 협박부터 해대는 이런 물건(?)이랑 함께 살지?'

철우의 얼굴은 한없이 구겨졌지만 그의 어깨에 앉아 있는 반반은 연신 고개를 끄덕이며 박수를 쳤다.

끅끅! 끼옷!

반반 역시 두 사람이 맺어지길 바란 모양이었다.

달빛 좋은 밤,

길게 그림자를 드리우며 관도를 걸어가는 남녀의 모습은 너무도 확연한 차이가 났다.

여자는 득의만만하게 웃었고 남자의 얼굴은 한없이 구겨졌다.

그래도 이들은 혼인하게 될 것이다.

인연은 따로 있는 법이기에…….

〈終〉